幸福过了头

[加拿大] 艾丽丝·门罗 著
郑诗画 译

Too Much
Happiness

Alice
Munro

北 京 出 版 集 团
北京十月文艺出版社

新经典文化股份有限公司
www.readinglife.com
出 品

目录 | Contents

1　多维空间

37　虚构

73　温洛岭

109　深洞

137　自由基

163　脸

193　一些女人

221　孩子的游戏

263　木头

289　幸福过了头

355　致谢

献给大卫·康纳利

多维空间

多莉得坐三趟公交车，先到金卡丁郡，在那儿候车前往伦敦[1]，到了伦敦再等着换乘城市公交去那家机构。她在星期日上午九点出发。总路程一百英里出头，等换乘要花很久的时间，所以她到达时已经快下午两点了。无论在车上还是车站里，路上长时间都得坐着，她本不该介意的。她平时上班并不需要久坐。

她在蓝杉树酒店当服务员。她清理浴室，换床上用品，铺床，给地毯吸尘，把镜子擦干净。她喜欢这份工作。这些事能让她没空去想别的，让她精疲力竭，这样晚上才能睡得着。她很少遇到特别棘手的乱子，她的一些女同事倒是有很多让人震惊的故事。她们年龄比她大，且一致认为她应该努力工作升职。她们告诫她，应该趁着年轻、样子还过得去，学点东西，找一份坐办公室的工作。但她对当下从事的工作很满意。她不想去应付社交。

---

[1] 加拿大安大略省西南部的一座城市。

和她共事的人都不知道曾经发生过什么。或许他们知道，只是没表现出来。报纸上曾经刊登过她的照片，那是他给她和三个孩子拍的。迪米特里刚出生不久，在她怀里躺着；芭芭拉·安和萨沙在她两侧，看着镜头。当时她还留着一头褐色长鬈发，发色和卷度都是天生的，他就喜欢她这个样子。她的脸庞腴腻柔和——那形象更接近他期望中的她，而不是她真实的模样。

自那之后她就把头发剪短，漂成浅色，留成尖刺，而且人也瘦了很多。如今，她用另一个名字生活：弗莱。此外，他们给她找的新工作在一座小镇上，离她之前住的地方很远。

这是她第三次来这里。前两次他都拒绝见她。要是这次还是一样的话，她就不会再尝试了。即使他同意见面，她可能在一段时间内也不会再来了。她不打算做得太过。其实，她对自己的未来并没有明确的打算。

在来的第一趟公交车上，她没怎么受困扰。只管一路前行，一路看风景。她是在沿海地区长大的，春天在那儿确有其事，而在这里，寒冬一过，炎夏几乎就接踵而至。一个月前还在下雪，如今就已经热得能露出胳膊。片片水洼在田野间闪着光亮，阳光自光秃秃的枝条间倾泻而下。

在第二趟车上，她开始心绪不安，忍不住琢磨，身边的这些女人里面，哪一个可能和她有着一样的目的地。她们都是独自一人，大多仔细打扮过，也许是为了让自己看起来像是要去教堂。年龄稍长的看起来要去规矩严格的传统教堂，所以她们不得不穿半身裙配长筒袜，还要再搭一顶帽子，款式不限；而年轻的那些或许来自更灵活的教会,她们能接受长裤西服套装、亮色围巾、耳环和乱蓬蓬的发型。

多莉两者都不是。在开始工作之后的一年半里,她从来没有给自己买过一件新衣服。上班时她穿制服,其他时候都穿牛仔裤。以前他不允许她化妆,她也就没了这个习惯,现在可以了,她却没有打扮。那头玉米黄的尖刺短发和她瘦削的素颜并不相称,但这不重要。

在第三趟车上,她找了个靠窗的座位,不停读着外面的标牌——广告牌和路标都不放过,想借此让自己保持冷静。她之前学会了一个能让思绪不闲下来的技巧。她会把自己偶然看到的单词中的字母拆开,然后将它们重新组合,试着看看能造出多少新词。拿"coffee"(咖啡)举例,能找到"fee"(费用),还有"foe"(仇敌),以及"off"(关闭)和"of"(属于);而"shop"(商店)这个词里面有"hop"(跳跃)"sop"(小恩小惠)和"so"(所以),等一下,还有"posh"(时髦的)。出城路上的单词取之不尽,写着词的广告牌、大型商超、加油站应接不暇,甚至许多屋顶上还系着写有促销宣传语的气球。

多莉头两次去,都没有告诉桑兹女士,这回多半也不会说。多莉每星期一下午都会去见桑兹女士。桑兹女士提到过向前看,尽管她也总说这种事情需要时间,急不来。她告诉多莉,你做得很好,你逐渐找到了自己的力量。

"我知道这都是些死板的话。"她说,"但它们仍然是有道理的。"

她意识到自己提了"死"这个字眼，脸一下子就红了，但并没有道歉，那只会让情况变得更糟。

七年前，多莉十六岁，她每天放学后都会去医院看望母亲。母亲当时刚做完背部手术，还在恢复，据说那是一个大手术，但并不危险。罗伊德那时在医院当勤杂工。他和多莉的母亲有共同之处：他们以前都是嬉皮士，虽然罗伊德要年轻几岁。他一有时间就会到病房里和母亲聊天，聊他们都去过的演唱会，都参加过的游行示威，聊他们认识的极端人士，让他们不省人事的致幻之旅，诸如此类的事情。

病人们都喜欢罗伊德，因为他会开玩笑，且总是从容自信。他人不高，肩宽体壮，行为举止很有威严，有时会被误认成医生。（这种误认并不会让他开心——在他看来，很多药都是骗人的，而医生大多是浑蛋。）他皮肤经常过敏泛红，他发色很浅，眼神锐利。

他在电梯里吻了多莉，还说她就像是沙漠里的一朵鲜花。然后他被自己逗笑了，说："谁能比我更有创意？"

"其实你是个诗人，只是不自知。"为表示友好，她回应道。

某天夜里，她的母亲突然去世，死于血栓。母亲有很多女性朋友，她们都愿意收留多莉，她便和其中一个人住了一段日子，不过，她还是更愿意和新朋友罗伊德在一起。等到下一个生日时，多莉怀孕了，紧接着就结了婚。罗伊德之前一直没结婚，虽然他至少有过两个孩子，但他不清楚孩子的近况如何。反正他们这时候多半都已经成年了。随着年龄增长，他的人生哲学也逐渐变了。现在,他相信婚姻,捍卫忠贞,反对避孕。他和多莉当时住在锡谢尔特半岛,后来他觉得那里人太多,都是些老朋友,过往人生的痕迹,旧情人。很快他便和多莉搬到了国家另一头的一座小镇,他们是看着地图,单纯凭名字挑中了那里:米尔德梅[①]镇。他们没有住在镇上,而是在乡下租了个地方。罗伊德在冰激凌工厂找了份工作。他们一起打造出一片花园。罗伊德精通园艺,还擅长房屋木工,打理火炉,以及保养旧车。

萨沙出生了。

"极其正常。"桑兹女士说。

多莉答:"是吗?"

多莉总是选择坐在桌前的直背椅上,而不是那张有着花朵图案和靠垫的沙发。桑兹女士把自己的椅子挪到桌子的侧边,这样她们就不用隔着东西说话。

"某种程度上,我预料到你会这样。"桑兹女士说,"我想,换成是我的话也会这么做。"

桑兹女士一开始绝不会讲出这种话。即使是一年前,她说话也会更加谨慎。她了解多莉当时有多反感这种话——怎么可能有任何人,任何活着的人,能够切身体会她的处境?现在桑兹女士知道,多莉只会把这种话当作一种别人尝试理解自己的方式,甚至会觉得这种方式很有分寸。

[①] 原文为"Mildmay",意译为"和煦的五月"。

桑兹女士并不像其他那些做这一行的人。她不干练，不苗条，不漂亮。年纪也不太大。如果多莉的母亲还活着，如今也就和她差不多大。不过她看起来倒不像是曾经当过嬉皮士的。她留短发，头发斑白，一侧颧骨上有颗痣。她穿平底鞋、阔腿裤和印花上衣。即便是穿着紫红色或青绿色的上衣，她看上去也不像是在乎自己打扮的样子——更像是有人告诉她要穿得精神点，她就听话地去购物，买些她觉得或许能达到效果的衣服。她那强大的友好、客观与节制，消解了她着装中一切刺眼的欢快与攻击。

"其实前两次我并没能见到他。"多莉说，"他不愿意出来。"

"那这次他愿意了？他出来了？"

"嗯，他来了。但我几乎认不出是他。"

"他变老了？"

"我想是吧。我感觉他瘦了一些。还有那身衣服，是制服。我从来没见过他穿成那样。"

"你觉得他看起来就像是另一个人？"

"不是。"多莉咬住了上嘴唇，努力地想着究竟哪里不同。他是那么安静。她从未见过他那么安静。他甚至根本不知道自己需要和她相对而坐。她对他说的第一句话是："你不坐下来吗？"然后他回答："我可以坐吗？"

"他看起来有些茫然。"她说，"我在想他们是不是给他用了药？"

"也许是用了什么让他保持状态稳定的东西。说实在的，我也不清楚。你们有聊一聊吗？"

多莉想了想，不知道那能否被称作聊天。她问了他几个愚蠢又平常的问题。他感觉如何？（还行。）他东西够吃吗？（他觉得够。）他要是想散步的话，有没有地方可以去？（在有人陪同监视下，可以去。他觉得那算得上一个去处。他觉得那算得上散步。）

她说："你总需要出去透气。"

他说："确实。"

她差点开口问他是否有交到朋友。就像你询问孩子在学校的状况。你会那样问你的孩子，如果他们能去上学的话。

"的确，的确。"桑兹女士把舒洁牌纸巾盒往前推了推。多莉并不需要纸巾，她的眼睛很干。难受的是她的胃部深处。翻江倒海。

桑兹女士只是等着，她熟悉这种场面，知道自己不应该干涉。

接着，就像知道多莉正想开口说什么似的，罗伊德告诉她，有个心理医生偶尔会来和他聊天。

"我跟他说了，他是在浪费时间。"罗伊德说，"我知道的和他一样多。"

那是多莉唯一一次觉得他听起来像他自己。

整个探望期间她的心都在狂跳。她以为自己会晕倒或者死掉。她要花很大的心力才能直视他，才能用视线接收现在的他：这个瘦小苍白、怯懦且冷漠、动作机械又不协调的男人。

她没有告诉桑兹女士任何这些感受。桑兹女士可能会问——委婉地问——她到底在害怕谁，她自己还是他？

但她并不是在害怕。

萨沙一岁半时，芭芭拉·安出生了，然后，当芭芭拉·安两岁时，他们又有了迪米特里。萨沙的名字是他们一起取的，在那之后他们商量好，以后生男孩，名字就由他来取，而她负责女孩的。

迪米特里是第一个得肠绞痛的孩子。多莉认为可能是因为他母乳摄入不足，或者她的母乳不够有营养。又或者是太有营养？总之是有问题。罗伊德请了在国际母乳协会工作的一位女士过来和她谈话。那位女士说，无论如何，你不能用奶瓶辅助哺乳，那只会让情况变得越来越糟，她还说，过不了多久他就会完全拒绝母乳。

她全然不知多莉已经开始用奶瓶喂他了。而且看起来他确实更喜欢奶瓶——他越来越抗拒母乳。到他满三个月时，就完全只靠奶瓶喝奶了，这件事当时根本瞒不住罗伊德。她告诉他，她的母乳完全枯竭了，于是她才不得不开始用奶瓶喂养。罗伊德狂躁又坚决地挤她的乳房，挤完一个换另一个，直到成功挤出了几滴卖相悲惨的乳汁。他骂她是个骗子。他们争吵。他说她是个婊子，就跟她母亲一样。

那些嬉皮士全是婊子，他说。

他们很快和好了。但每当迪米特里变得闹腾，每当他感冒，每当他被萨沙的宠物兔子吓到，又或是当他已经长到哥哥姐姐都学会自己走路的年纪却还得扶着椅子时，未能母乳喂养这件事总会被重新提起。

多莉第一次去桑兹女士办公室时,有个跟她类似情况的女人给了她一本小册子。册子封面上印着一个金色的十字架,还有一些由金色和紫色字母组成的话语:"当你感到失去的苦楚无法承受……"册子内页有一张色彩柔和的耶稣画像,还印着一些更细小的字,多莉并没有去读。

多莉坐在办公桌前的椅子上,手里仍攥着那本小册子,开始浑身发抖。桑兹女士不得不用力把册子从她手里拽出来。

"这是别人给你的吗?"桑兹女士问道。

多莉回答说"她",然后转头看向那扇紧闭的门。

"你不想留着它?"

"当你不顺的时候,他们就会想方设法找上你。"多莉说完才意识到,这是她母亲以前说过的话。母亲之前在医院时,也有女人带着相似的说法来探望她。"他们觉得只要你跪下来,一切就会迎刃而解。"

桑兹女士叹了一口气。

"好吧。"桑兹女士说,"确实不可能那么简单。"

"根本就不可能。"多莉说。

"也许是的。"

那些天她们没有聊罗伊德。多莉尽量不去想他,实在不可避免时,也只把他想成自然规律下某种糟糕的意外。

"就算我相信那种说法,"她指的是小册子里的内容,"那也只会是因为……"她本想说那种信仰倒也方便,这样她就能想象罗伊德在地狱里煎熬，或是受到其他类似的惩罚，但她没法继续说下去，因为谈论这些实在太蠢了。也是因为这种熟悉的障碍感，她感觉腹部似乎在被反复捶击。

罗伊德认为孩子们应该在家接受教育。这倒不是出于宗教原因——拒绝承认恐龙、穴居人和猴子等等，而是因为他想让他们待在父母身边，想让他们在父母的指引下，谨慎又循序渐进地了解这个世界，而不是把孩子一下子扔进去。"我只不过觉得，孩子是我的。"他说，"我的意思是，孩子是我们的，而不是教育部的。"

多莉并不确定她能应对这件事，但她发现教育部有指导准则和课程大纲，都可以从本地学校拿到。萨沙是个很聪明的男孩，他几乎是自己学会了阅读，而另外两个孩子还太小，学不了太多。平时的晚上和周末，罗伊德会教萨沙关于地理、太阳系、动物冬眠的知识，以及汽车是如何运转的，被问到什么主题他就讲解什么。很快萨沙就超过了学校的计划进度，但多莉还是会顺道去拿学校的课程手册，并让他按照时间节点完成相关测试练习，以符合法律规定。

他们片区还有另一位母亲也让孩子在家受教育。她的名字叫玛吉，有一辆小面包车。罗伊德得开车上班，而多莉并没有学过开车，所以，当玛吉提出每周载她去一次学校时，她很开心，这样就能把萨沙完成的练习交过去，把新的取回来。当然她们是带着所有孩子一起去的。玛吉有两个儿子。大一点的孩子对很多东西过敏,所以她必须时刻注意他吃的一切——这也是她选择在家教育的原因。随后她便觉得,不如让小一点的孩子也在家学习。反正他想和自己的哥哥待在一起,而且他还患有哮喘。

多莉那时十分感激,因为她的三个孩子都很健康。罗伊德说这是因为多莉生孩子的时候还很年轻,而玛吉是等到快更年期才生的孩子。他夸大了玛吉的年龄,但玛吉也的确等了一些时日。她曾是一名验光师。她和她的丈夫是合作伙伴,一直到她得以放弃这个行当,二人一起在乡下买了房子,他们才开始组建家庭。

玛吉的头发花白,短到紧贴头皮。她个子很高,平胸,开朗又有主见。罗伊德管她叫"女同"。当然,只背着她叫过。他一边在电话里和她说笑,一边用口型对多莉说:"是那个女同。"多莉对此并不介意——他叫过很多人女同。但她担心他这种说笑对玛吉来说会显得过分亲热,显得冒犯,或者至少是在浪费时间。

"你想和老女士通话呀?行啊,她就在这儿。在搓衣服呢。是啊,我就是个十足的奴隶主。是她告诉你的?"

多莉和玛吉逐渐养成在学校拿完试卷后再一起去买日用品的习惯。她们有时还会去蒂姆·霍顿斯咖啡馆买外带咖啡,然后载着孩子们到滨江公园。萨沙和玛吉的儿子们到处追着跑,或者倒挂在攀爬架上,芭芭拉·安兴奋地荡秋千,迪米特里在沙地里玩耍。她们会坐在长椅上聊天,要是天气冷的话就坐到面包车里。多数时候她们聊的都是孩子和各自的饭菜,但不知怎的多莉了解到,玛吉在成为一名见习验光师之前曾在欧洲各地徒步,玛吉则发现了多莉结婚时有多年轻。她还知道了多莉最初很容易受孕，之后难了一些，而罗伊德因此产生怀疑，翻过她的梳妆台抽屉找避孕药——他认为她一定是在偷着吃药。

"那你在偷着吃药吗？"玛吉问道。

多莉很震惊。她说自己根本不敢。

"我是说，我会觉得这样做很不好，背着他吃药。但他竟然会去找，也有点好笑。"

"嗯。"玛吉说。

后来有一回，玛吉问她："你一切都好吗？我是说你的婚姻。你幸福吗？"

多莉毫不犹豫地说是的。在那之后，她说话时变得更谨慎。她明白，有些她已经习惯的事情，旁人可能无法理解。罗伊德看待事情有一套自己的标准，他做人就是那样。早在最初她在医院里遇到他时，他就是那样了。护士长为人比较古板，所以他就叫她"地狱婊女士"，而不直呼其名"米切尔女士"。①他会把称呼念得飞快，让人几乎听不出异样。他当时认为她格外偏爱一些人，而他不在其列。如今在冰激凌厂也有一个他厌恶的人，他叫对方"咬棍子的路易"。多莉并不知晓那男人的真名。但这至少证明，不是只有女人才会激怒他。

多莉很确信，这些人并不像罗伊德想的那样糟糕，但是顶撞他没用。也许男人就是需要仇敌，就像他们需要讲自己的笑

---

① 原文分别为"Mrs. Bitch-out-of-Hell"和"Mrs. Mitchell"，前者的发音和后者拆开时相仿。

话。有时罗伊德甚至会拿仇人说笑，仿佛他调侃的是自己。她甚至被准许和他一起笑，只要她不是第一个开始笑的。

她希望他不会那样对待玛吉。有时她会因为察觉到类似的征兆而害怕。如果他不准她和玛吉一起开车去学校和购物，就太不方便了。但更糟糕的会是那种屈辱。她不得不编造一些愚蠢的谎言来解释。而玛吉会明白——至少明白多莉在说谎，然后她可能会将多莉的处境想得比实际更糟糕。玛吉看待事情自有一套尖锐的标准。

然后多莉问自己，为何要在意玛吉的想法？玛吉是一个局外人，多莉和她相处时甚至都不自在。这是罗伊德说的，说得很对。他们之间的真实关系，那种纽带，并非旁人所能理解，也不关旁人的事。只要多莉能保持自己的忠贞，就不会有问题。

慢慢地，情况越来越糟。没有明言禁止，批评却越来越多。罗伊德想出一套理论，说玛吉儿子们的过敏和哮喘可能都是她自己的错。问题时常出在母亲身上，他说。这种事他过去在医院见得多了。那种控制欲过剩，受过的教育也过剩的母亲。

"有些时候孩子的病是天生的。"多莉不太明智地说，"你不能每次都怪到母亲头上。"

"哦？我为什么不能？"

"我不是说你。我不是说你不能。我是说，难道他们不可能天生就患病吗？"

"你什么时候成医学权威了？"

"我没说我是。"

"的确没说。而且你也不是。"

糟糕的情况进一步恶化。他想知道她们都聊些什么,她和玛吉。

"我说不上来。其实没什么。"

"有意思。两个女人一起开着车。我还是头一次听说。两个女人没聊什么。她是成心要拆散我们。"

"谁要?玛吉?"

"我和她这种女人打过交道。"

"哪种?"

"她这种。"

"别犯蠢了。"

"管好你的嘴。不准说我蠢。"

"她为什么会想拆散我们?"

"我怎么知道?她就是想。你等着。你会明白的。她会叫你跑去她那儿,嚷嚷着抱怨我有多混账。总有一天。"

随后一切确实就像他说的那样。至少在罗伊德看来就是如此。一天晚上十点左右,她的确出现在玛吉家的厨房,一边啜泣,一边喝着花草茶。多莉敲门时,隔着门听到玛吉的丈夫说:"搞什么鬼?"他之前不认识多莉。她说:"我真的很抱歉打扰你们——"他挑着眉,抿着嘴,盯着多莉。然后玛吉来了。

多莉一路摸黑走到了玛吉家,先是沿着她和罗伊德住所附近的那条石子路,再走上高速公路。每当有车辆经过,她就躲到路边的沟里,这耽误了她不少时间。每辆车经过时她都会看一眼,生怕其中一辆车里会坐着罗伊德。她不想被他找到,暂时还不想,要等到他担心得不再发疯才行。过去有时候她能凭自己把他吓到恢复理智,她会又哭又喊,甚至把头往地上撞,嘴里不断重复:"那不是真的,那不是真的,那不是真的。"他最终会服软。他会说:"好了,好了。我相信你。亲爱的,安静点。想想孩子们。我相信你了,最亲爱的。快停下吧。"

但今晚,她在准备开始那一套表演时,恢复了理智。她穿上外套走出家门,他在后面喊她:"别这么做。我警告你!"

玛吉的丈夫已经去睡觉了,离开时看上去还是一脸不高兴,多莉只能不停重复:"我很抱歉,真的很抱歉这么晚突然跑来打扰你们。"

"快别说了。"玛吉说,友好又客套,"你想来杯红酒吗?"

"我不喝酒。"

"那你现在还是别开这个头。我给你来杯茶吧。有镇定作用。覆盆子洋甘菊茶。不是因为孩子们,对吗?"

"不是。"

玛吉接过她的外套,又递给她一沓舒洁牌纸巾擦眼泪和鼻涕。"先别急着告诉我一切。等你平静了再说。"

即便她已经平静了一些,多莉还是不想一口气把真相全部说出来,让玛吉明白她自己才是问题的根源。而且,她不想被迫解释罗伊德的想法。无论跟他在一起有多疲惫,他仍然是这世界上她最亲近的人。要是她真的去和别人描述他的本质,要是她全然背叛他,她觉得一切都会分崩离析。

她说自己和罗伊德又开始重复之前的争论,她感到无比厌倦和疲惫,只想离开。但她会克服的,她说,他们会克服的。

"每对夫妻时不时都会遇到这种事。"玛吉说。

这时电话响了,玛吉接了。

"是的。她还好。她只是需要出门走走散散心。好的。可以,我明早会送她回家。没问题,好的。晚安。"

"是他。"她说,"我猜你听出来了。"

"他听上去怎么样?他听上去正常吗?"

玛吉笑了笑。"我哪儿知道他正常的时候听上去什么样,不是吗?听上去没喝酒。"

"他也不喝酒。我们家里甚至连咖啡都没有。"

"想来点烤面包吗?"

第二天一大早,玛吉开车送她回家。玛吉的丈夫还没去上班,他留在家里陪孩子们。

玛吉着急回家,所以她只是说:"再见。要是你需要聊聊的话,打给我。"一边在院子里调转车头。

那是早春一个寒冷的清晨,地上还有积雪,但罗伊德坐在屋前的台阶上,连外套也没穿。

"早上好。"他用嘲讽般的礼貌语气大声说。她平静地回应早上好,装作没注意到。

他堵住台阶，没给她让路。

"你不能进去。"他说。

她决定要温和处理。

"如果我说请呢？请让我进去。"

他看了看她，却没有回答。他抿着嘴微笑了一下。

"罗伊德？"她喊他，"罗伊德？"

"你最好别进去。"

"我什么也没跟她说，罗伊德。我很抱歉我昨晚离开了。我想，我只是需要个地方透透气。"

"最好别进去。"

"你怎么回事？孩子们在哪儿？"

他摇了摇头，那反应和平时她说了什么他不想听的话时一样。有点不雅的话，比如"见鬼"。

"罗伊德。孩子们在哪儿？"

他挪了挪身子，这样只要她愿意，就能通过。

迪米特里还在自己的婴儿床里，侧躺着。芭芭拉·安在她床边的地板上，那样子就像是她自己爬出来的，或者被扯出来的。萨沙在厨房门边上——他曾努力想逃跑。他是唯一一个脖子上有瘀青的。其他孩子都是用枕头解决的。

"记得我昨晚打电话的时候吗？"罗伊德说，"我打电话时，就都已经发生了。"

"这完全是你自找的。"他说。

鉴定结果证明他精神失常,没法出庭接受审判。他是精神失常犯罪者,必须交给安全机构监管。

多莉先是跑出房子,又在院子里四处跌撞,两只胳膊紧紧捂着肚子,仿佛她已被劈成两半,又努力让身体合到一起。这便是玛吉折返时目睹的场景。她当时有种不祥的预感,半路掉头开了回来。她一开始以为多莉是被丈夫打到或踢到了肚子。她听不懂多莉在大喊大叫些什么。罗伊德仍坐在门口台阶上,但他一句话也没说,礼貌地给玛吉让路,然后她进了屋,看到了预想中自己即将看到的那番景象。她打电话报了警。

有一段时间,多莉抓到什么都往嘴里塞。泥土和杂草,之后是床单、毛巾,或身上的衣服。仿佛她努力堵住的不仅是不断涌起的哭号,还有那印刻在脑中的场景。她得定期注射某种药物才能安静下来,药很有用。实际上,她变得异常安静,但还不至于僵直。人们说她的状况稳定了下来。当她出院后,社工带她来到一个新的地方,然后桑兹女士接管了她,给她找了新的住处、新的工作,并固定每周和她面谈一次。玛吉本想来看她,但多莉唯一不愿意见到的人就是玛吉。桑兹女士说有这种感受很正常——那会让你产生联想。她说玛吉会明白的。

桑兹女士说,多莉可以自行决定要不要再去见罗伊德。"你也知道,我不是为了要赞同或者反对你。和他见面你感觉好吗,还是感觉很糟?"

"我不知道。"

多莉无法解释清楚,她见到的那个人根本不像真实的他。更像是一个幽灵。那样苍白。穿着苍白又松散的衣服,走路时悄然无声——可能因为他穿的拖鞋。她觉得他的头发似乎掉了一些。他那头浓密的蜜色鬈发。他的肩膀几乎没有了存在感,锁骨处也不再凹陷,而那曾是她过去常常依偎的地方。

事情发生之后他曾对警察说——报纸上也刊登过——"我这么做是为了不让他们受苦"。

什么苦?

"知道自己被亲生母亲抛弃的苦。"他说。

那句话烙在了多莉的脑子里,或许她决定要试着去见他,只是为了让他把那句话收回去。为了让他明白,让他承认,事情发生的真实经过。

"是你告诉我,要么不许再反驳,要么就滚出家门。所以我才离开的。

"我只是去玛吉家待一晚。我本来就打算回去。我没有要抛弃任何人。"

她清楚记得争吵开始的原因。她买了一罐意大利面,罐子上有一个很浅的凹痕。也正因此意大利面才打折出售,她很满意自己省了钱。她觉得自己的决定很明智。当他开始质问罐子上为什么有凹痕时,她并没有告诉他这些。不知为何,她觉得还是假装没有注意到更好。

谁都会注意到的,他说。我们有可能会中毒。她有什么毛病?或者难道她心里就是这样想的?她正计划着要毒死孩子们,或者毒死他吗?

她让他别发疯了。

他说疯了的人不是他。除了疯女人,还有谁会给自己的家人买毒药?

孩子们当时一直在前厅的门廊里看着。那是她最后一次见到他们活着的样子。

所以,那就是她一直想要的——让他最终明白,到底谁才是疯子。

当她意识到脑中所想时,就该立刻下车的。她甚至可以跟另外几个女人一起,在大门处就下车,再步履沉重地走过行车道。她可以到马路对面等待返回市里的车。可能有些人就是这么做的。他们本打算前来探望,然后又改了主意。可能一直都有人这么做。

但也许她坚持下去更好,能看到他如此陌生又落魄。他不再是一个值得被指责的人。不再是一个真实的人,他只存在于她的梦中。

她做过梦。有一次,她梦到自己发现了他们,然后夺门而出,而罗伊德如往常那样放声大笑,随后萨沙的笑声从她身后传来,她于是欣喜地发觉,原来他们只是在一起恶作剧而已。

"你之前问过我,我见到他时感觉是好是坏,对吗?你上次问我的?"

"对,我问过。"桑兹女士说。

"我说我需要时间想一想。"

"是的。"

"我得出结论了,和他见面让我感觉很糟。所以我再也没去过。"

桑兹女士的想法很难揣摩,但她点了点头,似乎是在表示满意或者赞同。

所以,当多莉还是决定再去见他时,她觉得最好瞒着桑兹女士。她很难隐瞒自己的事,尽管大多数时候都没什么事发生。她打电话取消了和桑兹女士的见面。她说自己准备去度假。入夏时节去度假是常事。和一个朋友一起去,她说。

"你上周来的时候穿的不是这件外套。"

"那不是上周。"

"不是吗?"

"那是三周以前。现在天气热了。这件更轻薄,但其实不穿也可以。现在根本不需要穿外套。"

他问她来的路上怎么样,从米尔德梅镇过来要坐哪几路车。

她告诉他,她已经不住那里了。她告诉他自己现在的住址,还有来的路上要坐的三趟车。

"那你过来挺折腾的。你喜欢住在更大的地方吗?"

"住那里更容易找工作。"

"所以你现在工作了?"

她上次已经告诉过他,她的住址,那三趟车,她的工作地点。

"我在一家汽车旅馆打扫房间。"她说道,"我告诉过你了。"

"是,是。我忘记了。抱歉。你想过回去上学吗?上夜校?"

她说她确实考虑过,但还没认真到真的去做的地步。她说她不介意打扫卫生。

然后他们似乎想不到还有什么可以聊了。

他叹了口气,说:"抱歉,抱歉。我觉得我不太习惯和人说话了。"

"所以你都在做些什么?"

"我算是读了不少书。还有冥想。不太正式的那种。"

"哦。"

"谢谢你来这里看我。我很感激。但你不一定要一直来的。我是说,你想来的时候来就行了。如果你有事,或者你觉得想来了——我想说的是,你能来看我,哪怕就来一次,对我来说已经是奖励了。你明白我说的吗?"

她说她明白,她觉得她明白。

他说他不想打搅她的生活。

"你没有。"她说。

"这就是你想说的吗?我以为你想说一点别的什么。"

其实她差一点就问出口了,她的什么生活?

没有,她说,没什么,没有其他要说的了。

"好的。"

三周之后她接到了一个电话,是桑兹女士本人打来的,不是办公室的某个女职员。

"哦，多莉。我以为你还没回来呢。还在度假。所以你已经回来了？"

"是的。"多莉回答，努力想她能说自己去了哪里。

"但你还没来得及预约下一次见面是吗？"

"没有，暂时还没。"

"没关系。我只是问问。你还好吗？"

"我还行。"

"好的，好的。要是有需要的话，你知道在哪里能找到我。要是你想聊聊的话。"

"嗯。"

"好的，保重。"

她没有提到罗伊德，也没有问多莉是否又去看过他。多莉确实说过她不会再去看他了。但桑兹女士通常都很敏锐，善于察觉发生了什么。她当明白问问题并不能带来任何进展时，她也很懂得克制。如果桑兹女士问起，多莉不知道自己要如何回答——是坚持之前的说辞撒个谎，还是坦白真相。事实上，就在他基本跟她讲明探望与否都没关系的第二个星期日，她就又去了。

他得了感冒。病因他也不清楚。

他说，也许他早就病了，在他上次见她之前，所以他那时才那么阴郁。

"阴郁。"她如今没什么机会和用这种词的人打交道，所以它听上去很陌生。但他一直很爱用这类词，当然，以前这从未让她觉得有什么异样，不像现在。

"我在你看来像是变了一个人吗?"他问道。

"你看起来确实不太一样。"她谨慎地回答,"我不也是吗?"

"你看起来很美。"他悲伤地说。

她被什么触动了。但她尝试抵抗这种感觉。

"你觉得自己变了吗?"他问她,"你觉得自己变成另一个人了吗?"

她说她不知道。"你呢?"

他说:"完完全全。"

那一周晚些日子,她在上班时收到了一个很厚的信封。是通过汽车旅馆转交给她的。信封里有好几张纸,正反两面都写满了字。她一开始没想到是他写的——不知为何她觉得监狱里的人没法写信。当然,他不是典型的囚犯。他不是一名罪犯,他只是精神失常的犯罪者。

信纸上没有日期,就连"亲爱的多莉"也没有。他只是直接开始对她说话,那口吻让她觉得极像是某种虔诚的布道:

> 人们想方设法寻求解答。他们的头脑因为找寻而酸楚。如此繁多的东西挤作一团,不停伤害着他们。你从他们的脸庞就能看出全部的伤痕与痛苦。他们很苦恼。他们横冲直撞。他们必须购物,去洗衣店,去理发,去谋生,或者领取福利津贴过活。穷人只能这样生活,而富人则必须费尽心思找寻最佳的花钱方法,这也是一种工作。他们得建最好的

房子，冷热水管都得装上金色水龙头。他们还得开奥迪汽车，用神奇的牙刷以及其他各种新奇的小玩意儿，甚至要有警报器来保护自己不被杀害。无论贫富，所有人的灵魂都不得安宁。不知道为什么，我差点把"neither"（无论）写成了"neighbor"（邻居）。我在这里没有任何邻居。我在的地方，人们至少已经摆脱了许多困惑。他们知道自己拥有些什么，也知道这些东西不会变，他们甚至用不着购买或制作自己的三餐。也没机会选。选择不复存在。

我们这些活在这里的人，能拥有的一切都只来源于我们自己的头脑。

最初，我的脑中一片混吞①。（没写错吧？）那时风暴持续不断，为了摆脱它，我会把头往水泥地上撞。为了了结痛苦，了结我的生命。我因此而受罚。他们用水冲我，把我绑起来，往我的血管里注射药物。我不是在抱怨，因为我已不得不认识到这么做没有任何好处。我的行为和所谓真实世界里人们的所作所为没有任何不同，他们喝酒，然后继续过日子，他们犯罪，来驱逐脑中痛苦的念头。往往，他们会被拖走，被监禁，但关的时间并不够长，不够他们抵达另一边。而另一边是什么？不是彻底的疯癫，就是平静。

平静。我抵达了平静，且依然神志清醒。我猜，当你读到这里时，一定觉得我要开始讲些什么关于神啊耶稣啊或者

---

① 原文为"purturbation"，是"perturbation"（混沌）一词的错拼。译文模仿处理。

佛陀的话，就像我已经皈依了某种宗教。不。我不愿意合上双眼，任由某种高超的存在拯救我。我根本不了解那些话是什么意思。我所做的，是"认识我自己"。"认识你自己"应该是出自某个地方的某种戒律，大概是《圣经》，所以从这点看，我至少是信奉了基督教。另外，我还找了找"忠于你真实的自己"这句话是否也出自《圣经》。这句话没说清楚应该忠于哪个自我，是恶的还是善的，所以这句话不应该被视作一条道德指南。而且我们都知道，"认识你自己"跟道德没多大关系，更多是行为准则。但行为不是我关心的话题，因为我已经得到了比较公正的审判，即他人不应该相信我能做出正确的行为，这也正是我身在这个地方的原因。

回到"认识你自己"的"认识"部分。我可以完全清醒地说我认识了自己，我认识到自己能做出的最糟糕的事情是什么，我也认识到我已经做了那件事。世人认为我是一个恶魔，我不会对此加以反驳，虽然我或许得顺带提一句，那些大量空投炸弹的人、摧毁城市的人、让成千上万人挨饿或被杀害的人，大家通常不会把他们视作恶魔，反而授予他们奖章和荣誉，只有伤害了少数人的行为才会被视作骇人与邪恶。我说这些不是在找借口，而是陈述我的观察所得。

我从自身认识到的是我的邪恶。这是我隐秘的安慰。我的意思是，我了解自己最糟糕的那一面，那也许比别人最糟糕的一面还要糟糕，但实际上我没必要去考虑或者担心这些。不需要任何借口。我得到了平静。我是恶魔吗？世人是这么说的,既然他们这么说,我就同意吧。但我还要说,世人对我来说没有任何实际含义。我是我自己,我没有机会成为任何别的自己。我可以说我是个疯子,但那又有什么意义呢?疯狂。清醒。我就是我自己。我过去无法改变我自己,现在自然也做不到。

多莉,如果你能读到这里,我想告诉你一件特别的事,但我无法下笔。如果你某天愿意再来,或许我就会告诉你。不要觉得我冷酷无情。如果我能改变发生过的所有事,我会去改变的,只是我不能。

我会把这封信寄到你工作的地方,我还记得地址,还有那座小镇的名字,所以就某些方面来说,我的脑子还是正常的。

她把这封信读了好几遍,想着下次他们见面时一定得和他谈谈信的内容,但她想不到自己应该说什么。她真正想和他聊的,是他信里所说无法诉诸笔端的东西。但当她再次见到他时,他表现得就像从未写过信一样。她努力找了个话题,跟他说这周有个过气的民谣歌手住在她工作的汽车旅馆。令她惊讶的是,他竟然比她更了解那个歌手的职业生涯。原来,他有一台电视机,或者说至少能看电视,他看过一些节目,当然,也定期看新闻。这让他们多了一点话题可聊,直到她实在忍不住开了口。

"你说要等到我们见面才能讲的那件事是什么?"

他说他希望她从没问起过。他不确定他们是否已经准备好来聊它。

于是她开始害怕,他们要聊的事情会让她感觉棘手,让她难以承受,比如,他还爱着她。听见"爱"这个字眼让她无法承受。

"好吧。"她说,"也许我们还没准备好。"

她接着说:"但是,你最好还是告诉我。要是我从这里走出去之后出了车祸,就再也没法知道,而你就再也没有机会告诉我了。"

"确实。"他说。

"所以到底是什么?"

"下次吧。下次。有时我就是没法再继续说话。我想说,但我就是无话可讲了。"

自从你离开之后多莉我一直在想你我很后悔让你失望。[①]当你坐在我对面的时候我往往比看上去要更情绪激动。我没资格在你面前情绪激动,因为当然你比我更有资格,而且你总是那么自制。因此我要收回我之前说的话因为我已经得出结论我写得终究要比我说得更好。

让我想想从哪里开始。

天堂是真实存在的。

这是一种说法,但并不完全正确,因为我从没相信过天堂地狱,之类的。在我眼中那一直是一派胡言。所以你一定

---

① 本段书信中,作者有意使用了混乱的语序或标点,译文尽量一一对应保留。

觉得很奇怪，我现在竟然会说起这个话题。

那我就直接说吧：我见到孩子们了。

我见到了他们，还和他们说了话。

终于。你此刻在想什么呢？你在想，好吧，这下他是真的疯了。又或者，他做了个梦，但他无法分辨那只是一个梦，他不知道梦境和现实的区别。但我想告诉你，我知道区别是什么，而且我还知道，他们是真实存在的。我说他们是存在的，不是说他们还活着，因为活着是针对我们这个维度空间而言，而我的意思并不是他们存在于这个空间。其实我认为他们已经不在这里了。但是他们的确存在所以一定还有另一个维度空间或者无数维度空间，我知道我抵达了他们存在的无论哪一个空间。我能成功做到大概是因为我花了很多时间自己待着持续不断地想啊想那些我不得不想的事。所以在经历漫长的折磨和孤独之后某个神明见证了一切，决定给我这个奖赏。在世人看来我是最不配得到它的人。

如果你一直读到这里还没把信撕碎的话你一定是想知道些什么。比如他们怎么样。

他们挺好的。很开心很聪明。他们看起来好像没有任何不好的回忆。他们可能比之前要长大了些不过很难说。他们似乎更能理解东西了。没错。你能注意到迪米特里已经学会了说话，他之前还不会的。他们所在的房间让我觉得似曾相识。那像是我们的房子但要更加宽敞豪华。我问有没有人照顾他们，他们先是笑我然后说了些他们能自己照顾自己之类的话。我觉得这话是萨沙说的。有时他们会分别说点什么至少我分不清他们的声音但他们每人个性鲜明,而且,我得说,都挺开心。

请不要觉得我疯了。我害怕你会这么觉得所以才不想告诉你这些。我之前是疯过但相信我已经挣脱了以前所有的疯狂就像熊褪去毛皮一样。或者我也许应该说就像蛇蜕皮一样。我知道如果我没有丢掉往日的疯狂我就不会被赋予这种能力来和萨沙、芭芭拉·安和迪米特里重新相见。现在我希望你也能被赐予这样的机会因为要论谁更配得上的话,你比我领先太多了。也许这件事对你来说会更难一点因为你比我更多地活在这个世界但至少我可以告诉你这些信息——这个真相——让你知道我见到了他们,我希望这能为你的心减去一分重量。

多莉想知道,要是她把这封信读给桑兹女士听,她会说些或想些什么。桑兹女士一定会很谨慎,而不是直截了当地断定这全是疯子的言论。她会小心地、温柔地引导多莉往那个方向想。

也许你会说,桑兹女士不会引导什么——她只会帮助多莉摆脱这件事造成的困惑,这样多莉就不得不承认,这一直都是她自己的结论。多莉必须得把这些危险的胡言乱语——这是桑兹女士的话——抛到脑后。

这就是为什么多莉绝对不会去见她。

多莉的确觉得他疯了。他所写的一切都保有他过去那种吹嘘的口吻。她没有回信。日子一天天过去。一周又一周。她的想法没有改变，但她依然惦记着他写下的内容，就像守着一个秘密。偶尔，当她忙着给卫生间的镜子喷清洁剂，又或是抻紧床单时，她会被一阵情绪淹没。快两年了，她不曾去注意那些通常能让人感到幸福的事物，比如美好的天气、盛开的花或烤面包的香味。准确地说，她仍未找回那种感知幸福的能力，只有对幸福的印象。那和天气或花朵都无关。幸福对她来说是一个念头，是孩子们如他所说般活在另一个维度空间，这个念头不期而至，长时间以来第一次给她带来了轻松，而不是痛苦。

自事情发生以来，但凡任何关于孩子们的念头出现，她都得想办法摆脱掉，就像即刻拔掉喉咙里插着的一把刀。她无法去想他们的名字，要是听到和任何一个孩子类似的名字，她都必须将其拔除。甚至对于孩童发出的声音，无论是尖叫声还是他们往返于旅馆游泳池的跺脚声，她都必须先竖起某种心门，再把一切关在耳外。现在不同的是，身边出现这种危险时，她有了一个可以立刻藏身的庇护之地。

而是谁给了她这处藏身之地？不是桑兹女士，这一点可以肯定。不是用那些坐在桌旁、手边摆着别人精心准备的舒洁纸巾的时间换来的。

是罗伊德给她的。罗伊德，那个可怕的人，那个与世隔绝的、疯狂的人。

如果你想的话，可以称他为疯狂。但他说的——他的确已经抵达了另一边——难道不可能是真的吗？谁又能断定一个做出了那种事情,走过了如此旅程的人,他所看到的幻象就毫无意义呢?

这个想法慢慢钻进她脑中,挥之不去。

随之而来的还有另一个想法——在所有人之中,罗伊德可能才是她现在应该陪伴的人。她在这世上还能有别的用处吗?如果连倾听他都做不到,她活在这世上还有什么意义?她这话似乎是在对什么人说,多半是桑兹女士。

我不是说"原谅",她对脑中的桑兹女士说。我永远都不会那么说。我绝对不会那么做。

但是想一想。难道我不是和他一样,都被发生过的事情隔绝于世吗?任何知道那件事的人都不会想和我共处。我只会不断提醒人们那些他们根本不愿意想起的事情。

伪装是行不通的,并不真的有用。这一头尖刺黄发简直可悲。

于是,她发觉自己又坐上了公交车,沿着高速公路一路向前。她记起母亲刚去世之后的那些夜晚,她原本寄宿在母亲的朋友家,为了偷偷溜出去和罗伊德见面,她会撒谎,向那位女士隐瞒自己真正的去向。她记起那位朋友的名字,她母亲朋友的名字:劳丽。

除了罗伊德,现在谁还能记得孩子们的名字,或者他们眼睛的颜色?当桑兹女士不得不提起孩子们时,她甚至都不用"孩子们"称呼他们,她用的是"你的家庭",把他们几个揉成一团。

那些日子里,和罗伊德偷偷见面,欺骗劳丽,她没有任何罪恶感，只有种投降般的宿命感。她当时觉得自己来到这世上，就只是为了和他在一起，为了努力理解他。

当然，现在和那时不一样了。现在都不一样了。

她坐在前排，和司机隔着过道。透过挡风玻璃看出去，视野清晰。这也是为什么除了司机之外，只有她目睹了一切：一辆小货车突然从旁边的小路冲出来，速度丝毫不减，在他们眼前翻过星期日早晨空荡的高速路，一头栽到了沟里。他们还目睹了一件更奇怪的事：小货车司机飞到空中，动作似乎既迅速又缓慢，既荒诞又优雅。他坠落在人行道旁的碎石路上。

其他乘客不知道司机为什么要突然踩刹车，导致他们猛然向前一扑。多莉一开始想的全是：他怎么会飞出来？那个年轻人，又或许只是个男孩，一定是在开车时睡着了。他是怎么飞出卡车，又如此优雅地腾空的呢？

"有个家伙冲到了我们前面。"司机对乘客们说。他试图既大声又冷静地说话，但还是能从他的声音里听出一丝惊异的战栗，像是某种敬畏。"一下子冲到路上，又摔进沟里。我们会尽快重新出发，在这期间请不要下车。"

多莉跟着司机下了车，仿佛没听见他说的话，又或者是觉得自己有某种能派上用场的特权。他没有责骂她。

"天杀的浑球。"他一边穿过马路一边说，现在他的声音里只剩下愤怒和气恼，"天杀的浑小子，你敢相信吗？"

那男孩面朝天躺着，四肢甩开，就像是在雪地里摆出天使的姿势。只不过他周围都是碎石，而不是雪。他的双眼还没完全闭上。他是那么年轻,还没到需要剃须的年纪,个头却已经很高了。他多半还没拿到驾照。

司机在打电话。

"贝尔菲德往南差不多一英里,在21号公路,路东边。"

一股粉色的泡沫从男孩后脑勺靠近耳朵的位置流了出来。看起来一点都不像血,更像是做草莓酱时撇去的浮沫。

多莉在他身边蹲了下来。她将一只手放在他的胸口上。没有起伏。她将耳朵凑近。有人最近给他熨过衬衫,有那种味道。

没有呼吸。

但是她的手指在他光滑的脖颈处感受到了一丝脉搏。

她想起之前听过的事。是罗伊德告诉她的,以防哪个孩子发生意外而他不在现场。舌头。如果舌头掉入喉咙深处,就会阻碍呼吸。她把一只手放在男孩的前额,又用另一只手的两根手指抵住他的下巴。按住前额,抬起下巴,这样就能清出呼吸道。轻微但坚决的倾斜。

如果他还是没有呼吸的话,她就得给他做人工呼吸了。

她捏住自己的鼻孔,深吸一口气,然后用双唇封住了他的嘴,接着吐气。两次人工呼吸,检查。两次人工呼吸,检查。

另一个男人的声音传来,不是司机在说话。一定是有其他车的司机停下过来了。"要不要用这个毯子垫着他的头?"她微微摇了摇头。她又想起来另外一点,不能移动伤者,以防伤到脊柱。她覆盖住他的嘴唇。她挤压他温暖的、仍有生命力的皮肤。她呼吸,等待。她再次呼吸,再次等待。然后,似乎有一股微弱的热气弹到她脸上。

司机说了句什么,但她无法抬头去看。紧接着她确实感觉到了。男孩在张着嘴呼吸。她的手就放在他胸口的皮肤上,一开始她无法确定,他胸口的起伏是不是因为她在颤抖。

没错。没错。

他的确是在呼吸。呼吸道没有阻塞。他自己在呼吸。他在呼吸。

"拿它盖住他就行。"她对那个拿着毯子的男人说,"别让他冻着。"

"他活过来了?"司机俯下身子,凑近问道。

她点了点头。她的手指又一次感受到了他的脉搏。那可怕的粉色东西已经不再往外流了。也许那没什么要紧的。并不是从他脑子里流出来的。

"我不能因为你一个人耽误整趟车。"司机说,"我们已经晚点了。"

另一辆车的司机说:"没关系,我可以在这儿陪他。"

别说话,别说话,她想跟他们说。对她来说沉默似乎是必需的,这世上居于男孩身体之外的一切事物都应该聚精会神,帮助他的身体担负继续呼吸的责任。

呼吸微弱但稳定,胸口温柔顺从地起伏。继续,继续。

"你听到了吗?这个人说他可以留下照看这男孩。"司机说,"救护车很快就会赶来。"

"你走吧。"多莉回答,"我会搭车和他们一起去城里,今晚再坐你的车回去。"

他得弯下腰才能听见她说话。她头也没抬,语气冷淡,仿佛她才是那个刚刚差点断气的人。

"你确定吗?"他问。

确定。

"你不去伦敦了?"

不去了。

虚构

一

冬天，当她在罗格河小镇的几所学校里上完一整天音乐课，开车回家就成了最享受的事。那时天已经黑了，城区地势高一些的街道或许正在下雪，而雨水则会猛烈抽打沿海高速上的车辆。乔伊丝开出城区，进入森林。尽管这是一片实打实的森林，长满了花旗松和西洋杉，但每隔四百米左右就会有人家。一些人有商品果蔬园，少部分人有羊群和骑坐用的马匹，还有的人是企业主，比如乔恩——他翻修、制作家具。路边还有专门针对世界上这个角落的服务类广告——塔罗牌占卜、草药按摩、冲突调解。一些人住在拖车里，另一些人用茅草屋顶和原木桩建了自己的房子，还有一些人，像乔恩和乔伊丝，住在翻新过的旧农舍里。

在开车回家、转弯拐向自家房子的路上，有一件乔伊丝最乐意看到的事。那时很多人，甚至是那些拿茅草盖屋顶的人，都安装了所谓的玻璃露台门——即便是像乔恩和乔伊丝这种连露台都没有的人。这些门的帘子通常都是拉开的,而那两块长方形的光似乎标志、许诺了舒适、安全和富足。玻璃露台门为何会比普通的窗户更具这种效果,乔伊丝说不好。也许最主要的原因在于,那两扇门并不只是用来向外看的,还是直接朝着森林的漆黑,如此质朴地展示了家的安逸。能看到全身的人在做饭,或在看电视,这些场景迷住了乔伊丝,即使她知道,这些画面从里看时不会有那么特别。

当她转进自己家那条裸露的、满是水坑的车道时,她看见乔恩安装的那些门,框出了房屋空荡的、发着光的内部。那架活梯,未完工的厨房货架,光秃秃的楼梯,被灯泡照亮的温暖木材。乔恩随意愿摆放那灯泡,他在哪里工作,灯泡就会跟着移到相应的位置。他白天会在自己的小棚屋里工作一整天,等到快要天黑时,他会让学徒回家,自己开始修缮房子。听到她的车声,他会扭头朝乔伊丝的方向看一眼,打个招呼。通常他双手都占着,没空挥手。乔伊丝先熄掉车灯,坐在车里收拾好要带进屋的各种杂货或邮件,再穿过黑夜、狂风和冷雨,她一路都很开心,即使是冲向门口的最后一步。她感觉自己正在摆脱白天的工作,那工作既忙乱又含糊,得不断将音乐传授给或回应或冷漠的两类学生。比起和无法掌控的年轻人打交道,独自一人——她没把学徒算在内——处理木头要好太多了。

这些想法她一句也没跟乔恩说过。他不喜欢听别人谈论木工,说那工作是多么必要、伟大而高尚。如此正直,如此值得被尊敬。

他会说，全是废话。

乔恩和乔伊丝相识于安大略省一座工业城市的市区高中。乔伊丝的智商在班上排名第二，而乔恩的智商不仅位列全校第一，而且在整个市里多半也是第一。大家都觉得乔伊丝会成为一名出色的小提琴演奏家——那是在她放弃小提琴，转而演奏大提琴之前；而乔恩会成为某种令人敬畏的科学家，人们甚至无法用平常生活中使用的语言来描述他辛勤产出的工作成果。

大学第一年，他们一起辍学，离家出走。两个人到处做零工，坐巴士穿越整个国家，在俄勒冈州海岸住了一年，隔着距离与父母达成了和解。对双方父母而言，世上有一束光已经彻底熄灭。那时候，称呼他们为"嬉皮士"已经有点过时，但双方父母正是那么叫他们的。他们从来没有那样看待自己。他们不嗑药，打扮保守，不过确实谈不上体面。乔恩特别强调自己绝不会留胡子，还让乔伊丝帮他理发。没过多久，他们就疲于应付各种低薪零工，于是两人向伤透了心的家人借了钱，这才得以改善生活。乔恩学会了木工和木匠活儿，乔伊丝则拿到了学位，如此才有了在学校教音乐的资格。

她在罗格河区找了工作。他们几乎什么也没花费就买下了这间摇摇欲坠的房子，由此进入了人生的新阶段。他们种出了一个花园，逐渐熟悉了邻居们——邻居中有一部分人仍然是地道的嬉皮士，在灌木丛深处种一点大麻，售卖自己制作的串珠项链和药草香包。

邻居们喜欢乔恩。他像以前一样消瘦，眼睛炯炯有神，自负但乐于倾听。那时大多数人都还处在刚开始接触电脑的阶段，他懂电脑，会耐心解释。乔伊丝没那么受欢迎。大家觉得她教音乐的方式太过教条。

通常，乔伊丝会和乔恩一起做晚饭，喝一些自制的葡萄酒。（乔恩的酿酒方法很严谨，也很成功。）乔伊丝会分享一天的沮丧和乐事。乔恩说话不多，原因之一在于，他的注意力更多在做饭上。但等到他们开始吃饭时，他有时会聊起一些来过的顾客，或者他的学徒，伊迪。他们会笑话伊迪说的某句话，但不是那种轻蔑的笑。乔伊丝有时会想，伊迪就像他们的宠物。或者像个孩子。不过，如果她真是个孩子，他们的孩子，并且还是现在这个样子的话，他们可能会因为太过困惑，或是太过担心而笑不出来。

为什么？还用说为什么？伊迪不蠢。乔恩说她并不是做木工的天才，但教过的东西她都能学会并记住。最重要的是，她不会喋喋不休。他最怕招到一个话多的学徒。政府开设了一个项目，付钱让他教别人，而被教的那个人无论是谁，都能在学习期间拿到足够的生活费。一开始他并不愿意，但乔伊丝说服了他。她觉得他们需要报答社会。

伊迪或许是话不多，但她只要开口，语气一概强势。

"我抵制毒品，拒绝酒精。"第一次面谈时，她这么告诉他们，"我参加了戒酒互助会，以前是个酒鬼，如今在戒酒。我们从来不说自己已经戒掉了，因为我们从来都没真的戒掉。只要还活着,就没办法真正戒掉。我有一个九岁的女儿,她自打出生就没有父亲,所以她是我一个人的责任,而我打算好好把她带大。我的理想是学好木工,养活自己和女儿。"

她说这番话时正坐在他们对面,隔着餐桌轮番盯着他们俩。她矮小结实,很年轻,看上去不够老,不够沧桑,不像是经历过那样一段放纵人生。肩膀很宽,刘海很厚,马尾扎得很紧,脸上一点微笑也没有。

"还有一件事。"她说。她解开扣子,脱下长袖衬衫。她里面还穿了一件打底衫。她的两个胳膊、胸部上方,以及——当她转过身去——背部上方都饰满文身。她的皮肤宛如一件衣服,又或是一本铺满脸部特写的漫画书,四周满是龙、鲸和火焰,那些脸或不怀好意,或温柔似水,或是太繁复,又或是太骇人,让人很难解读。

你首先会好奇,她会不会整个身体都是这样。

"真厉害。"乔伊丝尽力平淡地说。

"嗯,我不知道这厉不厉害,不过当初如果要收钱的话,它们确实会让我花上一大笔。"伊迪说,"我以前很喜欢文身。之所以给你们看,是因为有些人会反感。比如要是我在棚屋里太热,得穿短袖干活儿的话。"

"我们不会。"乔伊丝说完,看看乔恩。他耸了一下肩。

她问伊迪需不需要喝杯咖啡。

"不了,谢谢你。"伊迪又穿好了长袖,"戒酒互助会有很多人,都像是离了咖啡活不下去似的。我是这么跟他们说的,我说：你们为什么要用一个坏习惯取代另一个呢？"

"太特别了。"乔伊丝过后说，"感觉不管你说什么，她都能给你讲点道理。我都没敢细问她自己生了孩子的事。"

乔恩说："她很强壮。那才是最重要的。我看了眼她的胳膊。"

乔恩口中的"强壮"就是这个词的字面意思。他的意思是她能抬得动一整根横梁木。

乔恩工作的时候会听加拿大广播公司电台。他听音乐，但也会听新闻、实况解说、听众来电。他有时会转述伊迪针对他们所听内容的看法。

伊迪不相信物种进化论。

（有个听众来电的节目，一些人会聊起自己反对学校里教的那些东西。）

为什么不信？

"好吧，因为《圣经》里写的那些国家。"乔恩解释道，然后他切换成伊迪那种坚决又毫无起伏的语气，"《圣经》里写的那些国家，有很多猴子，而那些猴子总是从树上荡下来，这就是为什么人们一开始会觉得猴子荡下来就能变成人。"

"但一开始——"乔伊丝说。

"别当真。试都别试。你难道不知道和伊迪辩论的第一原则吗？由着她去，闭嘴就好。"

伊迪还认为那些大的医药公司已经研发出了癌症的解药，但他们和医生达成了保密协议，因为他们和医生都想继续赚钱。

当电台播放《欢乐颂》的时候，她会让乔恩关掉，因为那歌曲听起来太糟了,就像葬礼哀乐一样。

她还认为,乔恩和乔伊丝——其实只有乔伊丝——不应该把还有剩酒的瓶子放在餐桌上正好显眼的地方。

"那关她什么事?"乔伊丝问。

"显然她这么觉得。"

"什么时候轮到她检查我们的餐桌了?"

"她去洗手间会路过。总不能让她在树丛里撒尿吧。"

"我真的不理解那关她什么事——"

"而且她有时候会进屋给我们做几个三明治吃——"

"那又怎么样?那是我的厨房。我们俩的。"

"她只是觉得受到酒的严重威胁。她仍然很脆弱。那是你和我无法体会的。"

受威胁。酒。脆弱。

乔恩什么时候开始这么说话了?

她应该早点明白的,在那一刻,尽管乔恩自己都没有发现。他正在坠入爱河。

坠入。这表示有段时间跨度,一个陷落的过程。但你也可以把它当成一个加速的过程,就像你跌落前那一瞬或一秒的停顿。乔恩还没有爱上伊迪。嘀嗒。现在爱上了。这根本不可能也不成立,除非你认为别人给你双眼间的一记重击只是意外伤害。一次飞来横祸,却伤人致残;一个淘气的玩笑,却让明澈的双眼变成空洞的摆设。

乔伊丝决心要让乔恩明白他上当了。他几乎没有和女人相处的经验。经验为零，除了跟她的。他们一直觉得，尝试接触不同的伴侣很孩子气，出轨很麻烦，也很具杀伤力。现在她却在想，当初是不是应该让他多出去玩玩？

而且，他整个冬天都关在自己的作坊里，只能沉浸在伊迪那自信的气场当中。就好比因为通风太差而感染病毒。

伊迪会把他逼疯的，要是他一意孤行、认真决定跟她相处的话。

"我想过这一点了。"他说，"也许她已经把我逼疯了。"

乔伊丝说那只是青少年般的蠢话，为的是让别人觉得他对此既无助，又无能为力。

"你以为你是谁？圆桌骑士吗？有人给你下了药？"

然后她说她很抱歉。他们唯一能做的，她继续说，就是把这当作一项共同的课题。必经的阴暗旅途。未来某一天，这只会被视作他们婚姻历程中的一个微小故障。

"我们会渡过这一关的。"她说。

乔恩远远地，甚至是友好地看着她。

"已经没有'我们'了。"他说。

这事怎么会就这样发生了？乔伊丝对乔恩，对她自己，后来对别人都问过这个问题。一个步履坚实、头脑聪明的木工，和一个穿着宽松裤子、法兰绒衬衫的学徒——而且只要是冬天，她就只穿沉闷的厚毛衣，上面还沾满木屑。一个费半天劲也只是从废话联想到蠢话的大脑，一个宣称自己过往每一段经历都是命运使然的人。这样一个人,让乔伊丝那修长的双腿、纤细的腰身和如丝绸般的深色发辫全都黯然失色。她的机敏、她的音乐和她那排名第二的智商。

"我来告诉你我是怎么看这件事的。"乔伊丝说。那是后来了,白昼已经变得漫长,沟渠里摇曳着的沼泽百合如火光般盛放。那时她会戴着太阳镜去上音乐课,以此遮掩因哭泣和醉酒而红肿的双眼,而且,她下班后不会直接开车回家,而是开到威灵顿公园。她希望乔恩担心她轻生,追到公园去找她。(他确实去过,但只去了一次。)

"我觉得是因为她曾经流落街头。"她说,"妓女会出于工作原因文身,而男人会因为那种东西产生性欲。我不是指对那些文身产生欲望——当然,也包括那些——我指的是她们曾经出卖过自己的事实。她们曾经随时准备着献身,有过那么多经验。现在却彻底转变。这简直就是耶稣拯救妓女马利亚的故事,完全是。而且他在性方面根本就是个婴儿,这一切都让人想吐。"

她现在有了可以说这些话的朋友。她们都有故事。其中一些人她以前就认识,但不像现在这么熟悉。她们倾吐,喝酒,大笑,直到哭出来。她们说简直无法相信。男人。他们能做出来的事情。那些事太恶心,太愚蠢。你简直不敢相信。

所以一切才是真的。

聊着聊着,乔伊丝会觉得自己好了。真的好了。她说其实如今有些时刻她会感激乔恩,因为她觉得自己比从前任何时候都要更鲜活。这一切很糟糕,但也很神奇。一个全新的开始。赤裸的真相。赤裸的生活。

但当她凌晨三四点钟醒过来时,她时常反应不过来自己身在何处。不在他们的房子里。现在是伊迪住在那里。伊迪和她的孩子还有乔恩。乔伊丝自己曾经支持这种改变,觉得这样也许会让乔恩清醒。她搬进了市区的一间公寓。房东是一名正在休年假的老师。她在夜里醒来时,街对面餐厅招牌上颤抖的粉色灯光会打进窗户,照亮这另一位老师的墨西哥装饰品。几盆仙人掌,悬挂着的猫眼石,条纹图案的毯子颜色像干涸的血迹。所有那些喝醉时的深刻见解,那种兴奋感,就像呕吐物一样从她体内逃出。除此之外,她没有宿醉感。她似乎能做到先沉溺于酒精之湖,而醒来之后还像一块纸板一样干燥、平整。

她的生活消失了。一种平常的灾难。

其实,她仍然醉着,只不过感觉异常清醒。她想驱车前往那栋房子,这很危险。不是指开进水沟——她在这种时候开车总是缓慢镇静——危险在于,她很想把车停到院子里,停到昏暗的窗户旁,对着乔恩大喊,他们必须得停下这一切。

停下这一切。这不对。让她离开。

还记得我们睡在田野里,醒来时周围都是奶牛,它们大声咀嚼着吃的,而我们前一晚都不知道它们在那儿。还记得我们在冰冷的溪流里洗澡。我们在温哥华岛上摘蘑菇,卖了它们才换到钱买机票回安大略省,当时你妈妈病得很重,我们都以为她快死了。我们当时还说,多可笑,我们甚至都没有毒瘾,摘蘑菇竟然是为了尽孝。

太阳出来了,那些墨西哥式的配色变得更加丑陋,不停对着她叫嚣。过了一会儿,她起床洗漱,打了腮红,喝了她自己做的泥浆一样浓稠的咖啡,又穿上了新衣服。她新买了一些轻薄的上装、飘逸的短裙,还有由彩虹色羽毛装点的耳环。她打扮得像吉卜赛舞者和酒吧招待那样去学校教音乐。她对一切都报以笑容,和所有人调情。和楼下小餐馆给她做早餐的男人,和给她的车加油的男孩,和卖给她邮票的邮局职员。她有想过,乔恩会听说她有多漂亮、多性感、多快乐,以及她简直迷住了所有男人。她一出公寓就开始表演,而乔恩就是头号观众,即便他只能间接观赏。即便乔恩从来都不会被花哨的外表或轻佻的言行所吸引,他从来不觉得她的魅力在这些地方。他们之前一起旅行的时候,常常只穿最朴素的衣服。厚袜子、牛仔裤、深色衬衫和冲锋衣。

还有一个变化。

就连对待年龄最小或最笨的学生,她的语气都变得更温柔,充满调皮的笑声,鼓励的口吻让人无法抗拒。她在辅导学生们准备学年末的演奏会。她之前对这次公演之夜没什么热情——她曾经觉得这会影响那些有能力的学生的学习进程,过早让他们置身于自己还不能应对的场面。所有的努力和紧张只会带来错误的影响。但今年,她决意投入到这次表演的方方面面。节目编排,舞台打光,串词介绍,当然,还有舞台表现。这会很有趣的,她宣称。对学生很有趣,对观众很有趣。

她当然期望乔恩会出现。伊迪的女儿是表演者之一,所以伊迪一定会出现。乔恩得陪着伊迪一起来。

乔恩和伊迪首次作为情侣在大家面前出现。他们的公开宣言。他们没法避免。以前也有过类似的变故，尤其是对生活在城市南部的人而言。但他们的事确实也称不上平凡无奇。一系列生活变动虽算不上丑闻，但也吸引了关注。在事情尘埃落定，大家习惯新的结合之前，不可避免有一段惹人耳目的时日。他们也经历了这些。大家往往会在杂货店里看到，新组成的情侣和被驱逐的前任聊天，或者至少是打个招呼。

但乔伊丝计划扮演的并非这种角色，尤其是演奏会当晚乔恩和伊迪——好吧，只有乔恩——在场观看的时候。

她计划扮演什么呢？天知道。她从来没想过——至少头脑清醒的时候没有——自己能迷住乔恩，当她在演出尾声登台接受观众掌声时，他就会猛然恢复理智。她也不认为，当他看到她快乐、迷人、尽在掌握的模样，而不是哀怨、想死的样子，他就会为自己的愚蠢行为深感心碎。但她的想法的确与之相差不远，她没法解释清楚，但又无法抑制地希冀着。

这是史上最精彩的演奏会。人人都这么说。他们说这次活动更有激情。更欢乐，而且更有感染力。孩子们的穿着很适合他们演奏的音乐。他们化了妆，看起来没有那么紧张、肃穆。

乔伊丝穿着一条黑色丝绸长裙在表演尾声登台，裙身随着她的移动泛起银光。她手戴银镯，披散的头发里有银色亮片。掌声中夹藏着些许口哨。

乔恩和伊迪并不在观众席。

二

乔伊丝和马特正在他们北温哥华的房子里举行聚会。马特的六十五岁生日聚会。马特是一位神经心理学家，也是一名优秀的业余小提琴手。他就是这样认识乔伊丝的，她现在是一名专业大提琴演奏家，也是他的第三任妻子。

"看看所有在这里的人。"乔伊丝不停地说，"称得上一本人生传记。"

她身材瘦削，神情热切，留着一头锡黄色的头发，有点驼背，可能是因为她得长期爱护自己的大号乐器，或者仅仅是因为她总是乐于倾听，且一直很健谈。

当然，马特在学院的同事们也来了，只有那些他认为算得上私交的人。他为人慷慨，但也直言不讳，因此可以理解，并非所有同事都能成为他的朋友。他的第一任妻子萨莉也在场，由她的看护陪着。萨莉在二十九岁时遭遇车祸，大脑受损，因此她不太可能知道马特，或她那三个已成年的儿子是谁，更不可能知道这就是她年轻时婚后住的房子。但她待人接物依旧令人愉悦，她也很高兴认识新的人，即便她十五分钟前才刚认识过他们。她的看护是一个瘦小、爱干净的苏格兰人，经常和别人解释自己不习惯参加这样吵闹的大型聚会，而且工作时不喝酒。

马特和第二任妻子多丽丝的婚姻持续了三年，但他们真正同居的时间不到一年。她是和比自己小很多的伴侣露易丝一起来的，还有露易丝几个月前生下的、她们的女儿。多丽丝和马特后来一直是朋友，与马特和萨莉的小儿子汤米也尤为亲密——多丽丝和马特结婚时，汤米还很小，一直受她照顾。马特的两个大儿子和他们各自的孩子以及孩子的母亲都在场，尽管其中一对父母已经离婚。那个已经离婚的儿子是和现女友、现女友的儿子一起来的，这个孩子还因为争抢荡秋千的轮次和一个亲戚的孩子打了起来。

汤米第一次带上了他的情人杰伊，杰伊至今没开口说过一句话。汤米告诉乔伊丝，杰伊不习惯应对家庭聚会。

"我能体会。"乔伊丝回应道，"实际上，我自己有一段时间也不习惯。"她在笑——马特把这个家族称作"部落"，有各种正式和编外人员，她在解释这些人各自的状态时，几乎笑得停不下来。她自己没有孩子，但她有一个前夫，乔恩，他住在海岸边一个磨坊镇上，那地方的条件很差。她邀请他来参加聚会，但他不能来。他第三任妻子的孙子正好要在这一天受洗。乔伊丝当然也邀请了他的妻子，她的名字叫查琳，经营着一家面包店。她友善地写了一封简短的信，解释了受洗仪式的事，逼得乔伊丝对马特说，她简直不敢相信乔恩会信教。

"我真希望他们能来。"她在向邻居解释时这么说道。（把邻居也邀请过来，这样就不会有人抱怨聚会噪音。）"那样我就能在这个复杂大家庭里增加点存在感。他还有个前妻，但我并不清楚她如今在做什么，我觉得他也不知道。"

马特和乔伊丝准备了很多食物，人们又带了很多来，葡萄酒很充足，孩子们喝的宾治果汁也有，马特还现调了一种含酒精的宾治饮料。为了纪念往昔的美好，他说，那时候人们还知道如何真正喝酒。他还说，要是有一个洗干净的垃圾桶，他会在桶里调酒，他们以前就是那么做的，但现在大家都太一惊一乍，根本不这么喝了。反正大部分年轻人都不这么喝了。

场地很大。大家要是想玩可以玩槌球，也可以坐那个引起争端的秋千。马特小时候就玩过这个秋千，他把它从车库里找了出来。现在大部分孩子都只在公园里见过秋千，在自家后院就只能玩套装塑料玩具。马特肯定是温哥华最后一批小时候随时都能荡秋千，并且从那时到现在一直没搬家的人之一。这所房子位于温莎路，松鸡山的斜坡上。它曾经紧挨着森林，但现在新的房子不停往上延伸，大部分都像城堡，附带巨型停车场。马特说，总有一天这个地方会消失。税收太高了。这里一定得消失，然后，一些新的丑东西会取而代之。

乔伊丝无法想象自己和马特一起生活在别处的样子。这里总是很热闹。人们来来去去，或丢下一切，或重新寻回丢下的东西（包括孩子）。星期日下午，马特的弦乐四重奏在书房准时上演；星期日傍晚，一位论[①]联谊会在客厅举行，而厨房里的人们则制定绿党[②]策略。戏剧阅读小组会在前院声情并茂地朗读剧本，同时厨房里的大家会忙着分享真实八卦的细节（两个地方都需要乔伊丝在场）。书房大门是紧闭的，马特和一些教员同事在里面努

---

① 此派别强调上帝只有一位，而非由三个位格（即圣父、圣子和圣灵）组成。
② 加拿大的联邦政党之一。

力地敲定策略。

她经常说，除了在床上，她和马特很少能单独共处。

"那时他又忙着读一些重要的东西。"

而她则是读一些不重要的东西。

没关系。他这个人身上有一种极具感染力的快乐和热情，那是她有时所需要的。即使当他在学校里和研究生、伙伴、潜在的敌人和诽谤者打交道时，他似乎也是风风火火的。这些特质都曾深深抚慰过她。要是她有空闲以旁观者的角度审视这一切，就会发现将来多半也是如此。站在旁观者的角度，她大概会忌妒自己。人们也许都忌妒她，或者至少是欣赏她，他们会觉得，她和他是如此般配，她有那么多朋友、责任、活动，更别说她还有自己的事业。看到她如今这样，你很难相信，她最初来温哥华时是那么孤独，以至于答应和在干洗店认识的男孩约会。那男孩比她整整小十岁，而且还爽了约。

此时此刻，她正走过草坪，胳膊上披着一条给福勒老太太的围巾。福勒老太太是多丽丝的母亲，多丽丝是马特的第二任妻子，也是晚成的女同性恋。福勒太太不能直接坐在阳光下，但她在阴凉处又会冻得哆嗦。她另一只手里端着一杯新鲜制作的柠檬水，要给萨莉的看护戈万太太。戈万太太觉得孩子们的宾治饮料太甜了，她不允许萨莉喝任何东西，因为萨莉可能会把喝的洒在自己漂亮的裙子上，或者玩乐般朝别人扔去。萨莉似乎并不介意被人这么管着。

在穿过草坪途中，乔伊丝路过一群围坐一圈的年轻人。是汤米和他的新朋友，还有一些别的朋友，其中一些她经常在家里见到，另一些她觉得自己从来没有见过。

她听见汤米说："不，我不是伊莎多拉·邓肯。"

他们都笑了。

她意识到他们一定是在玩多年前流行的那个又难又装腔作势的游戏。叫什么名字来着？她觉得应该是以字母"B"开头。她还以为他们现在这么反对精英文化，根本看不上这种消遣。

布克舒德游戏。她已经大声说出来了。

"你们在玩布克舒德。"

"你把首字母说对了。"汤米笑了笑她，这样其他人就都可以跟着笑了。

"看。"他说，"我的继母①没那么笨。她是个音乐家。布克舒德那家伙不也算得上音乐家吗？"

"布克舒德走了五十英里去听巴赫演奏风琴。"乔伊丝有点愠怒地说，"他当然是音乐家。"

汤米说："哟喂。"

圈子里的一个女孩站了起来，汤米叫住她。

"喂，克里斯蒂。克里斯蒂。你不玩了吗？"

"我一会儿回来。只是先带着我肮脏的香烟到灌木丛里躲一会儿。"

这个女孩穿着一件短小的黑色褶边连衣裙，你不禁会觉得那

---

① 原文为法语。

是一件内衣或睡衣，外加一件素净但领口很低的黑色小夹克。她头发稀疏，发色很浅，一张脸苍白，带着几分躲闪，眉毛几不可见。乔伊丝立刻就对她没了好感。她认为，这种女孩的人生使命就是让别人感到不舒服。她会跟着别人去参加聚会——就像今晚这样——去不认识的人家里，还觉得自己有表示鄙夷的权利，鄙夷他们那轻易得来的（或者肤浅的？）快乐，还有那资产阶级的好客做派。（人们还会用"资产阶级"这个词吗？）

又不是禁止客人随便在哪里抽烟。这周围，甚至房子内部都没有那些夸张的禁烟标志。乔伊丝觉得快乐正在从自己体内流走。

"汤米。"她突然说道，"汤米，能不能请你把这条披肩带给福勒奶奶？显然，她觉得很冷。柠檬水是给戈万太太的。你知道的，就是和你妈妈在一块儿的那个人。"

提醒他仍有特定的人际关系和责任在身，这没有坏处。

汤米迅速而优雅地站了起来。

"波提切利游戏①。"他一边说，一边将她从披肩和玻璃杯中解脱了出来。

"对不起，我不是故意扫你们的兴。"

"反正我们也玩得不好。"一个她认识的男孩说道。贾斯汀。"我们不像你们以前那么聪明了。"

---

① 一种猜谜游戏。其中，游戏的参与者之一会想到一个名人并说出其姓名的首字母，然后以"是"或"否"回答其他参与者的疑问，直到该名人被猜中，游戏的规则之一即该名人应至少与波提切利一样出名，故得此名。

"也就只有'以前'是了。"乔伊丝说道。她有些茫然,一时不知道自己接下来该做什么,该去哪里。

他们正在厨房洗盘子。乔伊丝、汤米和他的新朋友杰伊。聚会结束了。人们以拥抱、亲吻和热情的哭喊告别,有些人还带走了很多盘乔伊丝冰箱里放不下的食物。残余的沙拉、奶油挞和魔鬼蛋都被扔掉了。反正魔鬼蛋也没被吃掉几个。传统做法。胆固醇过高。

"真浪费,做魔鬼蛋可费工夫了。它们可能让人们联想到了教堂的晚餐。"乔伊丝一边说着,一边把整整一盘魔鬼蛋倒进了垃圾桶。

杰伊说:"我奶奶以前也做这个。"这是他对乔伊丝说的第一句话,她注意到汤米感激的神情。她本人也很感激,即便她和他的奶奶被归为一类。

汤米说:"我们吃了好几个,味道很好。"他和杰伊已经帮她一起收拾了至少半个小时,在草坪、阳台和整间房子里,甚至在一些很奇怪的地方,比如花盆和沙发垫下,收集散落的玻璃杯、盘子和餐具。

这些男孩——她把他们当作男孩——颇为熟练地把盘子和餐具摞在洗碗机里,她此刻太过劳累,不可能做得像他们那么好。他们还在水槽里为要洗的玻璃杯备好了热肥皂水和冲洗用的冷水。

乔伊丝说:"我们可以把它们留到下一批,用洗碗机洗。"但汤米不同意。

"要不是你今天太忙太累,你才不会发疯到想把它们留给洗碗机。"

杰伊洗涤,乔伊丝擦干,汤米把杯子收起来。他仍然记得这房子里的一切是如何摆放的。外面的门廊上,马特正在与一名教员进行激烈的交谈。很明显,他并没有不久前那些频繁拥抱和拖沓告别时所表现出的那么醉。

"我可能确实是疯了。"乔伊丝说,"此时此刻,我的第一想法是把这些都扔了,买塑料杯。"

"聚会后综合征。"汤米说,"我们很熟悉这个。"

"对了,那个穿黑裙子的女孩是谁?"乔伊丝问道,"游戏中途离开的那个?"

"克里斯蒂吗?你说的是克里斯蒂吧。克里斯蒂·奥德尔。贾斯汀的妻子,但她还有个本名。贾斯汀你认识的。"

"我当然认识贾斯汀。我只是不知道他结婚了。"

"是啊,他们一下子都长大了。"汤米调侃道。

"贾斯汀三十岁了。"他补充道,"她可能更大一点。"

杰伊说:"绝对更大。"

"她长得很有趣。"乔伊丝说,"她人怎么样?"

"她是个作家。人还不错。"

杰伊俯过水槽,发出某种声音,乔伊丝不懂他是什么意思。

"她多数时候都比较冷淡。"汤米说完又问杰伊,"我说得对吗?你会这么评价她吗?"

"她觉得自己是个大人物。"杰伊笃定地说。

"她确实刚刚出版了自己的第一本书。"汤米接着说,"我忘记叫什么了。名字有点像工具书,我觉得不是个好书名。要是一个人刚出版了自己的第一本书,一段时间里也确实能算个人物吧。"

几天后,乔伊丝在朗斯代尔路过一家书店时,在海报上看到了女孩的脸。还有她的名字,克里斯蒂·奥德尔。她戴着一顶黑帽子,穿着参加聚会时穿的那件黑色小夹克。合身,素净,领口开得很低。虽然她那个地方几乎没有什么可炫耀的。她直视镜头,神情凝重,仿佛受了伤,有一丝指责的意味。

乔伊丝以前在哪里见过她?派对上,没错。但即便那时,当她感到那阵多半毫无缘由的厌恶时,她也觉得自己以前见过这张脸。

是她的学生吗?她年轻时有很多学生。

她走进书店买了一本她的书。《我们如何生活》。书名没有问号。卖书的女士说:"你知道吗,如果你在星期五下午两点到四点把书带过来,作者就能给你签名。

"只要别撕掉那个金色的小贴纸,这样才能证明你的书是在这里买的。"

乔伊丝从来都不理解排队签名这件事,就为了看一眼作者、拿到一个陌生人的签名。所以她没有明确答应,只是礼貌应和。

她甚至不知道自己是否真的会读这本书。她最近在读几本很好的传记,她确信那些书比这本更符合她的口味。

《我们如何生活》是一部短篇小说集,而不是一部长篇小说。这一点就已经令人失望。这似乎削弱了这本书的权威,让作者显得更像是才抓住文学的大门,而不是已经安全地定居其内。

尽管如此,那天晚上乔伊丝还是带着书上了床,完成任务般翻开了目录页。大约在中间部分,一个标题吸引了她的注意力。

"悼念亡儿之歌①。"

马勒。熟悉的疆域。她放心地翻到指示的页面。有人,可能是作者本人,很明智地提供了翻译。

"'为死去孩童所作之歌。'"

这时,她身旁的马特哼了一声。

她知道,他发出这种声音是因为对正在读的东西感到不满,并且想让她过问一句。所以她照做了。

"老天爷,真是个白痴。"

她把《我们如何生活》盖在胸前,发出声响,表示她在听他说话。

书的封底上还有一张作者的照片,这次没戴帽子。仍然没有笑意,闷闷不乐,不过没有那么自命不凡。马特说话的时候,乔伊丝动了动膝盖,让书靠在膝盖上,这样她就可以阅读封面上那几句作者生平简介。

克里斯蒂·奥德尔在不列颠哥伦比亚省海岸的罗格河镇

---

① 原文为德语。

长大，毕业于不列颠哥伦比亚大学创意写作专业。如今，她与丈夫贾斯汀和她的猫提比略一起生活在温哥华。

当他向她解释完他那本书的内容是如何愚蠢后，马特从书中抬起眼睛看向她手上的书，说："这个女孩来参加了我们的聚会。"

"是的。她叫克里斯蒂·奥德尔，是贾斯汀的妻子。"

"所以她写了一本书？是什么书？"

"虚构。"

"哦。"

他又继续读自己的书，但过了一会儿，他有点歉疚地问："这书好看吗？"

"我还不知道。"

"'她以前和母亲一起'，"她读道，"'住在山海之间的一所房子里——'"

乔伊丝一读到这些话，就觉得很不舒服，无法继续下去。或者说，在丈夫旁边继续读下去。她合上书，说："我想下楼待一会儿。"

"灯光影响到你了吗？我正准备把它关掉。"

"没有，我只是想喝点茶。一会儿见。"

"我等会儿就睡了。"

"那就晚安吧。"

"晚安。"

她吻了他，拿着书下了楼。

她以前和母亲一起住在山海之间的一所房子里。在那之前，她曾与照看待领养儿童的诺兰太太住在一起。诺兰太太家里孩子的数量经常变化，但一直都很多。年纪小的孩子会睡在房间中央的床上，大一点的孩子睡两边的折叠床，这样小孩子们就不会滚下来。早上有起床铃。诺兰太太会站在门廊处摇铃。当她摇第二次铃时，你必须已经小便完、洗漱完毕，穿戴好等着吃早餐。大孩子得先帮助小孩子，然后再铺床。有时，一些睡中间的小家伙会尿床，因为他们常常很难爬过大孩子，去上卫生间。一些大孩子会因此打小报告，另一些要善良一点，他们只会把床单拽起来晾干。偶尔，当你晚上睡觉时，床单都还没怎么干透。这些就是她在诺兰太太家印象最深的事。

然后她就和母亲一起住了。每天晚上母亲都会带她参加戒酒互助会。母亲必须带她去，因为没人可以帮忙看护她。那里有一箱乐高玩具供孩子玩，但她不太喜欢乐高。等到她开始在学校里上小提琴课之后，她去戒酒互助会时都会带上自己那把儿童尺寸的小提琴。她没法在那里拉琴，但是她必须时时刻刻守着它，因为那是学校的财产。要是人们说话很大声，她就可以轻轻练一会儿琴。

小提琴课是学校要求的。如果你不想演奏乐器，可以只打三角铁，但老师更喜欢你演奏难一点的东西。老师身材高挑，一头棕色长发，通常在背后扎成一条长长的辫子。她身上的气味和别的老师不同。一些老师会喷香水，但她从来不会。她身上有木头、炉子和树的味道。后来，孩子确信那是雪松碎屑的味道。等到孩子的母亲去给老师的丈夫工作之后，母亲身上也有了类似的气味，但又不完全一样。区别在于，母亲闻起来只有木头，但老师身上的气味更像是沉浸在音乐里的木头。

　　孩子不太有天赋，但她很努力。她努力不是因为喜欢音乐。她努力是因为她爱着那位老师，别无其他。

　　乔伊丝把书放到餐桌上，又看向作者的照片。那张脸上有伊迪的影子吗？没有。轮廓和表情都没有。

　　她站起身，拿来白兰地，往自己的茶里倒了一点。她用力回忆着伊迪孩子的名字。肯定不是克里斯蒂。她不记得伊迪曾带着孩子去过那栋房子。学校里倒是的确有好几个孩子学过小提琴。

　　那孩子肯定不是全然没有能力，不然乔伊丝肯定早让她转去学比小提琴更简单的乐器了。但她肯定也不是特别出众——她自己也承认自己没什么天赋——不然乔伊丝一定能记得她的名字。

　　一张空白的脸。一团模糊不清的女孩气息。即便如此，乔伊丝确实从那女孩的脸上，从她长大成人后的脸上认出了某种东西。

　　伊迪在周六给乔恩帮工时，难道她没跟着去吗？还包括那些伊迪不请自来的日子，不是为了帮工，只是为了看看工作进展如何，要是有需要就搭把手。她总是一屁股坐在乔恩面前，观察他手上在做的事，在乔伊丝珍贵的休息日，妨碍他们夫妻二人所有

61

的对话。

克里斯汀。原来如此，就是这个名字。很轻易就演变成克里斯蒂。

某种程度上，克里斯汀肯定对这段私情一清二楚，乔恩肯定去过她们母女俩的公寓，就像伊迪顺道来他们的房子一样。伊迪或许还试探过那孩子。

你觉得乔恩怎么样？

你觉得乔恩的房子怎么样？

如果能去乔恩家住是不是很好？

妈妈和乔恩非常喜欢对方，当人们非常喜欢对方时，他们就会希望住在同一所房子里。你的音乐老师和乔恩不如妈妈和乔恩那样相爱，所以你和妈妈还有乔恩将一起住在乔恩的房子里，你的音乐老师会离开，然后自己找个公寓住。

这全然错误。客观地讲，伊迪不可能喋喋不休地说这么多废话。

乔伊丝自以为很清楚故事接下来的发展。孩子被卷进大人的交往和妄想中，四处流离。但是，当她再次翻开书时，她发现书里几乎没有提到居住地点的变化。

所有叙述都围绕着孩子对老师的爱。

星期四，有音乐课，是一周中极为重大的一天，一整周的快乐与否都取决于孩子当天的表现是否出众，以及老师是否能注意到孩子的表现。两种结果几乎都令人难以承受。老师的声音可能是克制、和蔼的,她会开几个玩笑,以此来掩饰自己的疲倦和失望。孩子会因此陷入痛苦。或者,老师会突然表现得轻松愉快。

"真为你高兴。真为你高兴。你今天真的做得很好。"孩子会高兴得胃部抽搐。

有一个星期四,孩子在操场上摔倒,膝盖擦伤了。老师用一块温暖的湿布为她擦洗伤口,并突然温柔地宣布,这种情形需要补偿,说着便伸手去够那碗巧克力豆,那是专门为鼓励年纪最小的孩子们准备的。

"你最喜欢哪个?"

孩子克制住自己,说:"随便。"

那就是变化开始的时刻吗?是因为春天的到来,因为演奏会的准备工作吗?

孩子觉得自己得到了特殊待遇。她被指定独奏。这意味着她必须在星期四放学后留下来练习,而她也会因此错过出城的校车,不能回到她和母亲当时住的房子。老师会开车送她。路上,老师问孩子是否对演奏会感到紧张。

有一点。

老师说,孩子得训练自己去想象一些真正美好的东西。比如一只鸟在天空中飞翔。她最喜欢哪种鸟?

又是最喜欢。孩子想不出来,一种鸟也想不出来。然后她回答:"乌鸦?"

老师笑了。"好的。好的。想象一只乌鸦。等到你开始演奏之前,在脑中想象一只乌鸦。"

然后，也许是对笑声感到抱歉，感觉到孩子的难堪，老师提议一起去威灵顿公园，看看夏天才有的冰激凌摊是否已经开始营业。

"如果你没有直接回家，他们会担心吗？"

"他们知道我和你在一起。"

冰激凌摊的确在营业，尽管能选的口味很有限。他们还没有开始卖那些更为新奇的口味。孩子心中满是幸福和激动，这次她确保自己提前想好了答案。她选了草莓味。老师像许多成年人一样选了香草味。不过，她会和服务员开玩笑，告诉他快点把朗姆葡萄干口味的拿出来，不然她就不喜欢他了。

也许那就是另一个变化开始的时刻。听到老师以那种方式说话，几乎像个大女孩那样挑逗，孩子放松下来。从那时起，她不再那么受崇拜之苦，只是全然快乐。她们开车去码头看停泊的船只，老师说她一直想住在船上。那一定很有趣，对吗？她问，孩子自然表示赞同。她们挑选了一个愿意住进去的船。那艘船是别人家自制的，漆成浅蓝色，船身有一排小窗户，里面摆着一些天竺葵盆栽。

话题因此转向孩子现在住的房子，也就是老师过去住的房子。不知为何，在那之后，在老师开车送她回家的途中，她们总会重新回到那个话题。孩子一一汇报：她喜欢有属于自己的卧室，但不喜欢外面黑漆漆的样子。有时她觉得自己能听到窗外有野生动物的响动。

什么野生动物？

熊，美洲狮。妈妈说它们生活在灌木丛里，还让她永远不要去那里。

"当你听到它们的声音时，会跑到妈妈的床上吗？"

"我不能那么做。"

"天哪，为什么不呢？"

"乔恩在那儿。"

"乔恩对那些熊和美洲狮有什么看法？"

"他觉得外面只有鹿。"

"他会不会因为你母亲跟你说的那些话而生她的气？"

"不会。"

"我觉得他从来没有生过气。"

"他只有一次稍微有点生气。因为我和妈妈把他所有的酒都倒进水槽冲走了。"

老师说如果总是害怕森林，会很可惜。她说，森林里有一些散步路线，那里的野生动物不会打扰你，尤其是当你发出声响时，而你通常都会发出声响的。她知道哪些是安全的道路，她还知道所有即将开放的野花的名字。狗牙紫罗兰。延龄草。天南星。紫罗兰和耧斗菜属植物。巧克力百合。

"我想它们还有个学名，但我喜欢叫它们巧克力百合。这名字听起来很美味。当然，不是因为它们的味道，而是它们的外观。它们看起来就像巧克力，带点像碎浆果一样的紫色。它们很稀有，但我知道哪里能找到。"

乔伊丝又把书放下。此刻,此刻她才真正明白故事的走向,她感到一阵恐慌来袭。无辜的孩子,病态的、暗中窥探的大人,那种引诱。她应该早点明白过来的。这些情节如今是那么流行,基本算是默认设定。那片森林,那些春日花朵。从这里开始,作者会将自己丑陋的创作嫁接到她生命中真实的人和事之上,因为她懒得创作,却乐于中伤。

当然,一些情节真实发生过。她过去忘了的事,如今全都记起来了。开车送克里斯汀回家,以及自己对她的态度:她从来都不是克里斯汀,而是伊迪的女儿。她记得自己没法开进院子里掉头,所以一直都让孩子在路边下车,然后得再开差不多半英里的路,才能找到地方掉头。冰激凌的事她确实不记得了。但过去码头的确停泊着一艘一模一样的船屋。甚至那些花,还有那些针对孩子的狡猾而恶劣的发问,也都可能是真的。

她必须继续读下去。她想再倒些白兰地,但她早上九点还有彩排。

完全不一样。她又错了。森林和巧克力百合从故事中消失了,独奏会也只是一笔带过。学期就结束了。期末周后的那个星期日早晨,孩子很早就被叫醒了。她听到院子里传来老师的声音,于是就走到窗前。老师正坐在车里和乔恩说话,车窗摇了下来。那辆车上挂着一节小货厢。乔恩光着脚,光着胸脯,只穿着牛仔裤。他喊了喊孩子的母亲,她来到厨房门口,走了几步,来到院子里,但没有走到车前。她穿着乔恩的衬衫,她把它当睡衣穿。她总是穿长袖来遮掩文身。

两人谈论着公寓里的某样东西，乔恩答应会去拿。老师把钥匙扔给了他。然后，他和孩子的母亲一边商量，一边劝老师再带一些别的东西走。但老师不愉快地笑着说："都是你们的。"很快，乔恩说："好吧，再见。"老师回答"再见"，孩子的妈妈没说话，至少孩子没听到。老师的笑容和往常一样，乔恩指导她如何在院子里掉头、拉走货厢。孩子穿着睡衣往楼下跑，虽然她知道老师没有心情和她说话。

"她刚走。"孩子的母亲说，"她要去赶渡轮。"

喇叭响了一声，乔恩挥了挥手。然后他穿过院子对孩子的母亲说："结束了。"

孩子问老师是否会回来，他说："不太可能。"

接下来的半页里，孩子进一步了解着事情的真相。随着年龄的增长，她回忆起一些问题，那些看似随意的打探。那些关于乔恩（她不这么叫他）和她母亲，但其实没什么用的信息。他们早上几点起床？他们喜欢吃什么，会一起做饭吗？他们一般都用收音机听什么？（什么都不听。他们买了一台电视机。）

老师想要的究竟是什么？她想听到坏消息吗？或者，她只是渴望听到一点什么，渴望和孩子保持联系，因为孩子和那两人在同一屋檐下入睡，在同一张桌子上吃饭，每一天都如此亲近？

孩子永远都得不到真正的答案。她唯一清楚的是，自己曾经有多么微不足道，她的迷恋之情是如何被加以利用，她是一个多么可怜的小傻瓜。这让她内心充满痛苦，当然。痛苦和骄傲。她决心成为一个再也不会被愚弄的人。

但后来事情又发生了变化。这正是出人意料的结局。她对老师和那段童年的感受在某一天发生了变化。她不清楚改变是如何以及何时发生的,但她意识到,那段日子对她来说不再是被蒙骗的时光。她会想起自己曾苦心练习的乐曲(当然,她后来放弃了音乐,在还不到青春期时)。那些期望所带来的愉悦,阵阵袭来的幸福感,还有那些她从未有机会看到的、有着奇妙又悦耳名字的森林花朵。

爱。她对此感到高兴。如果一个人强烈的幸福感——无论多短暂、多转瞬即逝——能从另一个人强烈的痛苦中产生的话,那整个情感世界为了收支平衡,似乎注定会伴随某些随机而必然不公正的牺牲。

是啊,乔伊丝想。是的。

星期五下午,她去了书店。她带了自己那本待签的书,还有一小盒"精品巧克力大师"。她开始排队。她有点惊讶于竟然有这么多人来。和她同龄的,比她更年长的和更年轻的女性。少数的几个男性都比她年轻,一部分是陪自己女朋友来的。

那位卖书的女士认出了乔伊丝。

"很高兴又在这儿见到你。"她说,"你有读《环球评论》里的那篇书评吗?太棒了。"

乔伊丝很困惑,实际上还有点发抖。她说不出话来。

这位女士沿着队伍挨个解释,这里只能签在这家店买的书,而且，如果只买了收录克里斯蒂·奥德尔一个故事的作家选集，也不能签，她对此深表遗憾。

乔伊丝前面的女人又高又壮，所以她在排队时一眼也没看到克里斯蒂·奥德尔，直到那女人弯腰将自己的书放在签名桌上时，乔伊丝才看见了她。她看起来和海报还有聚会上的样子完全不同。黑色的外套和黑色的帽子都不见了。克里斯蒂·奥德尔穿着一件玫瑰红的丝绸锦缎外套，衣领上缝着小颗金色珠子，里面穿了一件精致的粉色背心。她的头发散发着崭新的金色光泽，耳朵上戴着金色耳环，脖颈间还有一条如发丝般纤细的金色项链。她的嘴唇像花瓣一样晶莹泛光，眼影是红棕色的。

也是，谁会想买一本怨妇或者失意者写的书呢？

乔伊丝还没有想好自己要说什么。她觉得到时自然就会知道。

女店员又说话了。

"你们都把书打开翻到要签名的那一页了吗？"

乔伊丝必须放下巧克力盒子才能做到这一点。她真切感受到自己的心已经跳到了嗓子眼。

克里斯蒂·奥德尔抬起头来看着她，朝她微笑——一个打磨过的亲切笑容，带着职业化的疏离。

"你的名字是？"

"只写乔伊丝就行。"

她的时间过得很快。

"你是在罗格河小镇出生的吗？"

"不是。"克里斯蒂·奥德尔回复道，带着些许不快，或者至少是一种不再饱满的欢欣,"我的确在那儿住过一段时间。需要我写日期吗?"

乔伊丝拿出她的盒子。"精品巧克力大师"确实有卖巧克力做的花朵,但他们没有百合,只有玫瑰和郁金香。所以她买了郁金香,它们跟百合并不是截然不同。都是球茎类花卉。

"我想谢谢你写了《悼念亡儿之歌》。"她说得太着急,几乎咽下了这个很长的名字,"它对我来说很重要。我给你带了一个礼物。"

"那确实是个精彩的故事。"女店员接过盒子,"我来拿就行。"

"这不是炸弹。"乔伊丝笑着说,"是巧克力百合。其实是郁金香。他们不卖百合,所以我买了郁金香,我觉得郁金香是最佳替代品。"

她注意到女店员不再笑了,而是严肃地盯着她。克里斯蒂·奥德尔说:"谢谢你。"

女孩的脸上没有丝毫认出乔伊丝的迹象。她既没有认出乔伊丝是多年前罗格河小镇的故人,也不记得曾在两周前的聚会上见过她。你甚至无法确定她是否记得自己写下的故事标题。你会觉得她跟那个标题毫无关系。好像那只是某种她从草地里拽出来,又抛置一旁的东西。

克里斯蒂·奥德尔坐在那里,签下自己的名字,好像那就是她在这世界上所能为之负责的全部写作。

"与您聊天很高兴。"女店员说道,她的眼睛仍然看着那个盒子。上面是"精品巧克力大师"店的女孩系的卷曲的黄色丝带。

克里斯蒂·奥德尔抬起眼睛,向队伍的下一个人致意,乔伊丝终于意识到自己应该往前走,趁着自己还没成为大家调侃的对象。还有她的盒子,谁知道呢,估计会成为警察的调查目标。

当她走上朗斯代尔大道,一路上坡时,她感到很挫败,但又逐渐恢复了镇静。有一天,她可能会把这一切当作一个有趣的故事讲出去。她不会感到讶然。

温洛岭

我母亲有一个单身的表弟,过去每年夏天都会来农场看望我们。他总带着他的母亲,妮尔·博茨姨母。他叫欧尼·博茨,身材高大,脸色红润,表情友好,一张大方脸,一头金色的鬈发从前额就开始生长。他的手,他的指甲,像肥皂一样干净,臀部有点丰满。他不在的时候,我叫他"认真的屁股"[①]。我说话很刻薄。

但我觉得自己没有恶意。几乎没有恶意。妮尔·博茨姨母去世后,他不再来了,但寄过一张圣诞贺卡。

我是在伦敦上的大学——安大略省的伦敦,也就是他所住的地方,当时他习惯每隔一周的星期日晚上带我出去吃饭。在我看来,那是因为我是他的亲戚。他甚至不用考虑我们是否适合待在一起。他总是带我去同一个地方,一家叫老切尔西的餐馆,设在楼上,可以俯瞰登打士街。店里的窗帘是天鹅绒的,桌布是白色

[①] 原文为"Earnest Bottom",是角色原名"欧尼·博茨"(Ernie Botts)的谐音式戏仿。

的，桌子上还有玫瑰色的小灯。他多半负担不起那家店，但我当时没有想到这一点，因为我是个乡村女孩，我觉得所有像他那样住在城市里的男人，每天穿着西装，留着这么干净的指甲，肯定都富有到能经常那么奢侈一把。

我总是选菜单上最有异国情调的菜肴，比如鸡肉馅油酥饼、香煎鸭胸配橙酱，而他每次都吃烤牛肉。甜品都是用餐车送上来的。一般会有一个很高的椰子蛋糕，顶上放着过季草莓的蛋挞，装满鲜奶油、表面涂着巧克力的羊角包。我会花很长时间才能决定吃什么，就像一个五岁的孩子挑选各种口味的冰激凌，为了抵消这种暴食所带来的恶果，接下来的星期一我一整天都不会吃东西。

欧尼看着有点太年轻，不像是我的父亲。我不希望学校里的人在看到我们时，觉得他是我的男朋友。

他会问我的课程，当我告诉他，或是重新告诉他，我在攻读英文和哲学双学位时，他会严肃地点头。不像家乡的那些人，在听到我说这些时翻白眼。他告诉我他对教育怀有敬畏之心，他很遗憾自己没条件在高中结束之后继续学习。他在加拿大国家铁路公司找了份售票员的工作，现在已经是一名主管。

他喜欢严肃读物，但那无法取代大学教育。

我很确定，他所想的严肃读物指的是《读者文摘》中的那些原著缩写本，为了避免继续聊我的学业，我会跟他说起我的租房生活。那时候，学院没有宿舍，我们都住在出租房、廉价公寓，或是兄弟会、姐妹会的房子里。我的房间是一栋老房子的阁楼，占地面积挺大，挑高却很低。不过，因为这里之前是女佣的住处，房间里还有一间独立浴室。二楼的房间里住着另外两个拿奖学金念书的学生，她们在现代语言专业念最后一年。她们分别叫凯和贝弗利。在楼下那个天花板很高但极小无比的房间里住着一个医学生，他几乎从不在家，但他的妻子贝丝总是待在家里，因为她的两个孩子都还很小。贝丝是整栋房子的管理人，也负责收租。她和二楼的女孩们经常发生争执，后者总是在卫生间里洗衣服，然后就晾在那里。当医学生在家时，他有时不得不使用二楼的卫生间，因为楼下的卫生间里有婴儿用品。贝丝说，他不该忍受面前的长袜和各种私密的玩意儿。凯和贝弗利反驳说，搬进来时他们曾经答应过，她们能有自己的卫生间。

这就是我选择和欧尼分享的那类事情，他红着脸说，她们应该把那个条件写进合同里。

凯和贝弗利让我很失望。她们的现代语言学得很用功，但两人的聊天和爱好，似乎与那些多半会去银行或办公室工作的女孩没有什么不同。她们星期六会用鬈发夹把头发弄卷，涂指甲油，因为晚上要去和男友约会。星期日，她们把乳液涂在脸上，因为前一天男友用胡子磨伤了她们。我一点都不觉得她们俩的男友有任何魅力，我很想知道她们为什么会那么觉得。

她们说，她们曾经疯狂到想去联合国当翻译，但现在她们觉得自己可以在高中教教书，如果幸运的话，还能结婚。

她们给我提我不想要的建议。

我当时在学校食堂找了份工作。我负责推着手推车收拾桌上的脏盘子，再把空桌子擦干净。我还负责把架子上的食物端出来供人拿取。

她们说那工作不好。

"如果男孩子看到你做那样的工作,他们不会找你约会的。"

我把这件事告诉了欧尼,他说:"那你是怎么回应的?"

我告诉他,我回复我不会想和下那种结论的人约会,所以,还有什么问题呢?

这句话说到欧尼心里去了,他的脸一下就亮了起来,两只手在空中不停挥舞。

"完全正确。"他说,"这绝对是应该采取的态度。正当工作。你做的是正当工作,有人却想因此贬低你,永远不要听信这些人。你尽管往前走,无视他们。继续骄傲下去。如果有人看不惯,你就告诉他们忍着吧!"

他的这番话,他那张亮起的大脸上的正义感和赞许,他动作中急促的热情,第一次激起了我的疑虑。我第一次沮丧地怀疑,她们的忠告或许不无道理。

我在门缝底下发现了一张便条,贝丝说想和我谈谈。我担心贝丝想谈我把外套晾在楼梯扶手上的事,又或者是我的脚步太重,在楼梯上噪音太大,打扰了她丈夫和孩子的事;她丈夫布莱克(有时)得在白天睡觉,她孩子(总是)在白天睡觉。

门一打开就是一片悲惨混乱的景象,贝丝的每一天似乎都是这么过的。固定在天花板的架子上挂着湿衣服,基本都是尿布片和难闻的婴儿羊毛衫,炉子上放着消毒器,各种奶瓶在里面不停冒泡，噼啪作响。窗户上热气弥漫，椅子上要么随便扔着湿答答的布，要么就是脏兮兮的毛绒玩具。年纪大一点的婴儿正紧抓着婴儿围栏的横档，嘴里发出指责的号叫——显然贝丝刚刚才把他放在那里面；更小的那个婴儿坐在高脚椅里，嘴里和下巴上全是南瓜色的食物，看起来就像长了疹子。

贝丝越过这一切朝外张望，她又扁又小的脸上带着一种紧绷的优越感，就像是在说，没有多少人能像她一样忍受这样的噩梦，而这世界是如此吝啬，从来不给她应得的夸奖。

"你记得吗？当你搬进来的时候，"她说，然后提高了分贝，想盖过那个大一点的婴儿，"当你搬进来的时候，我跟你说过，那地方的空间足够容纳两个人？"

头顶的空间可容纳不了，我话到嘴边，但她立马接了下去，通知我有另外一个女孩会搬进来。她每星期二到星期五会住这里。她以后要在学校旁听一些课程。

"布莱克今晚会带一张沙发床回来。她占不了多少空间。我猜她的衣服也不会很多，她家在城里。你一个人独占那些空间也有六周了，而且以后周末你还是可以独享整个地方。"

一句也没提减房租。

妮娜确实没占多少空间。她个头很小，动作得体。不像我，她从来不会撞到屋顶横梁。她很多时候都在沙发床上盘腿坐着，一头金棕色的头发垂在脸上，宽松的日本和服底下，是孩子气的白色内衣。她的衣服都很漂亮——一件驼毛大衣，一些纯羊绒毛衣，一条别着银色大胸针的百褶格子裙。就是你会在杂志版面上看到的那种衣服，上面还会有这样的标题："为你家的少女添置新衣，迎接大学生活。"但她一从学校回来就会换上那件和服，而且通常也懒得挂衣服。我回家之后也有立刻换衣服的习惯，但我是为了保持短裙平整，让衬衫或者毛衣看起来不那么旧，所以我会小心地把所有衣物都挂起来。晚上，我会穿一件仿羊毛的睡袍。我每天都会在学校早早吃过晚餐再回家，算是工资的一部分。妮娜看起来也吃过饭了，虽然我不知道她是在哪里吃的。也许她的晚餐就是她吃了一晚上的东西——杏仁、橘子，还有一堆用红色、金色或紫色箔纸包裹的好时巧克力。

我问她，穿那么薄的和服会不会感冒。

"不会。"她答道，说罢便抓住我的手，贴在她的脖子上。"我的身体一直都很温暖。"她说。事实的确如此。甚至她的皮肤看起来都是温暖的，尽管她说那只是因为她的皮肤被晒得很黑，不过已经在变白了。她身上有一种特别的气味，和这种肤色很相称，那味道有点像坚果，或者是香料，并不难闻，只不过不是经常洗澡沐浴的人身上会有的味道。（我自己的气味也谈不上清新，因为贝丝规定每周只能洗一次澡。很多人一周最多就只洗一次。虽然空气中夹杂着爽身粉和磨砂除臭膏的味道，但我觉得最明显的还是人的体味。）

我一般都会读书读到深夜。我之前还担心，房间里有另一个人在，我可能会读不下去。但妮娜的存在感很低。她基本只是在剥橘子和巧克力，耐心地摆放纸牌。不得不伸长身子移动卡牌时，她会偶尔发出很小的声音，一声呻吟或嘟囔，就像是在抱怨自己不得不稍微调整身体的位置，不过还是十分享受。其他时候她一直都很自得，随时都能蜷起身子入睡，即便灯还亮着。虽然没人强迫我们交谈，也没有这个需要，但我们很快就开始聊天，分享各自的生活。

妮娜今年二十二岁，而以下是她十五岁之后的人生。

首先，她不小心让自己怀了孕（她原话就是这么说的），并嫁给了孩子的父亲，那人并不比她年长多少。这是在芝加哥郊外的某个小镇上，叫作兰尼维尔。镇上没有什么别的工作，男生只能去开谷物收割机或维修机械，女生则去商店工作。妮娜梦想着成为一名理发师，但她必须离开那里，接受相关培训才行。她之前不住在兰尼维尔，那是她祖母生活的地方，她父亲去世之后，母亲再婚，继父把她赶了出来，她只能搬去和祖母一起生活。

她又有了一个孩子，也是个男孩，有人承诺给她丈夫在另一座小镇找个工作，所以他就离开了。他说会找人来接她，但从来没有真的这么做。她把两个孩子都留给祖母照顾，坐公交车去了芝加哥。

在公交车上，她遇到一个名叫玛西的女孩，她也一样准备去芝加哥。玛西认识一个在芝加哥开餐馆的人，她们可以在他那儿打工。但当她们到达芝加哥，找到这家餐馆时，发现他并不是餐馆老板，他只是在那里工作过，不久前辞职了。餐馆真正的老板有一个空着的房间，就在餐馆楼上，他同意让她们住进去，只要她们每晚打扫整间餐馆。她们只能用餐馆的洗手间，而且白天不能用太久，因为会影响客人。她们只有在打烊后才能清洗需要换的衣服。

她们几乎不怎么睡觉。她们和一个酒吧男招待交上了朋友——他是个同性恋，但人很友善——酒吧就在街对面，她们可以免费喝姜汁汽水。她们在那儿认识了一个男人，他邀请她们参加了一个聚会，从那以后，她们就被邀请参加其他各种聚会，也正是在这段时间，妮娜认识了珀维斯先生。事实上，"妮娜"正是他给她起的名字。在那之前她叫琼。她后来就住进了珀维斯先生在芝加哥的家里。

她一直在等待恰当的时机提起她的两个儿子。珀维斯先生的房子里有这么多房间，她觉得他们可以和她一起住在那儿。但当她提到这件事时，珀维斯先生告诉她，他鄙视孩子。他永远也不想让她怀孕。但不知怎的，她还是怀了孕，为了堕胎，她和珀维斯先生一起去了日本。

她一直觉得自己是想堕胎的，但她最后一刻决定，不。她要生下那个孩子。

那好吧，他说。他会支付她回芝加哥的机票钱，但之后的事，她就只能靠自己了。

这一次，她已经轻车熟路了些，她去了一个地方，那里的人可以一直照顾她，直到孩子出生，还可以找人领养。孩子出生了，是个女孩，妮娜给她起名叫杰玛，并且下定决心要自己养大她。

她认识了一个女孩，那人也在同一个地方生下了孩子，并且也决定自己养，于是她们俩达成协议，要轮班工作，一起住，一起养大她们的孩子。她们找到一个能承担得起的公寓,也找到了工作:妮娜在一家鸡尾酒清吧上班,一切都还算过得去。然后,圣诞节前夕——那时杰玛八个月大——妮娜回家时发现,那个母亲喝得半醉,在和一个男人鬼混,而杰玛发着高烧,病得连哭都哭不出来。

妮娜把杰玛裹严实,叫了辆出租车,把她送到了医院。因为圣诞节,路上交通堵塞,等到她们终于抵达医院,那里的人告诉她,出于某种原因,他们没法给孩子治病,让她去另外一家,在去的路上,杰玛痉挛发作,然后死去了。

她想为杰玛举行一个郑重的葬礼,而不是让她和一个死掉的老乞丐合葬(这是她听来的,听说没钱的话,婴儿的尸体就只能落得这种下场),于是她去找了珀维斯先生。他比她预期中更友善一些,他付钱买了棺材和其他所有东西,还有刻着杰玛名字的墓碑,等到一切结束之后,他重新接受了妮娜。为了让她开心起来,他们一起长途旅行,去了伦敦、巴黎和其他很多地方。回来之后,他闲置了芝加哥的房子,他们一起搬来这里。他在这附近的乡下有地产,他还有赛马。

他问她是否想去上学,她说她想。他说她应该去旁听一些课程,看看自己想学什么。她告诉他,她希望自己一部分时间能像普通学生那样生活,像他们那样打扮,像他们那样学习。他说,他可以做一些安排。

她的生活让我觉得自己像个傻瓜。

我问她珀维斯先生的名字是什么。

"亚瑟。"

"你为什么不直接叫他的名字呢？"

"因为那样不太自然。"

原则上，妮娜晚上不能出门，除了去学院参加某些特定的活动，比如看戏、听音乐会或者讲座。原则上，她只能在学校里吃晚餐和午餐。尽管如我所说，我不知道她是否真的吃过。早餐我们就在房间里解决，喝雀巢咖啡，吃放了一天的甜甜圈，那是我前一天从食堂带回家的。珀维斯先生不喜欢事情的走向，但他接受了，权当这是妮娜模仿学生生活的一部分。只要她每天吃一顿丰盛的热饭，另一餐能吃上三明治和汤，他就满足了，他以为她就是这么吃的。她专门去看了食堂有些什么吃的，这样她就能告诉他，她吃了香肠或索尔兹伯里牛肉饼，鲑鱼或鸡蛋沙拉三明治。

"那么，如果你真的出去了，他怎么知道？"

妮娜站了起来，嘴里发出她一贯的声音，既像是抱怨又像是享受，轻轻走到了阁楼的窗户前。

"过来这里。"她说，"待在窗帘后面。看到了吗？"

街对面停着一辆黑色的车，但不是正对着，而是隔了几道门。路灯照在司机的白发上。

"那是温纳女士。"妮娜说，"她会在那里一直待到午夜。或者更晚，我不确定。如果我出去，她会跟着我，不管我去哪里，她都会在那儿逗留，然后再跟着我回来。"

"如果她睡着了怎么办？"

"她不会的。即便她真的睡着,一旦我想尝试做点什么,她就会像开枪一样立刻醒来。"

为了让温纳女士演练一下——妮娜是这么说的——我们在一天晚上离开家,坐公交车去了市图书馆。从车窗望出去,能看到那辆长长的黑色汽车一直跟着,它在每一个公交车站减速,停留,然后又加速,这样才不会被我们甩掉。我们不得不再步行一个街区到图书馆,温纳女士从我们身边经过,把车停在前门外,通过她的后视镜——我们是这么觉得的——盯着我们。

我想看看是否可以借走一本《红字》,这是一门课程的必读书目。我买不起,而学校图书馆里的这本书都被借完了。我还想给妮娜借一本书,那种有简明历史图表的书。

妮娜已经买了她旁听的课程需要的教科书。她买了笔记本和钢笔,是当时最好的钢笔,本子和笔的颜色是搭配好的。红色用来记中美洲前哥伦布时期文明课程,蓝色用来写浪漫主义诗人,绿色要搭配维多利亚和乔治王时期的英国小说家,黄色属于从佩罗到安徒生时期的童话故事。她从不缺席任何一节课,每次都坐在后排,因为她认为那是适合她的地方。她说起这些事时似乎都很享受,和其他学生一起穿过艺术楼,找到自己的座位,打开课本翻到指定页面,拿出钢笔。但她的笔记本一直是空的。

在我看来,问题在于她无从着手。她不知道什么是维多利亚时代,什么是浪漫主义,什么是前哥伦布时代。她去过日本、巴巴多斯,还有许多欧洲国家,但她永远不可能在地图上找到这些地方。她甚至不知道法国大革命是否发生在第一次世界大战之前。

我好奇她是怎么选中了这些课。是因为她喜欢这些课程的发音,还是因为珀维斯先生觉得她能听懂这些课?或者,他选择这些课是出于私心,如此一来,她很快就会厌倦学生生活?

我在找自己想要的书时,偶然看到了欧尼·博茨。他抱着一堆悬疑读物,是他为母亲的一位老朋友挑选的。他告诉过我,他总是会做类似的事情,就像他每星期六早上总是在退伍军人之家,与他父亲的一位密友下西洋棋一样。

我介绍他和妮娜认识。我跟他讲过她搬进来的事,当然,没和他说起任何她从前或者如今的生活。

他握了握妮娜的手,说很高兴见到她,接着又问是否可以载我们回家。

我正要说不了谢谢,我们去搭公交车,妮娜就问他车停在哪里。

"在后面。"他说。

"有后门吗?"

"有的,有的。是一辆轿车。"

"不,我不是那个意思。"妮娜友善地说,"我是说图书馆。这栋楼。"

"是的。是的,有。"欧尼慌乱地说,"对不起,我以为你是指车。是的。图书馆有后门。我就是走后门进来的。对不起。"此时他的脸已经通红,而且不停道歉,幸好妮娜用一种友好甚至带点奉承的笑声打断了他。

"那好。"她说,"我们可以从后门出去。就这么定了。谢谢。"

欧尼开车送我们回家。他问我们是否愿意绕道去他的住处,喝杯咖啡或热巧克力。

"对不起,我们有点赶时间。"妮娜说,"不过还是谢谢你的邀请。"

"我猜你们有作业要做。"

"作业,是的。"她说,"我们确实有。"

我当时在想,他从来没有邀请过我去他家。出于礼节。一个女孩,不合适。两个女孩,可以。

当我们表达谢意和道别时,黑色汽车并不在街对面。当我们透过阁楼窗户往外看时,也没有它的影子。不一会儿,妮娜的电话响了,我听到她在楼梯平台上说:"哦,没有,我们只是进图书馆借了本书,然后就直接坐公交车回家了。刚好赶上了一班车,是的。我很好。当然。晚安啦。"

她摇摇晃晃地笑着走上楼来。

"温纳女士今晚遇到大麻烦了。"

然后她跳了一小步,开始挠我痒痒,她每隔一段时间就会这样做,毫无预警,因为她发现我特别怕痒。

一天早上,妮娜没有起床。她说她喉咙痛,发烧。

"来摸摸。"

"你的身体摸起来总是很热。"

"今天更热了。"

那天是星期五。她让我给珀维斯先生打电话,告诉他她想在这里过周末。

"他会同意的,他无法忍受身边有个病人。他就是那种疯子。"

珀维斯先生想知道他是否应该派一位医生过来。妮娜预见到了这一点,并叫我转告,说她只是需要休息,她会打电话给他,又或者是让我打,如果她情况变糟的话。好吧,告诉她保重身体,他说,并感谢我打电话过去,以及这么尽心地照顾妮娜。然后,就在我们准备道别时,他突然问我是否愿意在星期六晚上和他共进晚餐。他说他觉得一个人吃饭很无聊。

妮娜也预见到了这一点。

"如果他邀请你明天晚上和他一起去吃饭,你要不就去吧?每个星期六晚上都有好吃的,很特别。"

星期六食堂不开。见到珀维斯先生的可能性既使我不安,也让我好奇。

"我真的要去吗?如果他邀请的话?"

我同意和珀维斯先生一起进餐——他原话就是"进餐"——我走上楼,问妮娜我应该穿什么。

"现在担心干吗?明天晚上才吃饭呢。"

是啊,为什么要担心呢?我只有一件像样的衣服,是我在高中毕业典礼上发表告别演说之前,用一部分奖学金买的绿松石色绉绸裙子。

"而且穿什么其实并不重要。"妮娜说,"他不会注意到的。"

是温纳女士来接的我。她的头发不是白色,而是铂金色的,在我看来，这种颜色恰恰证明她冷酷的心，那些不道德的交易，还有在生命肮脏的后巷里漫长、崎岖的一生。尽管如此，我还是想坐在她身边，因为我认为这既体面又能彰显平等。但在我站在她身旁，正要这么做的时候，她突然打开了后面的车门。

我原以为珀维斯先生一定住在城市北边一幢破旧的宅邸里，周围是几英亩的草坪和未耕的田地。多半是赛马让我有了这种想象。相反，我们向东开去，穿过热闹但并不气派的街道，途经砖房和仿都铎式房屋。天刚刚暗下来，房屋的灯亮着，圣诞灯也已开始在白雪覆盖的灌木丛中闪烁不停。我们转入一条两边尽是高大树篱的狭窄车道，停在一所房子前面。我觉得这栋房子很现代，因为它的屋顶很平，长长的墙面上净是窗户，而且建筑材料似乎是水泥。这里没有圣诞灯，任何种类的灯都没有。

也没有珀维斯先生的踪影。汽车开进了一个洞穴般的地下室，我们乘电梯上了一层楼，来到一个大厅，灯光昏暗，布置像一间客厅，有带垫子的硬椅子，擦得锃亮的小桌子，还有镜子和地毯。温纳女士挥手示意我往前走，让我穿过一扇从大厅里侧打开的门，进入一个没有窗户的房间，里面有一张长椅，墙上有很多钩子。除开抛光过的地板和地毯，这里和学校的衣帽间毫无区别。

温纳女士说："把你的衣服留在这里。"

我脱下靴子，把手套塞进外套口袋，又把外套挂了起来。温纳女士一直陪着我。我猜她只能这样，因为她得告诉我下一步往哪儿走。我的口袋里有一把梳子，我想整理一下发型，但不想在

87

她盯着我的时候。而且我也没看到镜子。

"还有剩下的。"

她直直地看着我,想确定我是否听明白了,当我看起来似乎没明白时(虽然在某种意义上我听懂了,我明白,但我希望是自己误会了),她说:"别担心,你不会觉得冷。整栋房子的供暖都很足。"

我仍没有按她的意思照做,于是她漫不经心地开口,仿佛懒得费劲去蔑视我。

"我希望你别像个婴儿一样。"

那一刻,我本可以伸手去拿我的外套。我本可以要求她开车送我回公寓。如果被拒绝,我本可以自己走回去。我记得我们来时的路,虽然走路会很冷,但用不了一个小时。

我觉得外面的门不会上锁,也不会有人试图把我带回来。

"不是吧。"温纳女士看我依然没动,开口说道,"你以为你的身体构造和我们其他人有什么不同吗?你觉得我没见过你身上所有的东西?"

她的蔑视是我选择留下的部分原因。部分。还有我的骄傲。

我坐了下来。我脱下鞋子。我解开并脱下长袜。我站起身拉开拉链,然后扯下了我在告别演讲时穿的裙子,我当时演讲的结尾是一句拉丁文。致敬,再会。①

现在,基本只剩衬裙遮身,我把手伸到身后解开文胸,然后

---

① 原文为"Ave atque vale"。

不知怎的把整个文胸从我的胳膊上拉了出来，转到前面，把它一口气脱掉。接下来是我的吊袜带，然后是我的内裤，我把脱下来的内裤揉成一团，藏在文胸底下。我又穿上了鞋。

"光脚。"温纳女士叹着气说。她似乎已经烦到不想提衬裙的事，但当我再次脱下鞋子后，她说："光着。你知道这个词的意思吗？光着。"

我把衬裙从头上脱下，她递给我一瓶乳液，说："你自己抹一下。"

乳液闻起来像妮娜。我在胳膊和肩膀上抹了一些，我只能碰到这两个位置，因为温纳女士一直站在那里盯着我。然后我们走回了大厅，我避免去看镜子，她打开了另一扇门，我一个人走进了门后的房间。

我从没想过珀维斯先生可能会像我一样赤裸地等着，事实上他也没有。他穿了一件深蓝色的西装，一件白衬衫，一条阿斯科特围巾（我当时并不知道它叫这个名字），还有灰色休闲裤。他跟我差不多高，又瘦又老，头顶基本全秃了，微笑时额头上有皱纹。

我也没想过脱衣服可能是强奸，或者其他除晚餐之外的仪式的前奏。（事实上，从房间里诱人的气味和餐具柜上盖着银盖的盘子来判断，确实没有什么其他仪式。）为什么我没想过这些？为什么我没能更有防备心？这和我对老年男人的看法有关。我认为他们不仅缺乏这方面的能力，而且太过疲惫，由于种种考验、经历和他们自身令人厌恶的身体机能衰退而变得太过自重，又或是太过沮丧，所以不再有这方面的兴趣。我并没有愚蠢到认为脱衣服与我身体的性功能无关，但我把这件事更多看作是一种挑战，而不是进一步侵犯的序曲；而我的服从，正如我所说，更多是因为一种愚蠢的骄傲感，因为某种跃跃欲试的鲁莽，而不是其他任何因素。

我在这里，我很想说，虽然我浑身赤裸，但这并不比露出牙齿更让我感到羞耻。当然，这不是真的，事实上，我浑身是汗，虽然不是因为害怕被侵犯。

珀维斯先生与我握手，对于我没穿衣服这件事，没有显露出任何情绪。他说很高兴见到妮娜的朋友。就像我只是妮娜从学校带回家的某个人一样。

某种程度上确实如此。

他说我鼓舞了妮娜。

"她很钦佩你。现在，你一定饿了。看看他们为我们准备了些什么，好吗？"

他掀开盖子，开始为我服务。康沃尔母鸡——我认为是侏儒鸡，夹杂葡萄干的藏红花米饭，各种切得很精致、呈扇形摆放的蔬菜，比我经常看到的蔬菜更忠实地保持了自己的颜色。一盘暗绿色的泡菜和一盘深红色的腌菜。

"这些东西不要吃太多。"珀维斯先生谈到泡菜和腌菜时说，"先吃这些会有些辣。"

他领着我回到桌子旁，又转向餐柜，克制地给自己盛了些菜，然后坐了下来。

桌子上有一壶水和一瓶红酒。我拿了水。他说，要是在他家里给我酒喝，可能会被判死刑。我有点失望，因为我以前从未有机会喝红酒。当我们去老切尔西餐厅时，欧尼对星期日不提供红酒或其他任何酒类这一点很满意。他不仅自己不喝酒，不管是星期日还是星期几，还不喜欢看见别人喝。

"妮娜告诉我，"珀维斯先生说，"妮娜告诉我你在学英国哲学，但我觉得应该是英语和哲学①，对吗？因为英国哲学家的数量肯定不足以单开一门课。"

尽管他警告过我，我还是在舌尖含了一块绿色的泡菜，被辣得说不出话。我大口灌水，他彬彬有礼地等着。

"我们从希腊哲学家开始。这门课只是一些概论。"等我能开口说话时，我说道。

"哦，对。希腊。那么就你对那些希腊人的了解，你最喜欢谁——哦，不是，等一下。这么分更容易。"

紧接着便是一场演示，他示范了如何将肉从一只康沃尔母鸡的骨头上分离下来。他做得很好，没有任何傲慢的感觉，更像是在讲一个我们俩能共享的笑话。

"你最喜欢的？"

"我们还没有学到他，我们还在学苏格拉底之前的哲学家。"我说，"但我最喜欢柏拉图。"

"柏拉图是你的最爱。所以你会提前阅读，而不只是停在老师

---

① "英国哲学"与"英语和哲学"的原文均为"English (and) philosophy"，系同一词的不同词性用法。

教到的地方?柏拉图。是的,我能猜到。你喜欢他的洞穴比喻吗?"

"喜欢。"

"当然会喜欢。他的洞穴比喻。很美,不是吗?"

当我坐着的时候,我身上最招摇的地方都被挡住了。如果我的乳房像妮娜的那样娇小,像个装饰品,而不是这么丰满,乳头巨大,看着就很耐用的话,我就能几乎放松下来。我尝试在说话时直视他,但总是不可抑制地一阵阵脸红。当我脸红时,我觉得他的声音有一点变化,变得很温柔,还有一种克制的满足,仿佛他在某种游戏中走出制胜一步。但他在之后的谈话中依然敏捷风趣,和我分享他在希腊的旅行见闻。德尔斐,雅典卫城,你不愿相信却千真万确的希腊阳光,还有伯罗奔尼撒半岛那一目了然的地貌。

"说到克里特岛,你知道米诺斯文明[①]吗?"

"知道。"

"你当然知道。当然。那你知道米诺斯女人的穿着吗?"

"知道。"

这次我直直看着他的脸,他的眼睛。我决心不移走视线,即使我已经喉咙发紧。

"那种风格,很好。"他几乎是以悲伤的口吻说,"很好。很奇怪,不同的时代有不同的被隐藏的地方。还有那些被展露出来的地方。"

---

① 发源于克里特岛的古代文明。

甜点是香草蛋挞和掼奶油，里面夹杂着一些蛋糕块和覆盆子。他那份只吃了几口。吃第一道菜时我未能放松下来尽情享用，所以我决心不错过任何浓郁甜蜜的食物，于是每一口都吃得满足而专注。

他把咖啡倒进小杯子里，说我们要去图书室里喝。

当我从餐厅椅子光滑的软垫上挪开身子时，我的屁股发出类似击打声的噪音，但这几乎全被精致咖啡杯的碰撞声所掩盖。他苍老的双手颤抖着，拿不太稳托盘。

对我来说，房子里的私人图书室只存在于书里。进入这间图书室，需要通过餐厅墙上的嵌板。他一抬起脚，嵌板就毫无声息地敞开了。他为走在我前面而道歉，但那是因为他端着咖啡。我反而感到松了口气。在我看来，我们——不仅是我，所有人的背部，都是最惹人厌恶的身体部位。

我在他示意的椅子坐下，他递来我那一杯咖啡。在这开阔、无所遮蔽的空间里坐着，不如在餐桌前时轻松。餐厅的椅子被光滑的条纹丝绸包裹着，但这把椅子的软垫用的是某种深色毛绒材料，让我觉得刺痒。升起一阵私密的焦躁。

这个房间的光线比餐厅里的还要亮，墙壁上成排的书籍比昏暗餐厅里的风景画和吸光板更令人不安，更显谴责意味。

有那么一刻，当我们离开之前的房间来这里时，我想起一个故事——故事是我听来的，那时很少有人能有机会读到。故事里提到了图书室，但那其实是间卧室，里面有柔和的灯光、蓬松的垫子，还有各种各样的毛绒被子。我没有足够多的时间去考虑自己在相似的情况下该怎么做，因为我们所在的房间显然只是一个图书室。阅读灯，书架上的书，令人振奋的咖啡香气。珀维斯先生拿出一本书，翻阅书页，找到了他想要的东西。

"如果你能读给我听就太好了。我的眼睛一到晚上就很累。你知道这本书吗？"

《西罗普郡少年》[①]。

我知道这书。事实上，我能背出书里的很多诗。

我说我可以读。

"另外，可以请你——可以请你——不要跷着腿吗？"

从他手里接过书时，我的手在抖。

"没错。"他说，"没错。"

他挑了一把书柜前的椅子坐下，正对着我。

"开始了——

"温洛岭一带草木深诉着悲苦——"[②]

熟悉的文字和韵律让我平静下来。它们占据了我。我逐渐自在了一些。

  狂风不断推挤按压着幼树，
  风如此猛烈，很快就会消失；
  如今那个罗马人和他的忧苦，

[①] 英国诗人 A.E. 豪斯曼的诗集。A.E. 豪斯曼（1859—1936），20 世纪初英国最负盛名的古典主义学者之一。
[②] 以下诗行均出自 A.E. 豪斯曼的诗歌代表作《西罗普郡少年》。

已被古乌里恭城的废墟所吞噬。

乌里恭城如今在哪里？谁又知道？

我并不是真的忘记了自己身在何处，和谁在一起，或者是以何种状态坐在那里。但我觉得有些疏离和超然。我突然觉得，在某种程度上，世界上的每个人都是赤裸的。珀维斯先生虽然穿了衣服，但依然赤裸。我们所有人都是悲伤、赤裸、分裂的生物。羞耻感消退了。我只是不停地翻着书，一首又一首地读着诗，一首，又一首。我沉浸在自己的声音中。直到我感觉惊讶，几乎有点失望——珀维斯先生打断了我。还有很多著名的诗行没读。他站起身，叹了口气。

"够了，够了。"他说，"你读得很好。谢谢。你的乡村口音挺合适的。现在，我该去睡觉了。"

我松开书。他把它放回架子上，关上了玻璃门。我以前从来不知道自己有乡村口音。

"恐怕是时候送你回家了。"

他打开了另一扇门，那是我很久以前见过的大厅，在这个晚上刚开始的时候，我从他面前走过，身后的门关上了。我本来也许会道一声晚安。甚至还有可能会感谢他请我吃晚餐，而他会用几句干瘪的话回应我（没关系，谢谢你陪我，你太客气了，谢谢你给我读豪斯曼的书），他的声音会突然听上去很疲惫、苍老、皱褶横生、冷淡不已。他一下也没有碰过我。

又是那个昏暗的衣帽间。还是我的那几件衣服。绿松石色的连衣裙，我的长筒袜，我的衬裙。在我扣长筒袜时，温纳女士出现了。她只对我说了一句话，在我准备好要离开时。

"你忘了围巾。"

确实有一条围巾，是我在家政课上织的，我这辈子只会织这一样东西。我差点就把它丢在这里。

当我下车时，温纳女士说："珀维斯先生想在睡前和妮娜谈谈。麻烦你转告她。"

但我无法转告妮娜，因为她不在。她的床铺得很好。她的外套和靴子都不在那里。她的其他几件衣服仍挂在衣柜里。

贝弗利和凯周末都回家了，所以我跑下楼问贝丝是否知道点什么。

"抱歉。"贝丝说，我从未见过她为任何事感到抱歉，"我没工夫去管你们每次进进出出。"

然后，当我转身离开时，她补充道："我已经多次要求，你上下楼梯声音不要那么大。我刚刚才让萨莉-露睡下。"

回到家时，我还没决定好要对妮娜说些什么。我要不要问，她在那间房子里时，是不是也必须得裸体，她是否清楚地知道我将度过一个怎样的夜晚？还是我什么都不说，等她开口问我？即使她真的问了，我也可以佯装天真地说，我吃了康沃尔母鸡和黄米，而且味道很好。我还读了《西罗普郡少年》。

我可以随她猜测。

既然她走了,这一切都不再重要。焦点已经转移。温纳女士十点后打来电话——又打破了一条贝丝的规矩。当我告诉她妮娜不在时,她说:"你确定吗?"

我告诉她我不知道妮娜去了哪里,她对此的反应也是:"你确定吗?"

我让她早上再打电话过来,因为贝丝有规定,而且孩子们都睡了,她却说:"其实,我不知道。情况很严重。"

我早上起床时,那辆车就停在街对面。过了一会儿,温纳女士按响了门铃,并告诉贝丝自己是被委托来检查妮娜房间的。就连贝丝也被她给镇住了,温纳女士径直走上楼,没有受到任何一句责备和警告。她先是环顾了我们的房间,然后看了看浴室和衣柜,甚至还抖开了衣柜里几条叠好的毯子。

我当时还穿着睡衣,在写一篇关于《高文爵士与绿衣骑士》[①]的文章,喝着雀巢咖啡。

温纳女士说,她必须给医院打电话,看看妮娜是不是生病了,而珀维斯先生也亲自去查看了其他几个她可能会在的地方。

"如果你知道什么,最好还是告诉我们。"她说,"什么都可以。"

然后她开始下楼,又转过身,用一种不那么威胁的声音说:"她在学校有没有关系好的人,你知道吗?"

我说我觉得没有。

我只在大学里见过妮娜几次。有一次,她正夹在课间拥挤的

[①] 英语韵文骑士文体的代表作,取材于亚瑟王和骑士的传说故事。

人群中,穿过文科楼低处的走廊。还有一次是在食堂。两次她都是独自一人。当你匆匆忙忙地从一堂课赶往另一堂时,独自一人并不特别罕见,但下午三点四十五左右,独自坐在几乎空荡无人的食堂里喝咖啡就有点奇怪。她坐在那儿,脸上有一抹微笑,好像在说,能坐在那儿,她是那么高兴,那么幸运,而一旦懂得这种生活对她的索求,她又是多么有意识地,多么迫不及待要去给予满足。

午后开始下雪。街对面停着的那辆车不得不开走,为扫雪机让路。当我走进浴室,看到妮娜的和服在衣钩上飘动时,我一直在压抑的东西涌了上来——对她的真切担忧。我脑海中出现她的样子,迷了路,顶着蓬松的头发哭泣,穿着一身白色内衣而不是她那件驼色大衣在雪地里徘徊,虽然我很清楚她离开时带上了那件大衣。

星期一早上,正当我准备出门去上第一节课时,电话响了。
"是我。"妮娜急声警告道,但她的声音里有点胜利的意味,"听着。拜托,你能帮我一个忙吗?"
"你在哪里?他们在找你。"
"谁在找我?"
"珀维斯先生,温纳女士。"
"好吧,你不要告诉他们。什么都不要告诉他们。我在这儿。"
"哪儿?"

"欧内斯特家。"

"欧内斯特家?"我问道,"欧尼家?"

"嘘。那边有人能听到你说话吗?"

"没有。"

"听着,能不能请你,请你坐公交车把我剩下的东西给我带过来?我需要我的洗发水。我需要我的和服。我最近去哪儿都穿着欧内斯特的浴袍。你应该看看我现在这副样子,我看起来像一只毛茸茸的棕色老狗。车还在外面吗?"

我去看了看。

"还在。"

"好吧,那么,你就像往常一样坐公交车去学校。然后换乘去市中心的公交车。你知道在哪里下车。坎贝尔豪站。然后走到这里。卡莱尔街。363号。你知道的,对吧?"

"欧尼在吗?"

"不在,小傻瓜。他在工作。他得养活我们,不是吗?"

我们?欧尼要养活妮娜和我?

不,是欧尼和妮娜。欧尼和妮娜。

妮娜说:"求你了。你是我唯一能依靠的人了。"

我照着她说的做了。我坐上了去学校的公交车,然后是市区公交车。我在坎贝尔豪站下车,向西走到卡莱尔街。暴风雪已经过去,天空一片晴朗;这是一个明亮、无风而寒冷的日子。阳光刺痛我的双眼,刚积起来的雪在我脚下吱吱作响。

现在,再沿着卡莱尔街往北走半个街区,就能抵达欧尼原来的房子,他原来和父母一起住在这儿,后来只有他和母亲两个人,后来只剩他自己一个。而现在——事情怎么会变成这样?——他和妮娜一起住在这儿。

房子看起来就像我和母亲以前来过的那一两次时一样。一间砖砌平房,有一个很小的前院,一扇拱形客厅窗户,窗户顶上有一块彩色玻璃。虽然狭小,但很古朴。

正如妮娜自己所描述的那样,她身上裹着一件棕色的男式羊毛流苏晨衣,整个人散发着欧尼身上那种既男人又纯真的气味,是他常用的刮胡泡沫和卫宝牌香皂。

她一把抓住我的手,我虽然戴着手套,手却依旧被冻僵了。我之前两只手都拎着购物袋。

"你冻僵了。"她说,"来吧,我们得把你的手放进温水里暖一暖。"

"没冻僵。"我说,"只是稍稍冻住了而已。"

但她没听我的。她先帮我把带来的东西都卸下,领着我进了厨房,又倒了一整碗水,然后当血液痛苦地循环至我的指尖时,她告诉我,欧内斯特(欧尼)星期六晚上去了我们的公寓楼。他带了一本杂志过去,里面有很多古老废墟和城堡的照片,还有很多别的他觉得我可能会感兴趣的东西。她起床下楼,毕竟他没法上楼,当他看到她病得那么厉害,就说她必须和他一起回家,这样他才能照顾她。他把她照顾得很好,她的喉咙几乎完全不痛了,发热症状也全然消失。然后他们决定她要继续留在这里。她以后就这么和他在一起,再也不回她以前所在的地方了。

她似乎不想提珀维斯先生的名字。

"但这件事必须保密。"她说,"你是唯一知道的人。因为你是我们的朋友,也是我们相遇的原因。"

她正在煮咖啡。"你看这上面。"她说,对着打开的橱柜挥手,"看看他都是怎么收拾东西的。马克杯放一起。杯子和碟子在这里。每个杯子都有自己专属的钩子。是不是很整齐?整间房子都是这样。我好喜欢。"

"你是我们相遇的原因。"她重复道,"如果我们有个孩子,而且是个女孩的话,我们就给她起你的名字。"

我双手抱住杯子,觉得指尖仍在阵阵作痛。水池上方的窗台上有非洲紫罗兰。橱柜里是他母亲的秩序,屋子里是他母亲的植物。那棵大蕨可能依然摆在客厅的窗户前,扶手椅上仍然放着装饰垫。她所说的那些关于自己和欧尼的话,听起来很厚颜无耻,尤其是当我想到涉及欧尼的部分,便觉得更加令人厌恶。

"你们会结婚吗?"

"这个嘛。"

"你刚刚说如果你有孩子的话。"

"这个不好说,你永远没法预测,我们可能会直接生孩子,不结婚。"妮娜调皮地低下了头。

"和欧尼?"我问道,"和欧尼吗?"

"嗯,为什么不呢?欧尼很好。"她说,"话说回来,其实我一直叫他欧内斯特。"她把浴袍裹紧了些。

"那珀维斯先生呢?"

"和他有什么关系?"

"这么说吧,如果孩子已经有了,难道没有可能是他的吗?"

妮娜整个人全变了。她的脸变得嫉妒又刻薄。"他。"她轻蔑地说,"你为什么要谈到他?他从来就没有那种能力。"

"哦?"我说,正当我要问杰玛是怎么回事时,她打断了我。

"你为什么想谈论过去的事?别恶心我。那些都已经过去了。对我和欧内斯特来说都无关紧要。我们现在在一起。我们现在相爱了。"

相爱。和欧尼。欧内斯特。现在。

"好吧。"我说。

"对不起,我不该对你大喊大叫。我大喊大叫了吗?对不起。你是我们的朋友,你帮我带来了我的东西,我很感激。你是欧内斯特的表妹,你是我们的家人。"

她溜到我身后,突然把手指伸进我的腋窝,开始挠我的痒,一开始是闹着玩,后来则变得激烈起来,说:"你难道不是吗?不是吗?"

我试图挣脱,但没办法。我陷入一阵又一阵痛苦的笑声中,扭动,大喊,恳求她停止。在让我陷入无望之后,她最终停了下来,我们俩都上气不接下气。

"你是我见过的最怕痒的人。"

我不得不等了很久公交车,只能一直在人行道上跺脚。当我到达学校时,已经错过了第一节课和第二节课,食堂的工作也迟到了。我在放扫帚的壁橱里换上绿色棉质制服，把我那一头乱蓬蓬的黑发（经理警告过我，最不能出现在食物里的头发就是黑发）塞进了发网。

我本来应该在午餐时段开始之前就把三明治和沙拉放在货架上，但现在我只能在一个个不耐烦的队列面前这么做，不禁觉得自己很笨拙。我现在比推着小推车穿梭于餐桌之间收拾脏盘子时更引人注目。那时候人们都在聚精会神地吃东西和聊天。现在他们只是看着我。

我想起了贝弗利和凯说过的话，这工作会坏我的事，让我以错误的方式引人注目。现在看来那个理论可能是对的。

清理完食堂餐桌之后，我换回平常的衣服，去学校图书馆写论文。那是我唯一一个没有课的下午。

文科大楼有一条通往图书馆的地下隧道，隧道入口附近张贴了电影海报，餐馆、二手自行车和打字机的广告，以及戏剧演出和音乐会的预告。音乐系宣布，将举行一场免费的音乐会，专门演奏为英国乡村诗歌所作的歌曲，演奏日期现在已经过了。我以前看过这张告示，无须细看我就知道，上面写着赫里克、豪斯曼和丁尼生的名字。刚进入隧道几步路，那些诗行就开始攻击我。

温洛岭一带草木深诉着悲苦

以后，每当我想起那些诗行，我都会感觉到在座套上裸露的臀部所传来的刺痒。黏腻刺痛的羞耻感。此刻，这份羞耻感似乎比当时更甚。毕竟，他的确对我做了一些事。

> 从远方，从黄昏到清晨
> 指向天空的十二种风
> 生活之物编织我
> 吹向这里——于是我在此降落。

不。

> 那些熟悉的青山在何处，
> 那些尖塔，那些村庄又是何物？

不，绝不。

> 月光中一条惨白的长路，
> 无限延伸，令我无限远离吾爱。

不。不。不。

我永远都会记得我自己同意去做的事。不是强迫，不是命令，甚至不是说服。同意做的事。

妮娜会知道的。那天早上，她一门心思都在欧尼身上，所以才没来得及说什么，但总有一天她会嘲笑我。不出于恶意，只是以她一贯嘲笑所有事情的方式。她甚至可能会拿我说笑。她的取笑就像她挠我痒痒时那样，坚决，下流。

妮娜和欧尼。从今以后驻扎我的人生。

大学图书馆的空间很高，很美，人们花钱设计建造这个地方，是因为相信那些坐在长桌边、面前敞开着书的人——即便是那些宿醉、犯困、怨气十足和看不懂书的人——头顶都应该有足够多的空间，应该被闪闪发光的深色嵌板和边缘刻有拉丁语箴言的高窗所围绕，能透过那些窗户凝视天空。在他们进入学校教书、经商或开始抚养孩子之前的几年里，他们应该拥有这些。现在轮到我了，这也是我应得的。

《高文爵士与绿衣骑士》。

我正在写的这篇文章很好。我可能会拿到一个A。我可以继续写文章，拿A，因为那是我能做的事。那些设立奖学金的人，那些建造大学和图书馆的人，会继续资助我做这件事。

但这并不重要。这不会让你免于受伤。

妮娜和欧尼在一起的时间连一周都不到。不久后的一天，他回到家，发现她不见了。她的外套和靴子，她可爱的衣服和我带去的和服都不见了。她那蓬松的头发，她搔别人痒的习惯，她格外温暖的皮肤和她移动时微小的"啊哦"都消失了。全部消失，毫无解释，一个字也没有留下。一句话也没留下。

然而，欧尼并不是一个会把自己关起来难过的人。当他打电话告诉我这个消息时，他就是这样说的，还问我星期日晚上是否有空一起吃饭。我们爬上楼梯来到老切尔西餐厅,他指出这是我们圣诞假期前的最后一顿晚餐。他帮我挂好脱下的外套,而我闻到了妮娜的气味。那味道竟然还能遗留在他的皮肤上?

不能。当他把什么东西递给我时,那气味的来源揭晓了。是一条大手帕之类的东西。

"把它装到你的外套口袋里。"他说。

不是手帕。手感要更坚实一些,有一些很浅的针织纹路。是一件贴身背心。

"我不想看见它。"他说。光听他的声音,你也许会觉得他只是不想看见那件贴身衣物而已,他根本不在意那是妮娜的,那上面有妮娜的气味。

他点了烤牛肉,切肉和咀嚼都和平时一样高效,看起来彬彬有礼,胃口很好。我跟他说了说家里的新闻,一年里这个时候的新闻一般都是积雪有多厚,路堵了几条,我们那儿瞩目的冬日狂乱。

过了一会儿,欧尼说:"我去了他家。那里一个人都没有。"

谁家?

她叔叔的家,他说。他知道是哪座房子,因为他和妮娜曾经在天黑之后开车经过那里。现在那里一个人都没有,他说。他们收拾好了一切,彻底消失了。话说回来,这也是她自己的选择。

"这是女人的特权。"他说,"就像别人常说的,改变主意是女人的特权。"

此刻,我盯着他的眼睛,发现它们看起来很干涸,眼眶周围的皮肤暗沉，皱纹密布。他紧闭双唇，克制住震颤，然后继续说话，听起来像是想看清全局，极力理解。

"她没法丢下她那年迈的叔叔。"他说，"她不忍心丢下他。我说我们可以把他接过来一起住，因为我很习惯照顾老年人，但她说自己迟早得做个了断。我想她终究是不忍心丢下他。

"最好还是不要抱过高的期待。我想有些东西就是注定得不到。"

在去洗手间的路上，经过挂外套的地方时，我把那件背心从外套口袋里掏了出来。我把它塞进了用过的毛巾堆里。

那天在图书馆，我无法继续写关于高文爵士的文章。我从笔记本上撕下一页，拿起钢笔走了出去。在图书馆门外的平台上有一部公用电话，旁边挂着一本电话簿。我翻阅了电话簿，在我带来的那张纸上写了两个号码。不是电话号码，而是门牌号。

亨弗莱恩街1648号。

另一个数字。我只需要核对一下。我最近见过，之前在圣诞贺卡信封上也见过，卡莱尔街363号。

我穿过隧道，回到文科楼，走进公共休息室对面的小店。我口袋里有足够的零钱买一个信封和一张邮票。我撕下写着卡莱尔街地址的纸，把那张纸片放进信封里。我封好信封，在信封正面写下另一个更长的数字，以及珀维斯先生的名字和亨弗莱恩街的地址。全大写。然后我舔了舔邮票，把它贴好。我想，那应该是一张四美分的邮票。

商店外面就有一个邮筒。我把信封塞了进去。在文科大楼较低的宽阔走廊里，人们不停经过我身旁，有的要去上课，有的要去抽烟，还有一些也许是要去公共休息室玩一局桥牌。他们忙着去做各种事，各种以前从没想过自己会去做的事。

深洞

　　萨莉打包了一些魔鬼蛋,她讨厌带这东西去野餐,因为它们太容易被弄得一团乱。火腿三明治、蟹柳沙拉和柠檬挞,也不太好带。给孩子们的酷爱牌饮料,半瓶玛姆牌香槟酒给她自己和亚历克斯。她只会尝一小口,因为还在哺乳期。她还专门为这个场合买了塑料香槟酒杯,但当亚历克斯看到她打包时,他从瓷器柜里拿出了真的杯子——那是他们的结婚礼物。她抗议,但他坚持要带,还亲自把杯子包好,装进行李。

　　"爸爸还真是个资产阶级做派的绅士[①]。"几年后,肯特对萨莉这么说。那时他已经十几岁,在学校所有科目的成绩都很优异。他很确信自己能成为科学家,所以敢在家里没完没了地说法语。

　　"别取笑你父亲。"萨莉机械地回应。

---

① 原文为法语。

"我没有取笑他。我只是觉得,大多数地质学家看起来都很邋遢。"

这次野餐是为了纪念亚历克斯在《地貌学杂志》[①]上发表了他的第一篇个人文章。他们要去奥斯勒断崖,因为那地方在文章中占了很大篇幅,而且萨莉和孩子们从没去过。

他们先拐上一条还算像样但没铺过柏油的乡村小道,又沿着一条崎岖的村路开了几英里,来到一个停车的地方,里面暂时一辆车也没有。标志板画得很粗糙,需要再修饰一下。

小心。深－洞。

为什么要用连接符?萨莉想。但谁会在意呢?

树的入口看起来很普通,没什么危险。当然,萨莉知道这些树林长在断崖顶上,想到这附近可能会有一个令人望而生畏的远眺点。她没想到他们几乎立刻就和需要绕开的东西撞个满怀。

很深的洞室,确实很深,有的像棺材一样大,有的比棺材大很多,像是在石头上凿出来的房间。在它们周边生长的蕨类植物和苔藓之间,走廊曲折延伸。然而,绿色植物并不够多,还没能形成某种软垫,盖在看起来很低的瓦砾上。小路在它们中间蜿蜒而行,穿过坚硬的土地和不太平整的层叠岩石。

"喂。"一阵喊声传来,是九岁的肯特和六岁的彼得,他们俩正往前跑。

[①] 原文为德语。

"不要在这里乱跑。"他叫道,"别愚蠢地显摆,听到了吗?明白吗?回答我。"

他们说没问题,于是他提着野餐篮继续往前走,显然认为作为父亲没必要再发出警告。萨莉身上带着尿布袋,还抱着小女儿萨瓦娜。她一路艰难地跌跌撞撞,直到看见儿子们,脚步才慢下来。她看见他们一路小跑,不时从边缘看向那些洞室,仍在故意发出一些夸张但有所收敛的恐怖叫声。因为疲惫和警觉,再加上那熟悉的、逐渐累积的愤怒,她差点就哭出来。

开阔的景观逐渐显现时,她觉得他们沿着这些布满泥土和岩石的小径走了半英里,但实际上可能只有四分之一英里。接着便是一片突然侵入的明亮天空,走在前面的丈夫停下脚步。他喊了一声,表示已经抵达,示意大家看风景。男孩们开始大喊,他们是真的惊呆了。萨莉从树林里走出来,发现他们在树顶上方——在几层树梢上方——一块露出地面的岩石上站成了一行,身后是一片一望无际的夏日原野,闪着绿色和金色的波光。

一把萨瓦娜放到毯子上,她就开始哭。

"她饿了。"萨莉说。

亚历克斯说:"我还以为她在车里吃过午饭了。"

"是吃过。但她现在又饿了。"

她把萨瓦娜倚在自己的身侧,然后用空闲的手解开野餐篮。亚历克斯之前肯定不是这么计划的,但他不失幽默地叹了口气,接着便从包装纸里取出香槟酒杯,把它们放在身旁的一片草地上。

"咕噜咕噜,我也渴了。"肯特说,彼得立刻开始模仿他。

111

"咕噜咕噜,我也咕噜咕噜。"

"闭嘴。"亚历克斯说。

肯特说:"闭嘴,彼得。"

亚历克斯对萨莉说:"你给他们准备了什么喝的?"

"酷爱牌饮料,在蓝色水壶里。底下的餐巾里有塑料杯子。"

当然,亚历克斯知道,肯特开始胡言乱语并不是因为他真的渴了,而是因为他看到萨莉的乳房,有点激动。亚历克斯认为是时候用奶瓶给萨瓦娜哺乳了,毕竟她已经将近六个月大。他还认为萨莉对待整个哺乳过程太过随意,有时婴儿还在她身上狼吞虎咽,她却在厨房走来走去,单手干一些活儿。那时候,肯特在偷看,彼得则在说一些关于"妈妈的牛奶罐"之类的话。亚历克斯说,这是他从肯特那儿学来的。肯特是一个偷偷摸摸的人,一个惹祸精,一个思想肮脏的人。

"没办法,我必须要做那些事。"萨莉说。

"母乳哺乳不是你必须做的。你可以明天就给她用奶瓶。"

"我很快就会的。明天不大可能,但很快就会。"

此时此地,她又让萨瓦娜和牛奶罐的话题主宰了野餐。

他们先倒了酷爱牌饮料,再倒了香槟。萨莉和亚历克斯隔着萨瓦娜碰了碰杯。萨莉抿了一口,她很想再多喝一点。她对着亚历克斯微笑,想传达这个心愿,又或许是另一个心愿:如果能和他单独相处该多好。他喝完自己的香槟,然后,好像她所抿的那一小口酒和她的微笑已经足以安慰他,他开始吃野餐的食物。她告诉他,哪些三明治里有他喜欢的芥末酱,哪些有她和彼得喜欢的，哪些又是为不吃芥末酱的肯特准备的。

在这期间，肯特设法溜到她身后，喝完了她的香槟。彼得一定目睹了他做的事，但出于某种特殊原因没有告发他。萨莉过了一会儿才意识到所发生的事，而亚历克斯从始至终完全没发现，因为他很快就忘记她杯子里有剩酒，还一边把他们俩的杯子一起整齐地收起来，一边给孩子们讲解白云石。他们一边听，应该有在听，一边狼吞虎咽地吃三明治，争抢柠檬挞，对魔鬼蛋和蟹柳沙拉视而不见。

亚历克斯说，白云石，就是他们看到的那种很厚的表层岩石。它下面是页岩，页岩是泥土变的，非常细，颗粒度很小。水穿过白云石，到达页岩时，它会停在那里，无法穿过薄层，也就是颗粒度很细的那一层。因此，侵蚀——也就是白云石的毁灭——发生了，水会通过自己的方式回到源头，往回侵蚀，形成一条通道，然后表层岩石就会形成垂直节理；他们知道"垂直"是什么意思吗？

"就是上上下下。"肯特懒洋洋地说。

"垂直节理很脆弱，它们开始向外倾斜，然后留下裂缝，数百万年后，它们完全断裂，滚下山坡。"

"我得离开一下。"肯特说。

"去哪儿？"

"我得去撒尿。"

"哦，看在上帝的分上，去吧。"

"我也去。"彼得说。

萨莉下意识地抿了抿嘴，提醒他们小心点。亚历克斯看着她，对她表示赞赏。他们对彼此微微一笑。

萨瓦娜睡着了，她的嘴唇松开了乳头。男孩们不在场，挪开女儿就更容易了。萨莉可以不顾裸露的乳房，专心给女儿拍背，把女儿裹进毯子。要是亚历克斯讨厌这画面，那他就只能把目光移开。她知道他讨厌，他不喜欢把性和营养物质混为一谈，妻子的胸部变成母牛的乳房。他的确转头看向了别处。

她扣上衣服时，一声哭喊传来，声音不响亮但很无助，越来越微弱。亚历克斯比她更快地站了起来，沿着小路跑过去。然后一声更响亮的哭喊越来越近。是彼得。

"肯特掉进去了。肯特掉进去了。"

他的父亲喊道："我来了。"

萨莉一直很确定，她立刻就知道，甚至在听到彼得的声音之前，就知道发生了什么。她知道，如果有任何意外，绝不会是发生在她六岁的儿子身上，彼得勇敢，但不会无中生事，也不会显摆。出事的只会是肯特。她能想见整件事发生的过程。尝试在洞的边缘保持平衡，往洞里撒尿，嘲笑彼得，开自己的玩笑。

他还活着。他躺在裂缝底部的碎石中，移动着双臂，但没法让自己站起来。如此无力地挣扎着。一条腿压在身下，另一条腿以奇怪的角度弯曲着。

"你能抱着她吗？"她对彼得说，"回到野餐的地方，把她放下，看好她。你是我的好孩子。我坚强的好孩子。"

亚历克斯正钻进洞里，迅速往下爬，不停告诉肯特不要动。

毫发无伤地下去并不难。难的是把肯特救出来。

她应该跑去车上看看有没有绳子吗？把绳子系在树干上。也许可以用绳子绑住肯特，这样当亚历克斯托起他时，她就可以把他拉上来。

车上肯定没有绳子。怎么会有绳子呢？

亚历克斯已经抵达肯特身边。亚历克斯弯下腰去抱他，他发出痛苦的哀号。亚历克斯把他扛到肩上，肯特的头垂在一边，两条无用的腿挂在另一边，其中一条扭成奇怪的样子。亚历克斯站了起来，踉跄了几步，然后跪倒在地，但仍牢牢扛着肯特。亚历克斯开始爬行，准备一路爬到裂缝另一端的碎石那里，萨莉最终看懂了他的行进方向。他头也没抬地朝她喊了几句指令，即使一个字也没听清，但她还是明白了。她站起身——她为什么会跪着？——推开几棵小树，来到边缘处，这里的碎石堆离地面大约三英尺。亚历克斯还在爬行，肯特挂在他身上晃来晃去，就像一头被射中的鹿。

她喊道："我在这里。我在这里。"

肯特必须得由父亲托举起来，然后再由母亲把他拉到坚硬的岩石层之上。他是个瘦小的孩子，还没到第一次发育高峰的年纪，但此刻却像一袋水泥一样重。第一次尝试时，萨莉的臂力不够。她改变姿势，蹲着而不是趴在地上，用上肩膀和胸部的全部力量，再加上亚历克斯从后面支撑肯特的身体，把他向上托，他们合力把他拉了上来。萨莉抱着他向后倒下，她看到他先是睁开了双眼，然后头向后一仰，再度晕厥。

当亚历克斯用双手支撑着爬上来之后,他们接上其他两个孩子,开车去了科林伍德医院。肯特似乎没受内伤。双腿都有骨折。医生是这么说的,一条腿的骨折线很清晰,另一条是粉碎性骨折。

"孩子在那儿的时候,必须得时刻看着他们。"医生对萨莉说。是萨莉和肯特一起进去的,亚历克斯负责照顾其他孩子。"难道他们那里没有任何警告标志吗?"

她觉得,如果在场的是亚历克斯,医生会有不一样的说辞。男孩就是这样。你一转身,他们就开始做出格的事。"男孩就是男孩。"

她心里充满感激,对上帝——她之前并不相信上帝真的存在;对亚历克斯——她一直很信任他。感激之情如此强烈,心中毫无怨憎。

肯特接下来的半年只能休学,把身体吊在租来的医院病床上。萨莉去学校给他带回了作业,他很快就完成了。大家鼓励他做点"额外项目"。其中一门课程叫"旅行与探索——选择你的国家"。

"我想选别人不会选的。"他说。

那时萨莉跟他说了一些她从来没和别人说过的事。她说她很喜欢遥远的岛屿。不是夏威夷群岛、加那利群岛、赫布里底群岛或希腊群岛这种人人都想去的地方,她喜欢的是那些很小、很偏僻的岛,很少有人谈论,几乎无人去过。比如阿森松岛、特里斯坦达库尼亚岛、查塔姆群岛、圣诞岛、荒凉岛和费罗群岛。她和肯特开始收集他们能找到的关于这些地方的每一条信息，不允许自己进行任何虚构。也从来没有告诉亚历克斯他们在做什么。

"他会觉得我们疯了。"萨莉说。

荒凉岛的主要特色是一种非常古老的蔬菜，一种独特的卷心菜。他们幻想着为它举行崇拜仪式，卷心菜造型的服装，还有游行。

萨莉告诉她的儿子，在他出生之前，她曾在电视上看到特里斯坦达库尼亚的居民在希思罗机场降落，由于岛上发生大地震，他们都撤离了。他们看起来很奇怪，性格温顺，举止端庄，就像另一个世纪的人类。他们一定或多或少适应了伦敦的生活，但当火山平息下来时，他们还是想回家。

等到肯特能重返学校时，情况自然发生了一些改变，但他仍有着不符合年龄的老成，对已经变得大胆而固执的萨瓦娜很有耐心，对彼得也是，那孩子总是像遇上灾难一样冲进屋子。而且，他对父亲格外有礼貌，经常给父亲拿报纸，是从萨瓦娜手里抢救出来的，还专门重新折过，他还会在晚饭时帮父亲把椅子拉出来。

"向救我一命的人致敬。"他有时会这么说，或者，"家就是英雄所在。"

他的语气相当戏剧化，但毫无讽刺意味。不过，这些话还是让亚历克斯心烦。肯特以前就很让他闹心，远在深洞事件发生之前。

"别来这一套。"他说，并私下向萨莉抱怨。

"他只是想说你一定很爱他,因为你救了他。"

"老天爷,换成其他任何人我都会救的。"

"别让他听见你这么说。千万别。"

肯特上高中后,他和父亲的关系有所改善。他选择科学专业,而且选的是硬科学[①],不是那种没那么注重实证的地表学,甚至亚历克斯对比也没有表示反对。越难越好。

但是,大学读了六个月之后,肯特就消失了。对他有了解的人——似乎没有任何人能算他的朋友——说曾听他提到过要去西海岸。正当他的父母准备报警时,他们收到了一封信。他那时在多伦多北部郊区一家"加拿大轮胎"店工作。亚历克斯去那里找过他,命令他回去接受教育。但肯特拒绝了,他说自己对现在的工作很满意,而且挣着不少钱,或者说,马上就能挣不少钱,只要他升职的话。后来萨莉也去看过他,是瞒着亚历克斯去的,她发现他很快乐,还胖了十磅。他说自己是因为喝啤酒长胖的。他有了一些朋友。

"这是阶段性的。"她在坦白自己的行程时,对亚历克斯这么说,"他只是想体验一下独立生活的滋味。"

"我看他迟早会受够的。"

肯特没有和她提起他的住址,但这无关紧要,因为当再一次

[①] 自然科学与技术科学两大系统及其交叉学科的统称,其研究内容包括数学、物理学、化学和技术工程等。与之相对的"软科学"则指综合了现代自然科学和社会科学的一系列新兴学科。

去看他时,她被告知他已经辞职了。她很尴尬——她觉得自己在转告此事的员工脸上看到了一种哂笑,她没有问肯特的去向。反正,她认为只要他一安顿下来,就会来联系他们。

他确实联系了他们,只不过是在三年后。他的信是从加利福尼亚州的奈尔斯寄出的,但他告诉他们别费劲去那儿找到他,因为他只是路过。他说,不要像布兰琦一样,然后亚历克斯说,布兰琦又是哪位?

"他只是开个玩笑。"萨莉说,"这不重要。"

肯特没说他在做什么,去过哪里,也没说他是否建立了任何交情。他没为这么长时间毫无音讯而道歉,没问候父母的状况,也没关心他的弟弟妹妹。相反,他写了好几页自己的生活。并不是自己生活中具体的事,而是他眼中自己应该用生命去做的事,他这么久以来一直在做的事。

"我觉得这太荒谬了。"他说,"人人都被期待着把自己囚禁在一套衣服里。我指的是像工程师、医生或者地质学家那种衣服。然后才是皮肤,皮肤长在衣服之上,我的意思是,然后人就永远脱不下那套衣服。当我们有机会探索整个世界,探索所有内在和外在的现实,当我们有机会这样活着,有能力吸收所有精神和物质,所有人类所能获取的美丽和恐怖,就注定会经历痛苦、愉悦和混乱。这种自我表达的方式可能会让你们觉得不可理喻,但我已经逐渐学会放弃一样东西,那就是智力上的优越感——"

"他肯定嗑药了。"亚历克斯说,"太明显了。他的脑子已经被毒品搞坏了。"

半夜里他又说:"性爱。"

萨莉躺在他身旁,非常清醒。

"性爱怎么了?"

"性爱能让人进入他所描述的那种状态。成为某种人,然后就能谋生。然后就能为稳定的性爱和其他各种后果买单。这些根本不在他的考虑范围。"

萨莉说:"天啊,可真浪漫。"

"回归基本生活向来毫不浪漫。他已经不正常了,这才是我想说的。"

肯特后来在这封信里——或者说这封胡言乱语里,亚历克斯是这么称呼它的——还提到,他比大多数人都幸运,因为他有过他所谓的那种"濒死体验",那让他更加清醒,为此他必须对他的父母永怀感激,因为他的父亲将他举回了这个世界,而他的母亲满怀爱意地接住了他。

"也许是在那些时刻,我重生了。"

亚历克斯咕哝着。

"不,我没法同意。"

"别这么说。"萨莉说,"你不是这么想的。"

"我不确定自己是不是这么想。"

那封以"爱你们"作为结尾的信,是他们最后一次收到他的音讯。

彼得进了医学院，萨瓦娜则学了法律。

萨莉对地质学产生了兴趣，就连她自己都觉得惊讶。一次，在性爱结束后那种充满信任感的氛围中，她和亚历克斯分享了自己对那些岛屿的兴趣，尽管她没有说出那些幻想，比如肯特目前可能正生活在其中的一个岛上。她说她忘记了以前知道的许多细节，她应该在百科全书中查一下，她最初也是这么了解它们的。亚历克斯说，互联网上多半有她想知道的一切。互联网太复杂难懂了，她说，于是他把她从床上带到楼下，很快她眼前就出现了特里斯坦达库尼亚，南大西洋的一个绿色板块，还有海量信息。她震惊地背过身，不出意料，亚历克斯对她感到很失望，问她为什么不愿意看。

"我不知道。我只是觉得现在我好像不想看了。"

他说这样不好，她需要做一些实事。他这时候刚从教学岗位上退休，正计划写一本书。他需要一位助手，但他已经不能再像从前在任时那样随意差遣研究生。（她并不确定此话是否属实。）她提醒他，她对岩石一无所知，他说没关系，她可以在他的照片里起到比例尺的作用。

于是，她成了一个穿着黑色或浅色衣服的小人，专门用来和志留纪[1]或泥盆纪[2]岩石的纹路做对比。又或是和由于强烈挤压而

---

[1] 地质时代表古生代的第三个纪，约开始于 4.44 亿年前，结束于 4.19 亿年前。
[2] 地质时代表古生代的第四个纪，约开始于 4.19 亿年前，结束于 3.59 亿年前。

形成的片麻岩①做对比,这些片麻岩在美洲和太平洋板块碰撞的作用下折叠、变形,构成了现在的大陆。渐渐地,她学会用自己的眼睛去观察,运用新学的知识,后来,当她站在郊区一条空旷的街道上时,她会意识到在脚下很深的地方有一个巨大的洞,堆满了从未有人见过、将来也不会有人见到的碎石,因为没有人能目睹它的起源,它缓慢的成形过程以及它被填充、被埋藏、被遗忘的种种历程。亚历克斯对于这些历程尽己所能地了解,给予了这些事实应得的尊重,她因此而钦佩他,即便她知道最好不要宣之于口。他们在最后那几年是很好的朋友,她当时并不知道那是他们最后在一起的时光,虽然他或许知道。他因为要做手术而进了医院,甚至把图表和照片都带了进去,然后,在应该回家的那天,他死了。

这些事发生在夏天,同年秋天,多伦多发生了一场大火。萨莉坐在电视机前看了一会儿火灾的实况。大火发生在一个她熟悉的区域,或者说是以前熟悉的区域,以前那边住的都是拿着塔罗牌、珠串、和南瓜一样大小的纸花的嬉皮士。之后的一段时间里,那一片到处都是素食餐厅改造的昂贵小酒馆和精品店。此刻,一整个街区的十九世纪古建筑正在被摧毁,新闻记者不停对此发出哀叹,提到那些住在商店楼上老式公寓里的人。他们失去了自己的家,出于安全原因,正被疏散到大街上。

---

① 一种变质岩,具有片麻状构造或条带状构造,有鳞片粒状变晶,主要由长石、石英、云母等组成。

没提这些建筑的房东们,萨莉想。这些人多半逃脱了电线不达标、蟑螂臭虫病害的惩罚,而那些受骗、惊惶的穷人也不曾抱怨过这些。

她有时会觉得亚历克斯最近常在她脑子里说话,此刻肯定就是这样。她关掉了火灾场景。

不到十分钟之后,电话响了。是萨瓦娜打来的。

"妈妈。你开着电视吗?你看到了吗?"

"你是说火灾?我之前开着电视,但现在已经关了。"

"不是。你看到——我正在找他——我不到五分钟前看到了他。妈妈,是肯特。我这会儿找不到他了。但我之前看见他了。"

"他受伤了吗?我现在就打开电视。他受伤了吗?"

"没有,他在帮忙。他抬着担架一角,上面有一个人,我不知道那人是死了还是只是受伤了。但肯特。是他。你甚至可以看到他一瘸一拐的。你现在打开电视了吗?"

"打开了。"

"好的,我要冷静下来。我打赌他回到了建筑里。"

"但他们肯定不允许——"

"就目前我们所知道的,他可能是一名医生。哦,妈的,现在他们又在采访之前的那个老家伙,他的家族好像有什么百年产业,我们还是挂了电话,专心盯着屏幕吧。他肯定还会出现在镜头里的。"

他没有出现。镜头开始反反复复。

萨瓦娜又打了过来。

"我要查清楚这件事。我认识一个在新闻行业工作的人。我可以再把那些镜头看一遍,我们必须搞清楚。"

萨瓦娜跟她哥哥从来就不是很熟,她为什么这么在意?难道是父亲的离去促使她感受到对家庭的需要?她应该结婚,马上;她应该生孩子。但她一旦下定决心就会变得固执己见——她有可能找到肯特吗?她父亲在她十岁左右时告诉过她,她对自己的想法总是追根究底,她应该成为一名律师。从那之后,那就成了她唯一想做的事。

萨莉感到一阵寒意,一丝渴望,一种疲惫。

的确是肯特,不到一周,萨瓦娜就弄清楚了关于他的一切。不对。换个说法,她弄清楚了他选择告诉她的一切。他在多伦多住了数年。他经常路过萨瓦娜工作的大楼,还在街上见过她几次。有一次,他们几乎是在十字路口面对面站着。当然,她不会认出他来,因为他当时穿着一件长袍。

"他是印度教克利须那派教徒[①]?"萨莉说。

"妈妈,一个人信教,不代表就得是印度教克利须那派教徒。无论如何,他现在不是那样了。"

"那他现在是什么样?"

"他说他活在当下。于是我说,我们不都是这样的吗,现在?他说不,他指的是实实在在的当下。"

---

① 克利须那派,印度教的一个教派,拜克利须那为最高神灵。

他说，是他们当下所处的地方，萨瓦娜说："你的意思是这个脏兮兮的地方？"因为他约她碰面的咖啡店确实很脏。

"我的视角不同。"他说，但随后他又补充，他不反对她或其他任何人的视角。

"嗯，你真了不起。"萨瓦娜说，但她又对此开了个玩笑，他算是笑了一下。

他说他在报纸上看到了亚历克斯的讣告，他觉得写得很好。他认为亚历克斯会喜欢讣告里的地质学比喻。他猜测过自己的名字是否会出现在家属名列，当他看到它出现时很惊讶。他想知道，父亲去世之前，是否告诉过他们自己想要列出的名字。

萨瓦娜说没有，父亲的死是个毫无预兆的意外。是家里余下的人开会，决定要把肯特的名字放进去。

"不是爸爸。"肯特说，"不是就不是吧。"

然后他问起了萨莉。

萨莉感到胸口好像有颗气球在膨胀。

"你怎么回答的？"

"我说你还好，或许可以说有点无所适从，你和爸爸这么亲密，他才去世不久，你还不太适应一个人。然后他说请转告她，如果她愿意，可以来看我，我说我会问你的。"

萨莉不作声。

"妈妈，你在听吗？"

"他说什么时候或在哪里了吗？"

"没有。但我一周之后还得去老地方见他并转告你的决定，我觉得他有点享受掌控一切的感觉。我以为你会立刻同意呢。"

"我当然同意。"

"你不害怕自己一个人去吗?"

"别犯傻了。不过,他真的是你在火灾现场看到的那个人吗?"

"他没承认或否认。但根据我掌握的信息,确实是他。他在市里某些区域和某些人之中很出名。"

萨莉收到一封简短的信。这本身就很特别,因为大多数她认识的人要么是用电子邮件,要么打电话。她很高兴他没打电话。她还没准备好听见他的声音。信里指示她把车停在地铁线路尽头的停车场,然后乘地铁到指定的车站下车,他会去接她。

她本以为能在旋转栅门的另一边看到他,但他不在那儿。也许他的意思是在外面和她碰头。她爬上台阶,出现在阳光下,然后停了下来,各种各样的人匆忙从她身边推搡而过。她感到有些沮丧和尴尬。沮丧是因为肯特此时不在她身边,尴尬则是因为她当下的感觉。她所住区域的那些人常常会有类似的感觉,但她永远说不出他们说过的话。此情此景,他们会说,你还以为自己身处刚果、印度或越南,反正不会是在安大略省。放眼望去尽是各种头巾、印度纱丽和西非盛产的花衬衫。萨莉很欣赏那些时髦造型和明亮配色,但这些人这么打扮并不是为了展现异国风情。穿着这些服饰的人并不是初来乍到;他们早就已经在此地扎根。她挡了他们的路。

地铁入口外有一栋很旧的银行大楼,几个男人或坐着,或躺着，有的睡着了。这栋楼肯定已经不再是银行了，即便银行的名字被刻进了石头。她看着那个名字，没有看那些男人，他们懒散的模样，躺着或昏睡的姿势，与大楼以前的用途以及从地铁里快步而出的人流形成了鲜明的对比。

"妈妈。"

原本在台阶上的一个人不慌不忙地朝她走来，一只脚稍微有点跛。她意识到那人是肯特，于是站在原地等他。

她差点就想跑掉。但她后来注意到，并非每个人看起来都脏兮兮或者很绝望，而且，当他们知道她是肯特的母亲之后，一些人看她的目光里并无恶意或鄙夷，甚至还带点友好的调侃。

肯特没有穿长袍。他穿了一条对他来说太大的灰色裤子，腰间系着皮带，一件不带任何字样的T恤和一件非常破旧的夹克。他的头发剪得很短，几乎看不到原本的自然卷。他头发灰白，脸上皱纹密布，缺了几颗牙，瘦削的身材使他看起来比实际年龄要老。

他没有拥抱她——她实际上也没期待他会那么做——只是把手轻放在她的背上，引导她朝他们要去的方向走。

"你还在抽烟斗吗？"她一边说，一边确认空气里的气味，想起他在高中时就抽过烟斗。

"烟斗？哦，不。你闻到的是那场大火留下的烟味。我们都察觉不到了。恐怕越往前走，烟味会越大。"

"我们要穿过火灾现场吗？"

"不，不。就算我们想过也过不去。他们已经把那边都封锁了。太危险。一些建筑物将不得不被拆除。别担心，我们住的地方没有危险，离那团乱还有一个半街区的距离。"

"你们住的公寓楼？"她说道。她意识到他用的是"我们"。

"算是吧。是。你马上就能看到。"

他的语气很温和，每句话都反应迅速，但说话时似乎格外费心，就像在礼貌地使用外语一样。为了让她能听清，他说话时会微微俯下身。这份努力，对她说话时所付出的这点额外劳动，让他看起来好像在缜密地翻译，而且似乎是刻意要让她注意到一样。

是成本。

当他们踏出路边时，他碰到了她的胳膊——也许绊了一下。他说："抱歉。"她觉得他打了一个寒战。

艾滋病。为什么她之前没想到呢？

"没有。"他说，尽管她肯定没说出口，"我现在身体挺好的。我没有 HIV 阳性或类似的症状。我几年前感染了疟疾，但已经控制住了。我现在最多就是有点疲惫，没什么好担心的。我们在这里转弯，我们就住在这个街区。"

又是"我们"。

"我没有特异功能。"他说，"我只是觉得萨瓦娜可能会暗示一些事情，而我只想让你放心。我们到了。"

是那种前门离人行道只有几步远的房子。

"其实我在禁欲。"他撑着门说。

原本应该是窗玻璃的地方，钉着一块硬纸板。

光秃秃的地板在脚下吱吱作响。处处弥漫着一股复杂的气味。当然，这气味蕴含着来自街道上的烟味，但更多混合着长期烹饪的油烟、烧焦的咖啡、厕所、呕吐物和腐烂的味道。

"'禁欲'这个词可能不太准确。它听起来似乎与意志力有关。我想我应该用'绝育'。我认为这不是一种成就。不是。"

他领着她绕过楼梯，走进厨房。一个身形巨大的女人背对他们站着，在炉子上搅拌着什么东西。

肯特说："嗨，玛妮。这是我妈妈。你能跟我妈妈打个招呼吗？"

萨莉注意到他的声音有所变化。更放松，更真诚，也许更显尊重，和他对她说话时那种刻意的轻快完全不同。

她说："你好，玛妮。"那个女人半转过身来，露出一张赘肉挤压着五官的娃娃脸，而双眼并无聚焦。

"玛妮是我们这周的厨师。"肯特说，"闻起来不错，玛妮。"

他对母亲说："我们去我的圣殿坐坐，好吗？"然后他带路，走下几级台阶，接着又穿过后厅。在那儿很难迈开步子，因为到处都是成堆的报纸、传单和杂志，捆绑整齐。

"我得把这些拿出去。"肯特说，"我今天早上还跟史蒂夫说过。火灾隐患。上帝，我以前只是随口一说。现在我知道有多严重了。"

上帝。她一直在想他是否加入了某种便装的宗教团体，但如果他是，他肯定不会这么说话，会吗？当然，可能他信的不是基督教。

他的房间还要往下走几级台阶，其实是在地下室。房间里有一张行军床，一张陈旧的老式书桌，带狭小的储存空间，另外还有几把缺少横档的直靠背椅子。

"这些椅子非常结实。"他说,"我们所有的东西几乎都是从别处捡来的,不过我不会捡不能坐的椅子。"

萨莉疲惫不堪地坐了下来。

"你现在在做什么?"她问,"是做什么工作?这里是那种半路过渡用的收容所还是什么?"

"不是,连四分之一路都算不上。只要是来的人,我们都会收容。"

"甚至是我。"

"甚至是你。"他没有笑,"我们没有任何赞助人,只能自力更生。我们把捡来的东西回收利用。那些报纸,瓶子。我们到处做一些散活儿。还轮流面向公众募捐。"

"请求施舍?"

"乞求。"他说。

"在街上?"

"还有什么更好的地方吗?只能在街上。我们还会去一些已经和我们达成共识的酒吧,尽管这是违法的。"

"你也会去?"

"如果我不去的话,很难要求他们做什么。这是我必须克服的。几乎我们所有人都有需要克服的事情。可能是羞耻心。也可能是'属于我的'这个概念。当有人投下一张十美元的钞票,又或只是一块加元时,私心就出现了。这是谁的呢?我的——等等——还是我们的?如果答案是我的,它通常马上就会被花掉。

然后我们就会看到一个人浑身酒气地回来这里，还会说，我不知道今天自己怎么了，一口饭也吃不下。他们之后可能会自责坦白。又或者什么也不说，那也没关系。我们见过一些人好几天、好几周不回来，等到生活太难时，才又回到这里。有时你还能看到他们在街上独自谋生，他们不会表现出认识你的样子。他们不想回头。那也没关系。可以这么说，他们是我们这里的毕业生。如果你相信这个系统的话。"

"肯特——"

"我在这里叫约拿。"

"约拿？"

"是我自己选的。我考虑过拉撒路①。但那太装腔作势了。你要是想的话就叫我肯特也行。"

"我想知道你生活中经历了些什么。我不是指这些人——"

"这些人就是我的生活。"

"我就知道你会这么说。"

"行吧，这么说确实有点自以为是。但这些就是我一直以来在做的事——有七年了？九年。九年了。"

她追问："那之前呢？"

"我不太记得了。之前吗？之前啊。人生如草芥，不是吗？被收割下来塞进烤箱。听听我说的话。我一见到你就忍不住开始炫耀。被收割下来塞进烤箱——对此我没有兴趣。我活在当下，

---

① 原文为"Lazarus"，是《圣经·约翰福音》中的乞丐名。

让每一天顺其自然地发生。真的。你不会懂的。你的世界里没有我，我的世界里也没有你。你知道我为什么想今天和你在这里见面吗？"

"不知道。我没有考虑过这个问题。我的意思是，我自然会以为也许是时候到了——"

"自然啊。当我在报纸上看到我父亲去世的消息时，我自然会好奇，钱都给了谁？于是我又想，她可以告诉我。"

"都留给我了。"萨莉回答道，语气里尽是失望，但同时也很克制，"目前是属于我的。那房子也是，如果你想知道的话。"

"我之前猜到多半会是这样。没关系。"

"等我死了，会留给彼得和他的孩子们，以及萨瓦娜。"

"非常好。"

"他不知道你是死是活——"

"你以为我是出于自私吗？你以为我是那种想独吞财产的蠢蛋吗？但我确实犯了一个错误，就是盘算自己能怎么用那些钱。我以为，家里的钱，我肯定能用。这就是诱惑。现在我很高兴，我很高兴它不属于我。"

"我可以让——"

"其实，问题在于，这个地方已经被判定成危楼——"

"我可以借钱给你。"

"借钱？我们不借钱。我们不存在借钱那种概念。对不起，我得去让自己的情绪平静一下。你饿吗？你想要喝点汤吗？"

"不用了，谢谢。"

在他离开之后,她想过逃跑。假设她能找到一扇后门,一条绕过厨房的路。但她没离开,因为那意味着她再也见不到他了。而且,这种在汽车时代之前建造的房子,后院不会和大街相连。

大约过了半个小时他才回来。她没有戴手表。她觉得手表可能会不受他的待见,现在看来这种判断是正确的。至少她在这一点上是正确的。

他似乎有点惊讶或困惑,为什么她还在。

"抱歉,有一些事情必须要我去解决。然后我和玛妮聊了一会儿,她总是能让我平静下来。"

"你记得给我们写过一封信吗?"萨莉问,"那是我们最后一次收到你的音讯。"

"哦,别提了。"

"不,那封信写得很好。它起码是一次很好的尝试,表达你当时的想法。"

"请不要再提了。"

"你当时在努力探索你的人生——"

"我的人生,我的人生,我的进步,所有我能发现的、关于肮脏自我的一切。我的意义。我的垃圾。我的灵性。我的智力。我内在空无一物,萨莉。你介意我叫你萨莉吗?这么叫更轻松一些。一切都是外在的,你做的所有事,你生命中的每一刻。自从我意识到这一点,我一直很幸福。"

"真的吗?你很幸福?"

"当然。我已经放下了愚蠢的自我。我思考,我能提供什么帮助吗？这就是我唯一允许自己思考的事。"

"只活在当下？"

"我不在乎你觉得我很平庸。我不在乎你的嘲笑。"

"我没有——"

"我不在乎。听着。如果你认为我想要你的钱，行。那我就是想要你的钱。而且我也想要你。你就不想过一种不一样的生活吗？我不是在说我爱你，我不会使用愚蠢的语言。又或是说，我想救你。你知道人只能自己救自己。所以一切又有什么意义呢？我和人说话，通常不会有任何目的。我通常都尽力避开私人关系。我的意思是我就是这样。我会回避这种关系。"

关系。

"你为什么忍着不笑？"他问，"因为我说了'关系'这个词吗？那是个禁忌词吗？我从不对自己的话小题大做。"

萨莉说："我在想耶稣说的话。'女人，我和你有什么关系？'"

他的表情几乎变得残暴。

"你不累吗，萨莉？你总是这么聪明，不累吗？我不能再继续这样说话了，我很抱歉。我有别的事要做。"

"我也有。"萨莉说。彻头彻尾的谎言。"我们会——"

"不要说出口。不要说'我们会保持联系'。"

"也许我们会保持联系。这么说好些吗？"

萨莉先是迷了路，然后又找到了方向。那栋银行大楼又出现了，还有原来，或是另一群游荡的人。乘地铁，抵达停车场，掏出钥匙，开上高速公路，堵车。然后开上普通公路，早早日落，还没有下雪，光秃秃的树木，逐渐暗淡的田野。

她喜欢这片乡野，喜欢每年的这个时候。此时此刻，她非要觉得自己配不上吗？

猫很高兴见到她。有几个朋友给她的电话答录机留了言。她把单人份的千层意面拿出来加热。她现在都买这种包装好的预制冷冻食物。它们味道不错，不浪费的话也不算太贵。在七分钟的等待时间里，她小口喝着一杯葡萄酒。

约拿。

她气得浑身发抖。她该怎么办，回到那栋危楼，擦洗腐烂的油地毡，烹饪那些因为过了最佳食用期而被扔掉的鸡块？然后每天听人念叨，说她比不上玛妮或者别的什么受苦的人？就为了能获取特权，在别人——肯特——选择的人生中发挥一点作用。

他有病。他正在耗尽自己，也许他就快死了。就算她给他干净的床单和新鲜的食物，他也不会感谢她。绝不会。他宁愿盖着满是烧焦破洞的毯子，死在那张折叠床上。

但支票，她可以写一张支票，不能是那种荒谬的支票，数额不能太大也不能太小。当然，他肯定是不会用那些钱帮自己的。当然，他还会继续鄙视她。

鄙视。不，这不是重点。没针对谁。

无论如何，这一天并不完全是彻头彻尾的灾难，光这一点就值得庆贺。不完全是灾难，对吗？她说了也许。他没有反驳她。

自由基

起初人们打电话过去，只是为了确保妮塔不至于太沮丧、太孤单，饭吃得太少或酒喝得太多。（她以前喝酒就很节制，于是很多人会忘记，她现在一滴酒也不应该喝。）她同他们保持距离，让自己听起来没那么悲痛欲绝，不会不合时宜地快活，也没有心不在焉、头脑混沌。她说自己不需要食品杂货，手头还有在用的东西。她不缺处方药，也不缺用来回寄简短感谢信的邮票。

跟她关系更近的朋友们多半猜到了真相——她懒得多吃几口饭，还会把能收到的慰问信全部扔掉。她甚至都没有写信通知远方的朋友，自然也就不会收到这类信函。连里奇在亚利桑那州的前妻和在新斯科舍省那个相对疏远的兄弟都没有联系过，尽管他们可能会比身边的人更理解妮塔，理解她为什么举行了那个算不上葬礼的仪式。

里奇给她打电话，说他要去一趟村里的五金店。那时大约是早上十点，当时他已经开始漆木台的栏杆。准确地说，他当时在刮栏杆，为上漆做准备，而那把旧刮刀在他手里崩裂了。

她没来得及细想他为什么还没回来。他蜷曲着身子死在五金店门前立着的标志上，那上面写着割草机有优惠活动。他甚至没来得及走进商店。他八十一岁，除了右耳有点聋以外，身体很好。就在前一周，他的医生还给他做了检查。妮塔后来了解到，近期做体检时身体状况良好这种元素，出乎意料地经常出现在猝死的故事中。如今有很多人会给她讲这一类故事。妮塔说，你几乎会觉得，体检这种事，就是应当被规避的。

她本应该只对亲近且爱讲坏话的朋友维姬和卡罗尔说这些，两个女人都和六十二岁的她差不多大。年轻人觉得这种言论既不体面，又含糊闪躲。起初，他们准备"围攻"妮塔。他们并没有真的谈起默哀流程，但她担心他们随时可能会开启这一话题。

当然，等到真的开始安排流程时，只有经过尝试、验证的环节被留了下来。最便宜的棺材，迅速入土，没有任何仪式。殡仪承办人暗示这可能是违法的，但她和里奇已经弄清楚了。他们差不多一年前就查过信息，那时候她刚确诊。

"我怎么知道他会抢走我的风头？"

人们并不觉得这会是一场传统仪式，但他们期待某种现代的做法。歌颂生命。演奏他最喜欢的音乐，手拉着手讲故事，赞扬里奇的同时，还要幽默地提到他那些怪癖和情有可原的缺点。

里奇说过，那种场面让他想吐。

所以一切操办得很迅速，那些骚动，大面积围绕妮塔的温暖，统统都消散了，尽管，她认为有些人仍然会说，他们很担心她。维姬和卡罗尔没有这么说。她们只是说,如果她打算这时候出毛病的话,那她就是一个自私的、该死的婊子。她们还说,她们会找过来,然后用灰鹅牌伏特加让她清醒过来。

她说自己没打算出毛病,尽管她能看出这种想法的逻辑。

她的癌症目前正处于缓解期——天知道这个词到底是什么意思。它不是指"撤退中"。无论如何,肯定不是永久性的。她的手术主要动在肝脏上,只要她坚持吃东西,它就不会有怨言。它只会让她的朋友们感到沮丧,会提醒他们,她不能喝葡萄酒。或伏特加。

上个春天的放疗对她终究还是有好处。现在是仲夏。她认为自己现在的脸色看起来没有那么发黄了,但这可能只是意味着她已经习惯了。

她很早就起床,洗澡,穿上任何一件能找到的衣服。但她的确会整理穿着,洗脸,刷牙,梳理头发,她的头发又长回来了不少,跟以前一样,脸部周围的头发是灰白的,后面则是黑色。她涂上口红,把眉毛描深,她的眉毛现在已经很稀疏了。她一辈子都很注意保持细窄的腰围和适中的臀部,她检查了自己在这方面取得的成绩,尽管她知道,现在或许只有"骨瘦如柴"这个词能形容她的各个部位。

她像往常一样坐在宽大的扶手椅上,身边围着成堆的书和没翻开过的杂志。她小心地啜饮着一大杯很淡的草本茶,这是她现如今用来替代咖啡的东西。有一段时间,她认为没有咖啡她就活不下去,但事实证明,其实她想要的,只是手里拿着一个巨大的、温暖的马克杯，这种感觉可以帮助她思考，或者做别的什么她用以挨过无数小时、无数天日的事情。

房子是里奇的。是他和前妻贝特在一起时买的。原本只是用来过周末，冬天就彻底闲置。房子离村子半英里远，有两间小卧室，一间披棚厨房。但很快他就开始修缮这间房子，学习木工，先建了一个翼楼容纳两间卧室和浴室，又建了一个当作他的书房，使得原来的房子变成了一个开放式客厅/餐厅/厨房。贝特产生了兴趣，她曾说过自己不明白他为什么买了这样一个垃圾场，但她总会被实际的改善吸引，于是买了成对的木匠围裙。她需要找点事情做，那时她已经完成并出版了那本占据她数年时间的食谱。他们没有孩子。

贝特当时总是和别人说，她发现自己在生活中的角色已经变成了木匠帮手，这让她和里奇变得比以往亲近得多；而与此同时，里奇爱上了妮塔。她在大学教务处工作，他在同一所大学教授中世纪文学。他们第一次做爱是在刨花和锯材堆之中。那个房间有着拱形天花板，后来变成了主卧。妮塔落下了太阳镜——不是故意的，尽管这在从未忘记过任何东西的贝特看来，简直难以置信。后来便是一阵惯常的骚乱、陈腐、痛苦。最终，贝特去了加利福尼亚州，后来又搬去了亚利桑那州，妮塔在教务主任的建议下辞去了工作，而里奇则失去了成为艺术学院院长的机会。他选择提前退休，卖掉了市里的房子。妮塔没有继承那条小一些的木匠围裙，而是在一片混乱中愉快地读着她的书，用烤盘做一些简单的晚餐，花很长时间散步，探索四周，回来时带着破败的虎斑百合花和野胡萝卜花束，再把花束一股脑塞进空油漆罐。后来，当她和里奇安顿下来后，每当想起自己曾多么轻易就扮演了那种更年轻的女人，一个得意的第三者，一个婀娜的、嬉笑的、轻快的天真少女，她都会觉得有些尴尬。她其实是一个挺严肃、举止笨拙、自我意识很强的女人，完全不能算女孩。她能背出所有英国女王——不仅限于国王，而是女王——的话，"三十年战争"①她倒背如流，却羞于在人前跳舞，而且她永远不会像贝特那样，学习如何爬上活梯。

他们房子的一边是一排雪松，另一边是铁路路堤。这条铁路从来都不算繁忙，如今一个月可能只有几列火车。铁轨间杂草丛生。有一次，那时妮塔就快到更年期，她挑逗里奇去那里做爱——当然不是在轨枕上，而是在旁边的狭窄草地上。他们爬下来时，感到格外满足。

每天早上，当她第一次坐下来时，她都会仔细地思考那些里奇不在的地方。他不在小浴室里，即使那里还有他的剃须用品，还有针对各种麻烦但不严重的杂症的处方药，他一直不愿扔掉。他不在她刚刚收拾好后离开的卧室里。也不在那间大浴室里，之前他只有在泡澡时才会去。他也不在厨房，去年这里几乎完全成了他的地盘。他肯定也没站在外面刮了一半漆的木台上，准备开玩笑地盯着窗户里面看——早些日子，她可能会假装开始跳起脱衣舞。

书房里也没有。所有地方之中，这是他不在此地最有力的证

---

① 指1618—1648年主要发生于中欧地区的战争，是欧洲历史上持续时间最长、破坏性最大的冲突之一。

明。起初,她觉得有必要走到门口,打开门,站在那里,查看成堆的纸张,停滞的电脑,散落的文件,敞开或倒扣着的书,也挤满了书架。现在她只需要想象那些画面。

总有一天她必须进去。她认为这是一种入侵。她必须入侵她死去丈夫的头脑。这件事她从未想过。在她看来,里奇是一个兼具效率和能力的主心骨,一个充满活力的、坚定的人,所以她总是很不合情理地觉得,他一定会活得比她久。放在去年,这根本不是一个愚蠢的信念,而是在两人心中,就像她所想的那样,是一种必然。

她会先从地窖开始。那其实真的是一个地窖,而不是地下室。满是尘土的地板上是由木板搭成的走道,高高的小窗上结满肮脏的蜘蛛网。那里不会有她需要的东西。只有里奇那些半满的油漆罐,各种长度、将来可能会派上用场的木板,或许还能用,或许该被丢掉的各种工具。只有一次,她打开门走下台阶,去确保灯没有忘记关,开关都在那儿,旁边写着标签,告诉她它们分别控制些什么。当她上来时,她像往常一样从厨房那头把门闩上。里奇过去常常嘲笑她这个习惯,问她觉得有什么东西可以通过石墙和精灵大小的窗户进来,威胁他们俩。

无论怎样,地窖更容易入手,它比书房要容易一百倍。

她确实在继续整理床铺,收拾厨房或浴室里她所制造的小小混乱,但总的来说,她没有任何大扫除的冲动。她连一个扭曲的回形针或一块不再好看的冰箱贴都舍不得扔,更不用说她和里奇十五年前旅行时带回家的那盘爱尔兰硬币了。一切物件似乎都有了自己独特的分量和奇异感。

卡罗尔或维姬每天都打电话来,通常是晚饭前,她们一定是认为对她来说,那个时间的孤独感最为难熬。她说她还行,她很快就会走出她的巢穴,她只是需要这段过渡期,她只是在思考和阅读。吃得还行,睡得也还行。

除了阅读之外,她说的话都是真的。她坐在椅子里,四周都是书,但她一本也不会翻开。她一直都很喜欢读书——这也是里奇说她是最适合他的女人的原因之一——她可以坐着读书,让他一个人待着,但现在她连半页都无法坚持读完。

她也不是一个只读一遍书的人。《卡拉马佐夫兄弟》《弗洛斯河上的磨坊》《鸽翼》和《魔山》,这些书她都读过无数遍。她会因为想读某个特别片段而拿起其中一本,结果总是不由自主地又把整本书消化了一遍。她也读现代小说。只读小说。她讨厌别人在谈论小说时使用"逃避"这个词。她可能会辩驳,用不仅是开玩笑般的语气,说真实生活才是一种逃避。但这太过重要,不值得争论。

现在,最奇怪的是,所有那些坚持都消失了。并不仅仅因为里奇的死,还因为她自己被疾病缠身。然后她觉得这种改变只是暂时的,一旦她停止某些药物和令人疲惫的治疗,魔法就会重现。

显然并非如此。

有时她会试图向一个想象中的审讯者解释原因。

"我变得太忙了。"

"大家都这么说。忙什么?"

"太忙于注意。"

"注意什么?"

"我是说思考。"

"思考什么?"

"不重要了。"

一天早上,在坐了一会儿之后,她觉得很热。她应该站起来打开风扇。或者,她可以承担更多的环境责任,试着打开前门和后门,让微风(如果有的话)吹过纱门和房子。

她先打开了前门。甚至在让半英寸的晨光显现之前,她就意识到有一道黑色的影子挡住了光线。

一个年轻人站在挂着的纱门外面。

"我不是有意要吓你的。"他说,"我在找门铃什么的。我敲了一下门框,但我想你没听见。"

"抱歉。"她说。

"我是来检查你的保险丝盒的。你能告诉我它在哪里吗?"

她走到一边,让他进屋。她花了一点时间来回想。

"是的。在地窖里。"她说,"我把灯打开。你会看到的。"

他关上身后的门,弯腰脱下鞋子。

"不用脱鞋,"她说,"又没下雨。"

"我还是脱吧。这是我的习惯。否则留下的可能是灰尘,而不是泥。"

她走进厨房，在他离开之前，她都没办法重新坐下了。

当他从台阶走上来时，她为他打开了门。

"还好吗？"她说，"保险丝没问题吧？"

"没问题。"

她领着他走向前门，然后意识到身后并没有脚步声。她转过身，看见他站在厨房里。

"你不会碰巧有什么东西可以做给我吃吧，有吗？"

他的声音发生了变化——变得粗哑，音调上扬，让她想起一个电视喜剧演员用农村口音发牢骚的声音。在厨房天窗透进来的光线下，她这才看清，他并不特别年轻。当她打开门的时候，她只意识到对方身形瘦削，还有一张逆着晨光、显得黑漆漆的脸。她现在看清楚了，那副身躯确实瘦削，但并不是因为年轻，而是因为疲惫，显出一种和善的无精打采。一张硬朗的长脸，有一双突出的淡蓝色眼睛。表情似乎在说笑，但透着一种坚持，好像他总能得偿所愿。

"是这样的，我刚好是个糖尿病患者。"他说，"我不知道你是否了解糖尿病患者，对我们来说，饿了就必须吃东西，否则身体就会出现异样。我应该在来这里之前吃东西的，但我太急着赶过来了。你不介意我坐下吧？"

他已经在厨房的桌子旁坐下了。

"你有咖啡吗？"

"我有茶。草本茶，如果你想喝的话。"

"当然。当然。"

她把茶按剂量放进杯子，插上电水壶，打开冰箱。

"我手头没有很多吃的。"她说，"我有一些鸡蛋。有时我会炒一个鸡蛋，然后在上面放一点番茄酱。你想吃吗？我可以热一些英式松饼。"

"英式、爱尔兰式、乌克兰式，我不在乎区别。"

她往煎锅里打了几个鸡蛋，戳破蛋黄，用烹饪叉把它们搅散，然后把松饼切成薄片放进烤面包机。她从橱柜里拿出一个盘子，放在他面前。然后又从餐具抽屉里拿出刀叉。

"盘子很漂亮。"他说着举起盘子，像是想在里面看见自己的脸。就在她把注意力转向鸡蛋时，她听到盘子粉碎的声音。

"哦，天哪，"他用另一种声音说，一种尖利的、下流十足的声音，"瞧瞧我都做了什么。"

"没事。"她说，心里知道现在根本不是没事。

"一定是我手一滑才弄掉了。"

她取出另一个盘子，放在柜台上，等着把切成两半的烤松饼和涂有番茄酱的鸡蛋盛出来。

与此同时，他弯下腰来收拾碎瓷片。他举起一块碎片，上面被摔出了一个尖角。当她把给他的食物放到桌子上时，他将那尖角轻轻划过自己裸露的前臂。小血珠出现了，一开始是彼此分开的，然后连成了一条线。

"没事的。"他说，"这只是开玩笑。我知道怎么开玩笑地割。如果我是认真的，我们就不需要番茄酱了，对吧？"

地板上还有一些被他忽略了的碎片。她转过身去，想着去拿扫帚，在后门附近的一个壁橱里。他一下子就抓住了她的胳膊。

"你坐下。我吃饭的时候你就坐在这儿。"他举起那只血淋淋的手臂，再次给她看。然后他把松饼和鸡蛋组装成蛋堡，几口就吃完了。他咀嚼的时候嘴是张着的。水壶在沸腾。"茶包放进杯子了？"他问。

"是的，其实是散装茶叶。"

"你别动。我可不希望你靠近那个水壶，你觉得呢？"

他把沸水倒进杯子。

"看起来像干草。你只有这些吗？"

"是的。对不起。"

"别老是说对不起。只有这个就只有这个。你不会真的以为我是来看保险丝盒的吧？"

"其实是的，"妮塔说，"我刚才确实这么想。"

"你现在不这么觉得了。"

"不觉得。"

"你害怕吗？"

她没有选择把这当成一种嘲讽，而是当作一个严肃的问题。

"我不知道。更多是受惊而不是害怕，我想。我不知道。"

"有一件事。有一件事你不需要害怕。我不会强奸你。"

"我从没想过这一点。"

"你永远都不能完全保证。"他喝了一口茶，做了个鬼脸，"就因为觉得你是一个老太太。外面有各种各样的人，他们能和任何东西做。婴儿，狗，猫或老太太。老头。他们不挑。但我很挑剔。我对任何其他的都不感兴趣，只愿意用正常的方式，和某位我喜欢也喜欢我的好女人做。所以你放心。"

妮塔说："我很放心。但谢谢你告诉我。"

他耸了耸肩，似乎对自己很满意。

"前面停着的那辆车是你的吗？"

"是我丈夫的。"

"丈夫？他在哪里？"

"他死了。我不开车。我打算卖掉它，但还没来得及。"

她真是个傻瓜，她竟然会告诉他那些，真是个傻瓜。

"二〇〇四年的？"

"我想是的。是的。"

"有那么一会儿我还以为你编了个丈夫来骗我。不过，不会管用的。我能用鼻子闻出来独居的女人。我一踏进一幢屋子就能确定。她打开门的那一刻。直觉。这车能正常运行吗？你知道他最后开它是哪一天吗？"

"六月十七日。他去世的那天。"

"里面有汽油吗？"

"我觉得应该有。"

"如果他能在那之前把油加满就好了。钥匙你有吗？"

"不在我身上。但我知道钥匙在哪里。"

"好的。"他把椅子往后推，撞到了一件陶器。他站起来，惊讶地摇了摇头，又坐下来。

"我累瘫了。得坐一会儿。我以为吃了东西会好一点。糖尿

148

病是我编的。"

她推开椅子,他跳了起来。

"你待在原地别动。我可没有累到抓不住你。我只是走路走了一整晚。"

"我只是想去拿钥匙。"

"你等着我叫你。我沿着铁轨一直走。一辆火车也没看到。我一路走到这里,一辆火车也没看到。"

"火车一直都挺少的。"

"是的。没错。我一直在沟渠里走啊走,经过了几个破烂的小镇。然后天亮了,我当时依然感觉还行,但在跟马路交叉的地方,我跑了几步。然后我往这边看,看到了这间房子和那辆车,我对自己说,就是这里了。我本可以开我老爸的车走,但我还算有点脑子。"

她知道他想让她问他做了什么。她也确信自己知道的越少越好。

然后,自他进屋以来,她第一次想到了自己的癌症。她想到它是如何解放了她,使她脱离危险。

"你笑什么?"

"我不知道。我在笑吗?"

"我猜你喜欢听故事。要我给你讲个故事吗?"

"也许我宁愿你离开。"

"我会离开的。但我要先给你讲个故事。"

他把手伸进身后的口袋。"给。想看张照片吗?给。"

照片是在客厅拍的,背景是紧闭着的、有花朵图案的窗帘,照片上一共有三个人。一个不算特别老的老人,可能六十多岁,和一个差不多年纪的女人一起在沙发上坐着。一名体形庞大的年轻女子坐在轮椅上,轮椅靠近沙发的一端,稍微靠前一些。老人身材魁梧,头发灰白,眼睛眯着,嘴巴微张,好像胸口有点喘不过气,但他努力微笑着。老妇个头要小得多,一头染过的深色头发,涂着口红,穿着那种曾被叫作"农妇衫"的衣服,手腕和脖子上有红色的小蝴蝶结。她坚定地微笑着,看起来甚至有点疯狂,嘴唇拉扯着,牙可能已经坏了。

但是,照片里唯一的焦点是那个年轻的女人。她穿着色彩明亮的穆穆袍,丑陋而显眼。黑色的头发沿着她的前额卷成一排小卷,脸颊掉进了脖子。尽管她脸上有那么多赘肉,表情中依然能看出某种满足和狡猾。

"那是我妈妈,那是我爸爸。那是我姐姐玛德琳。坐在轮椅上那个。

"她生来就有毛病。所有医生或别的人都没辙。她吃饭跟猪一样。从我记事起,她和我的关系就不好。她比我大五岁,从小就下定决心要折磨我。她会朝我扔任何她能拿到的东西,把我撞倒,还他妈的会用轮椅碾我。原谅我的脏话。"

"那对你来说一定很艰难吧。对你父母来说也是。"

"哼。他们只是顺其自然地接受了。事情是这样的,他们去过一个教堂,那里的牧师告诉他们,她是上帝的礼物。他们把她带到教堂,她会他妈的在后院像只该死的猫一样号叫,这种时候他们只会说，她在试着创作音乐，哦，他妈的上帝保佑她。再次抱歉。

"所以我从来没有想过要留在家里，你知道吧，我为自己另谋出路。我对自己说，没关系，我才不要留下来继续被这个烂摊子折磨。我有自己的生活。我有工作。我几乎一直都有工作。我从没有一屁股坐着不动，喝光政府的钱。我是指臀部。我得说，我从来没有找老爸要过一分钱。我曾经在九十华氏度的热天里起床给别人浇屋顶，也擦过臭气熏天的老餐馆的地板，还去别人车库里给一些老掉牙的破烂当油猢狲①。我什么都做。但我没法一直承受他们的烂事，所以我待不了太久。别人总对像我这样的人做一些烂事，我接受不了。我的家庭还算体面。我爸工作到身体支撑不住才退休，他在大巴车上工作。我被养大，不是来忍受烂事的。好吧，先不说这个话题了。我的父母总是对我说：那房子是你的。他们是这么跟我说的。我们知道你小时候在家里一直过得很辛苦，要不是因为你过得很苦，兴许你还能接受教育，所以我们想尽力补偿你。所以，不久之前当我和爸爸打电话的时候，当他说，你肯定理解这是有条件的吧。我就问他，什么安排？他说，条件是，只有你签了合同，许诺在你姐姐活着的时候照顾她。只有当她能一直继续住在这里，这里才会是你的家。

"天啊。我以前从没听说过。我以前从没听说过这样的条件。我一直以为的安排是，他们死后，她就会去一个某某之家一类的

---

① 原文为"grease-monkey"，机械修理工的俗称。

地方。但绝对不可能继续待在我家。

"所以我告诉我爸,我以为的安排不是这样的,他说所有条款都已经拟好了,就等你签字,如果你不想签的话,可以不签。等我们死了之后,你的姨妈芮尼会不时过来监督你,确保你一直履行条约。

"是啊,我的姨妈芮尼。她是我妈妈最小的妹妹,是个彻头彻尾的贱人。

"总之他说,你的芮尼姨妈会监督你。突然间我转换了态度。我说,好吧,既然事情已经如此,我想这样也很公平。好吧。行。我可以这个星期日过来和你们一起吃晚饭吗?

"当然,他说。很高兴你能以正确的方式看待整件事。你总是立即反应过火,他说,到你这个年纪,应该有一些自己的判断力。

"这话由你来说可真有趣。我对自己说。

"所以我就去了,妈妈做了鸡肉。当我刚进屋时,闻起来很香。然后我闻到了玛德琳的味道,是她以前就有的那种难闻气味,我不知道究竟是什么,即使妈妈每天给她洗澡,气味也还在。但我表现得很友好。我说,这是一个特别的场合,我应该拍张照片。我告诉他们我有一个很棒的新相机,照片能当场洗出来,他们马上就能看见。立刻就能让你们看清自己,听起来怎么样?我让他们都坐在前厅,就是我给你看的照片上那样。妈妈说,快点,我得回厨房了。我说,马上就完了。所以我就给他们拍了照,然后她说,现在行了吧,快给我们看看自己的样子,我说，再等等，耐心点，只需要一分钟。然后，当他们等着看自己的样子时，我拿出我那把漂亮的小枪，砰砰砰，射向他们。接着，我又拍了一张照片，随后进了厨房，吃了一些鸡肉，再也没看他们一眼。我有点期待芮尼姨妈也会在那儿，但妈妈说她有一些教堂的事情要忙。我也会同样轻松地射杀她。看看这些照片。之前和之后。"

老人的头歪到一边，老妇的头则向后倒去。他们的表情都被炸没了。姐姐向前倒了下去，所以看不到她的脸，只能看到那由花朵布料包裹的膝盖和黑色的脑袋，那精致而过时的发型。

"我可以在那儿心满意足地坐上一周。那种感觉太放松了。但我天还没黑就走了。我确保自己身上是干净的，还把那只鸡吃完了，而且我知道自己最好离开。我本来还准备好在那儿等着芮尼姨妈走进来，但没了心情，我知道自己得再提提气，才能解决她。我就是没那种感觉了。一个原因是我吃得太饱，那只鸡个头很大。我一口气全吃完了，没有留下一部分打包带走，因为我害怕等我按设想沿着小路走的时候，野狗会闻到食物的气味，然后出来大闹一场。我以为肚子里的那只鸡能让我撑一周，但看看我到你这儿的时候有多饿。"

他打量了一下厨房。"你有什么别的喝的吗？有吗？那茶太难喝了。"

"可能还有一些葡萄酒。"她说，"我不确定，我已经不喝酒了——"

"你参加了戒酒会？"

153

"不，只是不适合喝酒了。"

她站起来，然后发现自己的腿在抖。自然。

"我进来之前就把电话线弄坏了。"他说，"我只是觉得你应该知道这一点。"

他喝了酒之后会变得粗心与随和，还是会变得更刻薄、更狂野？她怎么能确定呢？她不用离开厨房就找到了酒。她和里奇过去每天都会喝适量的红酒，因为据说那对人的心脏有好处。又或是能够抑制某种对心脏的坏处。在一片恐惧和困惑之中，她想不起那叫什么。

因为她很害怕。自然。目前来看，她得了癌症这件事帮不了她，一点帮助也没有。她将在一年内死去的事实并不能抵消她现在可能会死的事实。

他说："嘿，这可是好酒。不是螺旋盖的。你没有开瓶器吗？"

她走向一个抽屉，但他跳了起来，把她挡到一边，动作并不是特别粗鲁。

"嗯，嗯，我找到了。你离这个抽屉远点。哦，天哪，这里面有很多好东西。"

他把刀放到了椅子的座位上，她永远不可能够得到的地方。然后他用了开瓶器。她的确注意到，开瓶器在他手里可能会成为一种多么邪恶的工具，但她自己根本不可能那么用它。

"我只是起来去拿玻璃杯。"她说，但他说不行。不要玻璃杯，他说，你有塑料的吗？

"没有。"

"那么，用茶杯吧。我可是正看着你。"

她把两个杯子放到台面上，说："只给我倒一点就行。"

"我也是。"他一副务实的语气，"我要开车。"但他说着就把酒倒满了整个杯子。"我可不想让警察把头探进车里，关心我情况如何。"

"自由基。"她说。

"这是什么意思？"

"跟红葡萄酒有关。要么是它们有害，因此喝红酒能消除它们；要么就是有益，喝红酒能创造出更多自由基。我记不清了。"

她喝了一小口酒，并没有像预料的那样感到恶心。他喝酒，仍然站着。她说："你坐下的时候要小心那些刀。"

"别跟我开玩笑。"

他把刀收起来放回抽屉，坐了下来。

"你觉得我很笨？你觉得我很紧张？"

她冒了很大的险。她说："我只是觉得你以前从未做过这样的事。"

"我当然没有。你认为我是杀人犯吗？是，我杀了他们，但我不是杀人犯。"

"是不一样的。"她说。

"当然。"

"我知道这是什么感觉。我知道摆脱伤害你的人是什么感觉。"

"是吗？"

"我做过同样的事。"

"你没有。"他把椅子往后挪了挪,但没有站起来。

"如果你不想的话,就别相信我。"她说,"但我做过。"

"鬼才做过。那你是怎么做的?"

"下毒。"

"你在说什么?你给那人喝了一些这种该死的茶还是别的什么?"

"不是那人,是她。这茶没有任何问题。据说它可以延长你的寿命。"

"如果一定要喝这种垃圾才能延长寿命的话,那我宁肯不活那么久。不管怎样,尸体里如果有毒素,是能查出来的。"

"植物毒素的话,可不一定。话说回来,根本没人想到去查。她小时候患过风湿热,后来也一直受影响,没法进行任何运动,日常活动也很少,总是得坐下或休息。她的死不会让人感到特别意外。"

"她对你做了什么?"

"我丈夫爱上了她。他本来想离开我,娶她。他告诉过我。我为他付出了一切。这所房子就是他和我一起修葺出来的。他是我的一切。我们没有孩子,因为他不想要。我学了木工,我害怕爬梯子,但我也去做了。他是我生命中的一切。然后他竟然想把我踢出家门,就为了那个在教务处工作、除了抱怨什么都不会的女人。我们为之奋斗的一切都会变成她的。这公平吗?"

"你是怎么弄到毒药的?"

"我根本用不着找。它就长在后花园里。这里。几年前有一块大黄地。大黄叶子叶脉中的毒素刚好用得上。不是茎。茎可以吃。它们没事。但是大黄叶子那些细小的红色叶脉是有毒的。我之前就知道这一点，但我必须承认，我不知道到底要用多少才能真正生效，所以我做的事本质上更像是一个实验。很多条件对我来说都是有利的。第一，我丈夫去了明尼阿波利斯参加一个研讨会。当然，他有可能带她一起去，但那时是暑假，她作为一名初级职员，必须留在办公室值班。不过，还有一个风险，她可能不会独自一人，可能周围还有别的什么人。而且，她可能会怀疑我。我没办法，只能假设她不知道我已经了解了一切，仍然把我当作朋友。她曾经来我家玩，我们相处得很好。我丈夫是那种事事拖延的人，我只能指望着这一点——他会先告诉我一切，看看我反应如何，而且不会告诉她，他已经告诉我了。你可能想问，既然如此的话，为什么要除掉她？他也许还会回心转意？

"不，无论如何他都会继续保持和她的关系。而且即便他不会，我们的生活也已经被她毒害了。她毒害了我的生活，所以我必须毒害她的生命。

"我烤了两个挞。一个有毒，一个没有。当然，我给没毒的那个做了标记。我开车去了大学，买了两杯咖啡，然后去了她的办公室。只有她一个人在。我告诉她我有事要进城来，经过大学校园时，看到这家不错的小面包店，我丈夫总是称赞他们的咖啡和点心有多好，所以我就顺道买了两个挞和两杯咖啡。我想到她肯定是孤单一人，其他人都去度假了；而我也是一个人，因为我丈夫去了明尼阿波利斯。她很有礼貌，表示感激。她说她在那儿待得很无聊，餐厅也关门了，所以想喝咖啡就必须去科学楼，而那里的人会在咖啡里面放盐酸。哈哈。这就是我们的小型派对。"

"我讨厌大黄。"他说,"这一套在我身上可行不通。"

"对她管用就行。我不得已冒了险,赌一把毒素会很快起效,必须得在她意识到出了问题、胃部开始抽搐之前。但也不能过快,不然她就会意识到是我干的。我必须抽身,我确实也成功了。那座大楼空荡无人,据我所知,直到今天也没有人看到我去那里或离开。当然,我知道哪里有隐蔽的退路。"

"你觉得自己很聪明。你逃脱了罪责。"

"但你也一样。"

"我做的事不像你做的那么阴险。"

"那事你必须得做。"

"的确是这样。"

"我做的事对我来说也是必需的。我保住了我的婚姻。他后来明白了,她对他来说不会有任何好处。她会厌倦他,一定会。她就是那种人。她只会是他的负担。他明白了这一点。"

"你最好没有在鸡蛋里放任何不该放的。"他说,"不然你就等着后悔吧。"

"我当然没有。我没那么想过。那又不是什么平时会经常做的事情。其实我一点也不了解毒药,只是碰巧知道那一点信息而已。"

他突然站起来,打翻了一直坐着的椅子。她注意到瓶子里没剩多少酒了。

"我需要车钥匙。"

她一时没法思考。

"车钥匙。你把它们放哪儿了?"

有可能发生。只要她给了他钥匙,事情就有可能发生。告诉他她已经快要死于癌症会有用吗?太蠢了。根本没用。未来会因癌症而死并不会阻碍她今天吐露一切。

"没人知道我跟你说的事。"她说,"你是唯一的。"

这一点可能会带来很多好处。他可能会意识到她给了他一个有利的筹码。

"是还没人知道。"他说,于是她想,谢天谢地。他上钩了。他确实意识到了。他意识到了吗?

也许真要谢天谢地。

"钥匙在蓝色茶壶里。"

"哪里?他妈的什么蓝色茶壶?"

"在台面的尽头,壶盖坏了,所以我们就用它来装东西——"

"闭嘴。闭嘴,否则我会让你永远闭嘴。"他试图把拳头伸进蓝色茶壶里,但伸不进去。"妈的,妈的,妈的。"他喊道,然后把茶壶翻过来,砰的一声砸在台面上,于是,不仅仅是车钥匙,房子钥匙、各种硬币和一卷旧加拿大轮胎纸钞都掉在了地板上,蓝色陶器碎片则撞到了四周。

"系着红线的是车钥匙。"她淡淡地说。

他踢了一会儿掉在地上的东西,才把那把钥匙给捡起来。

"那你打算怎么解释关于车的事?"他问,"你把它卖给了一个陌生人,对吗?"

她一时没反应过来这话的含义。当她明白的时候，整个房间都在颤动。"谢谢你。"她说，但她的嘴太干了，不确定自己真的有发出任何声音。不过，肯定是有的，因为他说："先别急着谢我。"

"我记性很好。"他说，"很久之前的事情我也能记住。你得把那个陌生人描述得跟我完全不同。你肯定不想让他们进墓地挖尸体吧。你只要记住，你敢多说一句，我就会多说一句。"

她的视线一直朝下。没有行动也没有说话，只是看着地板上乱七八糟的东西。

走了。门关上了。但她还是没动。她想锁门，但她动不了。她听到发动机启动的声音，然后又熄了火。又怎么了？他那么提心吊胆，肯定是做错了什么。然后又一遍，启动，点火，掉头。轮胎碾过砾石。她颤抖着走向电话，发现他说的是实话，没有信号。

他们有很多书架，电话旁边就有一个。这个架子上放的大多是旧书，已经很多年没人翻开过它们。架子上有一本《骄傲的塔》，阿尔伯特·斯佩尔写的。是里奇的书。

《献给常见蔬果的赞歌：丰盛、优雅的菜肴和新鲜的惊喜》，由贝特·安德希尔整理、试验和创造。

他们修缮好厨房之后，妮塔犯了个错，有段时间她尝试着像贝特那样做饭。只是很短一段时间，因为事实证明，里奇并不想参与那些麻烦，而且她本人也没有足够多的耐心，去应对大量切剁和炖煮。但她确实有一些意外的收获，比如哪些看起来无害的常见植物其实富含毒素。

她应该写信给贝特。

亲爱的贝特，里奇死了，而我通过扮演你，救了自己一命。

贝特为什么要关心她有没有被救？这故事其实只值得告诉一个人。

里奇，里奇。现在她明白真正思念他是一种什么感觉。仿佛天空里的氧气被抽走了。

她应该去村里。镇政府的后面有一个警察局。

她应该买部手机。

她太过受惊，太过疲倦，一步也走不动。她首先要做的是休息。

她被一声敲门声吵醒了，门依然没锁。是一名警察，不是村里的，而是一名省交警。他问她是否知道自己的车在哪里。

她看了看车之前停过的那片碎石。

"它不见了。"她说，"它之前在那儿。"

"你不知道它被偷了吗？你最后一次在窗外看见它是什么时候？"

"一定是昨晚。"

"钥匙留在车里了？"

"我想应该是的。"

"我必须告诉你，你的车发生了严重的车祸。就在沃伦斯坦这一片，单车车祸。司机开着它滚进了涵洞，车彻底报废了。这还不是全部。司机是一桩三条人命谋杀案的通缉犯。总之我们掌握的最新消息是这么说的。米切尔斯顿谋杀案。你很幸运,没有正面撞上他。"

"他受伤了吗?"

"死了。当场送命。是他活该。"

接着便是一番出于好心的严厉说教。不要把钥匙留在车里。独居女人的安全防范。这世道,你永远不知道会发生什么。

永远不知道。

脸

我很确信我的父亲只瞧过、盯过、看见过我一次。在那之后，他就直接无视我的存在。

那时候，人们不允许父亲加入婴儿出生时那种戏剧化的瞩目场面，也不允许他们进入女人待产的房间，那时她们要么是在竭力忍住哭喊，要么就是在大声惨叫。母亲们被清理干净，恢复意识，并用浅粉色毯子盖好，安顿在病房、半私人或私人房间里，只有在那之后，当父亲的才会见到她们。我母亲有一个自己的房间，她后来在城里的地位也接近如此，之后的事情发展证明，这其实是一件好事。

他第一次见到我是在育儿室的玻璃窗外，我不知道那是在见到我母亲之前还是之后。我宁愿是之后。当她听见门外传来他的脚步，那声音穿越她的房间时，她听出了他的愤怒，但还不明所以。毕竟，她给他生了一个儿子，那可以说是所有男人的愿望。

我知道他说了什么。至少她跟我说过，他当时说了什么。

"好大一块碎肝脏。"

然后他补充道:"你别想把那东西带进屋。"

我的一边脸曾经是——现在仍然是——正常的。我的整个身体从脚趾到肩膀都很正常。我出生时身长二十一英寸,体重八磅五盎司,是一个健硕的男婴,皮肤白皙,不过,因为刚刚经历过的平凡旅行,当时我的皮肤可能还是红色的。

我的胎记不是红色,而是紫色的。那颜色在我婴儿期和幼儿期时很深,不知为何随着年龄增长有些褪色,但从未褪色成不显眼的状态,始终是你看到我正面时首先会注意到的东西,也可能,如果你先是从左侧,或者说,干净的那一侧靠近我的话,就会被我突然转过来的脸吓到。我的脸看起来就像是被人用葡萄汁或油漆泼过,然后,一个很有冲击力的巨型水花一路向下,直到溅到脖子上,才变成零星的水滴。不过,在没过一侧的眼睑后,它的确很好地避开了我的鼻子。

"那只眼睛的眼白看起来真可爱、清澈",这是我母亲经常会说的一句愚蠢但情有可原的话,她希望我能欣赏自己。于是奇怪的事情发生了。因为一直被保护得很好,我几乎相信了她说的话。

当然,我父亲没办法阻止我回家。当然,我的在场,我的存在,在我的父母之间造成了巨大的裂痕。即便如此,我总觉得之前就已经存在一些裂痕,至少是一些不理解,或者说,冷冷的失望。

我父亲的父亲没有受过教育,但拥有一家制革厂和一家手套厂。随着二十世纪的发展，工厂逐渐不再繁荣，但大房子留了下来，还有私人厨师和园丁。我父亲上了大学，加入了兄弟会，度过了所谓的快乐时光，在手套厂倒闭时进入了保险业。他在我们镇上和在大学时一样受欢迎。他是一个厉害的高尔夫球手，一名优秀的水手。（我还没有提过，我们住在俯瞰休伦湖的悬崖上，在我祖父面向日落建造的维多利亚式房子里。）

在家里，我父亲最突出的品德是他憎恨和鄙视一切的能力。事实上，这两个动词经常连在一起。他憎恨和鄙视特定的食物、汽车、音乐，说话方式和着装方式，广播喜剧演员和后来的电视名人，还有那个时代人们常会憎恨和鄙视的种族和阶级（尽管别人可能不像他反对得那样彻底）。事实上，在外面，在我们镇上，他的大部分见解都不会引起任何争论，航海同伴和兄弟会成员都不会和他争执。我觉得，正是他的某种激情让人们觉得不安，但也同样令人钦佩。

直言不讳。这就是人们对他的评价。

当然，像我这样的产物是他每次打开自己家门时都要面对的侮辱。他独自吃早餐，也不回家吃午饭。我妈妈会陪我一起吃早饭和午饭；有时她会独自用晚餐，其余时候和他一起。然后我觉得这引发了一些争吵，于是她便坐着看我用餐，但和他一起吃饭。

可以看出，我没能为一段良好的婚姻出什么力。

但他们是怎么走到一起的？她没有上过大学，不得不借钱，去上一所她那个时代的教师培训学校。她害怕航海，打高尔夫时笨手笨脚，并且，虽然一些人跟我说她长得还算漂亮（你很难对自己的母亲做这类判断），但她的长相也不是我父亲喜欢的那种。他说某些女人是尤物，当他年纪更大之后，又说她们是洋娃娃。我的母亲不涂口红，胸罩也很朴素，她总是把头发扎成辫子，然后盘成很紧的一团，凸显出她宽阔、洁白的前额。她的穿衣打扮跟不上潮流，身材没什么曲线，有点王室气质——你完全可以想象她戴上珍珠串的样子，尽管我觉得她从来没有戴过。

我想，我在试着表达的是，我的存在可能是一种借口，甚至是一份礼物，因为我为他们提供了一种现成的争吵，一个能让他们直面彼此本性差异的、无法解决的问题，而事实上，他们在这种状态里可能更舒服。住在镇上的所有年月里，我从未遇到任何一个离过婚的人，因此人们可能会想当然地以为，有一些夫妇虽然住在一个屋檐下，但自顾自地生活，对这些男人和女人而言，他们接受了这样一个事实：有些分歧永远无法修正，有些话语或行为永远无法原谅，有些障碍永远无法清除。

故事接下来的发展毫不令人意外，我的父亲开始吸烟和酗酒——他大部分朋友都这样，无论出于何种原因。他五十多岁时就中了风，在卧床数月后去世。不出所料，我母亲在那期间一直照顾他，确保他待在家里。他没有变得温柔或是心生感激，反而总是辱骂她，那些骂名因为他的病痛而变本加厉，但她一直能找到理解他的理由，而对他来说，辱骂她似乎是一件令人满足的事。

在葬礼上，一个女人对我说："你妈妈是个圣人。"我很清楚地记得这个女人的样子，但不记得她的名字。白色鬈发，胭脂脸颊，精致的五官。一声含泪的低语。我立刻就对她没了好感。我皱着眉头。那时我已经上大学二年级，没有加入也没有被邀请加入我父亲的兄弟会。与我打交道的都是那些计划成为作家和演员的人。那些能言善道的聪明人，决心挥霍时间的人，凶残的社会批评家，新生的无神论者。我并不尊重那些有圣人做派的人。而且，说实话，那并不是我母亲的志向所在。她从来就没有那些虔诚的想法，无论哪次我回家度假，她从来都没有要求我去父亲的房间，试着说些与他和解的话。我自己也从来没有这样做过。没有和解，也没有任何类似祝福的想法。我的母亲不是傻瓜。

她始终对我尽心尽力——我们俩都不会用这样的词，但我认为这是个准确的说法——直到我九岁。她之前亲自教我读书，然后把我送去上学。这听起来注定会是一场灾难。一个被母亲保护着长大的紫脸人，突然要被扔进无数的嘲讽和来自野蛮青少年的无情攻击之中。但是我没有受苦，直到今天我依然不确定为什么没有。就当时的年龄来说，我又高又壮，这可能起到了一点好的作用。不过，我认为我们家的气氛，那种由坏脾气、凶狠和厌恶所构成的气氛——哪怕来自一个经常缺席的父亲——可能让其他所有地方都变得合理，几乎是开放而包容起来，尽管是以一种消极而不是积极的方式。那不是任何人付出努力、对我友好的结果。我当时有一个名字，"葡萄怪物"。但几乎每人都有一个贬义的绰号。一个脚特别臭的男孩每天都洗澡，但这似乎并没有什么用，他愉快地接受了"臭人"这个名字。我过得还行。我给母亲写了几封滑稽的信,她在回信中用一种温和的讽刺语气,谈论镇上和教堂里发生的事情。我记得她曾描述过,大家就怎么切女士们下午茶时吃的三明治产生争吵。她甚至还在谈到我父亲时很是幽默,而不是心怀怨恨,她称呼他为"国王陛下"。

目前为止,我将父亲描绘成了野兽,母亲则是拯救者和保护者,而我也确信这种叙述的真实性。但我的故事里还有其他人,我所熟悉的氛围也不只是家里的那一种。(我现在谈论的时间甚至还在我上学之前。)我后来逐渐意识到,我这一生的"伟大戏剧"其实已经在家庭之外发生了。

伟大戏剧。写下这个词令我尴尬。我不知道这听起来更像廉价的讽刺,还是更令人厌烦。但是我又觉得,一旦想到我的谋生之旅,我会这样看待我的生活,这样谈论它,难道不是很自然吗?

我成了一名演员。惊讶吗?当然,在大学时,我经常和活跃在剧院的人待在一起,最后一学年,我还导演了一部戏剧。有个笑料经常被人提起,是我自己创造的,关于我处理人物形象的习惯:我总是会将自己没有特征的那一边脸朝向观众,必要时甚至会在舞台上倒着走。但其实这种极端方式并不必要。

当时,国家电台会定期播放戏剧。星期日晚上是一个极有野心的栏目。改编自小说的戏剧。莎士比亚。易卜生。我的嗓音天生多变,经过一点训练后进一步改善。于是我就被录用了。一开始都是些小配角,但是,在电视让整个行业陷入停滞之前,我几乎每周都会出现在电台里,也有了一小拨忠实听众,即便人数后来从没有壮大过。有人写信反对我们使用脏话或提及乱伦（我们也演过一些希腊戏剧），但总的来说，我母亲所担心的、会像雨点似的落在我身上的抨击并没有出现太多。每星期日晚上，她都会坐在收音机旁的椅子上，虔诚又忧心忡忡。

随后，电视出现了，舞台表演因此终结，至少对我来说是这样。但我的声音帮到了我，我找到一份播音员的工作，先是在温尼伯，然后回了多伦多。在我工作生涯的最后二十年里，我一直是一档音乐节目的主持人，节目不拘一格，工作日的下午放送。和人们所想的不同，节目里播放的音乐并不是我选的。我喜欢的音乐种类很有限。但我塑造了一个和蔼可亲、略显古怪、不会过时的电台角色。节目收到了许多来信。我们收到过从老人之家和盲人之家寄来的信，也收到过在漫长、无聊的出差途中的人寄来的信，还有些来自中午独自烘焙、熨烫衣服的家庭主妇，以及坐在拖拉机驾驶室里犁或耙大片土地的农民。遍布全国。

当我最终退休时，赞美纷至沓来。人们写道，他们失去了亲人，那感觉就像失去了一位亲密的朋友或家人。他们的意思是，一周五天里有人填补了他们的一部分时间。时间被填补，以一种可靠、宜人的方式，这样他们就不是无依无靠的，为此，他们虽然尴尬，但却真心感激。而且，出人意料地，我会和他们共情。当我在广播中朗读一部分信件时，我必须小心控制自己的声音，以免哽咽失声。

不过，人们对这档节目和我的记忆还是迅速退去。新的情感联结成形。我彻底断绝了和那段职业的联系，拒绝主持慈善拍卖会或发表怀旧演讲。我母亲去世时已是高寿，但我当时没有把那栋房子卖掉，只是出租。现在我准备把它卖掉，并通知了租客。我打算自己在那儿住一段时间，等待房子——尤其是花园——修缮完毕。

这些年来我并不孤独。除了观众，我还有朋友。我也有女人。当然，有些女人特别喜欢那些她们自以为很需要振作起来的男人，她们渴望把你当作自己慷慨本性的标志大肆炫耀。我一直很警惕她们。在那些年里，和我最亲密的女人是一名车站接待员，她是一个和蔼可亲、通情达理的人，独自带着四个孩子。当时我们想，一旦最小的孩子离开她，我们就会搬到一起住。但最小的孩子是女儿，成功在没离家时就有了自己的孩子。于是，不知怎的，我们的期望，我们的感情，都熄灭了。我退休回老家后，我们仍通过电子邮件保持联系。我邀请她来看我。然后她突然宣布她即将结婚，并打算去爱尔兰生活。我太惊讶，又或是太受打击，没问小女儿和那个小婴儿是否也要去。

花园里一塌糊涂。但我觉得在那儿待着比在房子里更自在，房子从外面看起来和以前一样，但里面有很大的变化。我母亲把后厅改成了卧室，把食品储藏室完全改造成了浴室，后来，为了让房子变得适宜租户居住，我们放低了天花板，装了廉价的门，还贴了华丽的几何墙纸。花园就没有这么大变化，只是常年无人问津。古老的多年生植物仍然散落在杂草中。大黄苗圃有六七十年的历史，比伞还大的、参差不齐的叶子是它的地标。还有六棵苹果树，结着一些我记不得品种的虫蛀苹果。我打扫干净的那几块地方看起来很小，但我堆好的杂草和灌木看起来宛如一座座小山。我还得自己出钱找人把它们拖走。小镇不再允许人们私自烧火了。

这些事过去都是由一个名叫皮特的园丁来打理的。我忘了他的姓。他一条腿是瘸的，总是把头耷拉到一边，不知道是因为事故还是中风。他工作很慢，但很勤奋，脾气几乎一直都不好。我母亲对他说话时总是很温柔，带着敬意，她提出——后来确实实现了——对花坛的某些改造，他本人并不是很喜欢。他不喜欢我，因为我经常在不该骑车的地方骑三轮车，还会躲在苹果树下，他可能知道我暗中叫他"鬼鬼祟祟的皮特"。我不知道我是从哪儿听来的那个名字。是连环漫画吗？

我刚刚想到另一个导致他那么反感我的原因，很奇怪，我以前怎么没有想到。我们都是有缺陷的人，明显都是生理上蒙受不幸的受害者。你可能认为这样的人会成为某种盟友，但往往同样可能的是，他们就是无法成为盟友。有些事本来很快就会被忘记，偏偏总会有人提醒你。

但我对此并不确定。我母亲做出了一系列安排，这样一来我大多数时候都会对自己的状况毫无察觉。她声称她在家教我学习是因为我患有支气管疾病，因为前几个学年学校有传染病，她需要保护我免受细菌的侵袭。我不知道是否有人相信她。至于我父亲的敌意，这种情绪在我们家蔓延得如此之广，以至于我从不觉得自己是唯一的受害者。

现在，虽然可能显得啰唆，我还是要说，我母亲做了正确的事。强调一个显眼的缺陷，那些怂恿和拉帮结派，会在我很小的时候就纠缠过来，让我无处躲藏。但现在事情不一样了，对一个像我这样吃过苦头的孩子而言，真正的危险在于过分的大惊小怪和那些刻意的善举，而不是让我倍受嘲笑和孤立。至少我是这么觉得。正如我母亲可能早就发现了的，是那些纯粹的恶意，创造了那段生活里很大一部分的生命力、智慧和逸事传闻。

几十年前，也许更久之前，我们的土地上还有一栋楼。我只知道那要么是个小谷仓，要么是栋大木屋，皮特会在里面存放工具，我们曾经用过的各种东西也都放在那里，直到我们决定好如何处置。在皮特被取代之后不久它就被拆除了。取代他的则是一对精力充沛的年轻夫妇，金妮和弗兰兹，他们用自己的卡车运来了最新的设备。后来，他们转行做起了园艺生意，不再有空，但他们会派自己十几岁的孩子们来给我们除杂草，而我母亲那时也没兴趣对花园做别的事了。

"我只能放手。"她说，"真令人意外，事情竟然这么简单，只要放手就好。"

说回这座建筑——我一直就这个话题兜圈子——有段时间，在它还没变成仓库之前，有人曾经住在里面。一对叫作贝尔的夫妇，他们分别是我祖父母的园丁兼司机和厨师兼管家。我祖父有一辆帕卡德牌汽车，但他从未学过如何驾驶。等到我出生之后，贝尔夫妇和帕卡德牌汽车都不见了，但大家还是叫那个地方"贝尔小屋"。

在我还是小孩的几年里，贝尔小屋被租给了一个叫莎伦·萨特尔斯的女人。她和女儿南希一起住在那里。她是跟着她丈夫一起来镇上的，他是一名医生，当时正在筹办他的第一家诊所，不到一年左右，他就死于血液中毒。她带着孩子留在镇上，没有钱，而且，正如大家所说，也没有任何人。这一定是指没有人能帮她，也没有人愿意收留她。后来，她在我父亲的保险公司找到了一份工作，然后住进了贝尔小屋。我不确定这一切是什么时候发生的。我不记得他们搬进来的情景，也不记得小屋空着时的样子。当时，小屋被漆成了一种土粉色，我一直认为这是萨特尔斯夫人的选择，仿佛她不可能住在其他任何颜色的房子里。

我叫她萨特尔斯夫人，当然。但我知道她的名字，虽然我很少记得其他成年女性的名字。在那时，莎伦是一个不寻常的名字。这名字和我在主日学校听过的一首圣歌有关，我母亲允许我去那里，因为那里有人管着大家，且没有课间休息。我们唱着圣歌，歌词被投映到屏幕上，其实我觉得，我们中大多数人甚至在学会认字之前，就已经从眼前的轮廓中了解了这首歌的部分灵感。

> 西洛姆清爽阴凉的小溪边
> 百合花长得多甜美。
> 山下的呼吸多么甘甜，
> 莎伦那盛满露珠的玫瑰。

我简直不敢相信屏幕的角落里真的有玫瑰，但我看到了一朵，现在仍能看见，一朵浅粉色的玫瑰，而它的光环转移到了莎伦这个名字上。

我不是说我爱上了莎伦·萨特尔斯。我爱过人，那时我才刚出婴儿期，就爱上了一个男孩子气的年轻女佣，她叫贝西，会用婴儿车推着我短途旅行，还会在公园的秋千上把我荡得很高，我几乎快要被甩出去。没过多久，我又爱上了我母亲的一个朋友，她的外套上有天鹅绒的领子，声音似乎也如天鹅绒般柔滑。莎伦·萨特尔斯并不适合得到那样的爱。她没有天鹅绒般的嗓音，也没有兴趣给予我一段美好的时光。她很高很瘦，不像是已经当母亲的人。她的身材没有曲线。头发是太妃糖的颜色，上面是棕色，发尾是金色，而且，即便是在第二次世界大战期间，她仍然留着波波头。她的口红是鲜红色的，看起来很厚，就像我在海报上看到的电影明星的嘴巴，她在家附近出现时通常都穿和服，我觉得和服上有一些苍白的鸟——鹳？——它们的腿让我想到她的腿。她很多时候都躺在沙发上抽烟，有时，为了逗我们或她自己开心，她会把腿轮番踢向空中，然后让一只羽毛拖鞋飞起。当她不生我们的气时，声音听起来嘶哑、充满怨气，并非不友好，但听起来一点都不明智、温柔或责备，没有那种饱满的腔调，没有隐含的悲伤，我还以为凡是母亲都有。

你们这些蠢货。她这么叫我们。

"滚出去，让我安静一下，你们这些蠢货。"

当我们把南希的玩具车推过地板时，她已经躺在沙发上，肚子上放着烟灰缸了。她还想要多安静？

她和南希经常在不是饭点的时候吃一些奇怪的食物，而且，当她走进厨房给自己做点心时，从来不会带可可或全麦饼干给我们吃。话又说回来，她也从不阻止南希用勺子直接从罐头里舀那种像布丁一样浓稠的蔬菜汤，或者用手直接从盒子里抓脆米花。

莎伦·萨特尔斯是我父亲的情妇吗？她的工作能够养活自己，而粉色小屋则是免费租给她的？

我母亲谈到她时很友好，经常提到她所遭遇的悲剧，她那早逝的丈夫。无论我们当时的女佣是谁，总是会被派去给莎伦送东西，是我们花园种出来的覆盆子、刚摘的土豆或带壳的新鲜豌豆。我对豌豆印象深刻。我记得莎伦·萨特尔斯——她当时仍躺在沙发上——用食指将它们弹向空中，说："我该怎么处理这些东西？"

"一般都是放在炉子上用水煮。"我好心解释道。

"不是吧？"

至于我父亲，我从未见过他和她在一起。他上班很晚，下班很早，这样他才能有时间参加各种体育活动。有些周末，莎伦会坐火车去多伦多，但她总是带着南希。南希回来的时候，总会讲述她的各种冒险，还有她旅途中看到过的大场面，比如圣诞老人游行。

当然，有时南希的母亲确实不在家，没人穿着和服躺在沙发上，可以推测，在那些时候，她没有在抽烟，也不是在放松，而是在我父亲的办公室里做着常规的工作，那是一个充满传奇色彩的地方，我从未见过，在那儿我肯定不会受欢迎。

南希的母亲去上班时，南希就必须留在家，每当这时，一个叫科德夫人的人就会坐在那儿收听广播肥皂剧，她脾气暴躁，随时准备把我们赶出厨房，而她自己经常在那里吃能随手拿到的东西。我从来没有想过，既然我和南希通常都待在一起，我母亲完全可以主动提出照顾我们，或者让女佣来看着我们俩，这样就不必再雇用科德夫人。

在如今的我看来，我们当时确实只要醒着就在一起玩。那应该是从我五岁起，到差不多八岁半的时候，南希比我小半岁。我们大部分时间都在屋外玩，那些日子一定经常下雨，因为我记得，我们只要一进南希的小屋，南希的母亲就会很生气。我们不得不远离菜园，尽量不撞倒花朵，但我们经常出入浆果丛，跑过苹果树下，还有小屋外完全被遗弃的垃圾区，我们在那里建造了防空洞和用来躲避德国人的藏身之处。

实际上，在我们镇的北部有一个训练基地，真正的飞机不断飞过我们头顶。有一次，飞机失事，但令我们失望的是，失控的飞机掉进了湖里。因为有这些战争的迹象，我们不仅成功把皮特想象成一个当地的敌人，而且是纳粹，他的割草机就是坦克。我俩的士兵营地正好被一棵沙果树所遮蔽，有时我们会朝他投掷树上的果子。他曾经向我母亲抱怨过，这让我们损失了一次海滩旅行。

去海滩的时候，母亲经常带着南希。不是去我们家悬崖下边有水滑梯的地方，而是去一个必须开车才能到的小海滩，那里没有吵闹的游泳者。事实上,是她教会了我们俩游泳。南希比我更勇敢、更鲁莽,这让我很生气,所以有一次我把她拉到拍打过来的海浪底下,还坐到她的头上。她不停踢腿,屏住呼吸,奋力挣脱了。

"南希是个小女孩。"我妈妈责骂道,"她是个小女孩,你应该把她当妹妹看待。"

我当时就是那么做的。我不认为她比我弱。的确,她比我瘦小,但有时那是一种优势。当我们爬树时,她可以像猴子一样挂在树枝上,那树枝却无法支撑我的重量。有一次,在打架的时候——我记不起我们是因为什么打架——我用一只胳膊固定住她,她咬了我的胳膊,咬出了血。那一次,我们被强行分开,本应为期一周,但我们很快放弃在窗口怒目相对,转而开始渴望、恳求,所以禁令就被取消了。

冬天,他们允许我们任意探索,我们建造雪地堡垒,还用木材装饰它,并配备了雪球库,这样,无论是谁走过来,我们都可以朝那人扔雪球。很少有人走过来,因为这是一条死胡同。我们只能堆起一个雪人,这样就可以揍它。

如果有大风暴出现,将我们困在室内,困在我的房子,也就是母亲管辖的地方,而我父亲因为头痛躺在家里休息的话,我们就必须保持安静,所以母亲这时候就会给我们读故事。我记得读的是《爱丽丝梦游仙境》。当爱丽丝喝下让身体变大的药水、卡在兔子洞里时,我们都很沮丧。

你可能想知道,我们会不会玩性爱游戏。是的,我们也玩过类似的东西。我记得有一天，酷热难耐，我们躲在小屋背后一个搭好的帐篷里——我不知道为什么。我们爬进去，来探索彼此。画布上有股带着些许情色意味，同时又像婴儿身上的味道，就像我们脱下的内衣一样。各种瘙痒让我们兴奋，但很快也让彼此恼怒，我们浑身是汗，到处发痒，很快就开始感到羞愧。离开那里时，我们比平时更加疏远对方，并且对彼此产生了怪异的警惕性。我不记得同样的事情是否再度发生，结果是否一样，反正，要是有也没什么奇怪的。

我不太记得南希的长相，虽然我能很清楚地回忆起她母亲的脸。我觉得她的发色和肤色应该不会有太大变化。金色的头发会自然地变成棕色，但因为长时间晒太阳，现在可能会有点泛白。皮肤非常红润，甚至可以说是浅红色。是的。在我眼中她总是脸颊通红，几乎就像是用蜡笔涂过。这和我们夏天长时间待在室外脱不开关系，还有那种坚决的能量。

不用说，在我家里，除了指定给我们的房间外，别的房间都是禁止进入的。我们做梦也没想过，能上楼或下楼去地窖、前厅或餐厅。但是在小屋时，除了南希母亲试图寻求安宁的地方，或者科德夫人黏在收音机前的位置，其他任何地方都可以自由通行。当我们终于厌倦了午后的炎热，地窖就变成了一个好去处。台阶旁没有栏杆，我们跳跃的步伐越来越大胆，直到最终跳到坚硬的泥土地上。当厌倦了这种活动后，我们会爬上一个旧行军床，在上面蹦蹦跳跳，鞭打想象中的马。有一次，我们试图抽南希母亲的香烟。（我们只敢拿一根。）南希做得比我好，因为她做过更多练习。

地窖里还有一个旧的木制梳妆台,上面放着几罐几乎快干了的油漆和清漆,还有各种各样已经硬掉的油漆刷、搅拌棒,还有要么被用来试颜色,要么被用来挤掉刷子里多余颜料的调色板。一些罐子的盖子仍然很紧,我们好不容易才撬开,找到了一些油漆,搅拌过后还能用。为了让刷毛散开,我们又花了一些时间尝试把刷子压到油漆里,然后拿它们在梳妆台的板子上敲,结果弄得一团乱,还没有什么效果。不过,后来我们发现,其中一个罐子里有松节油,而且效果更好。于是我们开始用那些能用的鬃毛刷子作画。我能够读和写一些字,这还得感谢我的母亲,南希也能,因为她已经上完了小学二年级。

"我写完之前你先别偷看。"我对她说,然后轻轻地把她推开。我想到了一些想写的东西。话说回来,她也在忙,正在用自己的画笔蘸取一罐红色颜料。

我写了"**纳粹曾在这个地下室里**"。

"现在可以看了。"我说。

她背对着我,忙着在自己身上挥舞画笔。

她说:"我忙着呢。"

当她转过头来面对我时,那张脸上全是红色的颜料。

"现在我看起来跟你一样了。"她一边说,一边将刷子的线条延伸到她的脖子,"现在我看起来跟你一样了。"她听起来很兴奋,我以为她在嘲笑我,但其实她的声音里全是满足,好像这就是她一生的目标。

现在我必须试着解释,接下来几分钟发生了什么。

首先,我觉得她看起来很可怕。

我不相信我脸上有任何地方是红色的。其实也没有。有颜色的那一半是很常见的那种胎记的桑葚色,而且,我确定自己曾提到过,随着年龄的增长,它已经有些褪色了。

但我脑中看到的颜色并不是这样。我觉得我的胎记是浅棕色的,像老鼠的皮毛。

我母亲从来没有禁止过在我们家摆放镜子,那样太蠢,也太大惊小怪。但是镜子可以挂高一点,这样小孩子就看不到自己了。起码浴室里就是这样。我唯一能照到的镜子位于前厅,那里白天光线昏暗,晚上的灯光也很微弱。我想一定是因为这样,我才一直觉得自己脸上的颜色是这样暗淡、柔和,一种皮毛般的暗影。

我一直以来都这么想,对比之下,南希脸上的油漆像是一种侮辱,一个充满嘲讽意味的笑话。我用尽全力把她推到梳妆台上,然后跑开,冲上楼梯。我觉得自己当时是想跑到一个有镜子的地方,或者找一个人告诉我南希是错的。一旦我得到了确认,我就可以决定全心全意地恨她。我会惩罚她。我当时没空去考虑该怎样做。

我跑过小屋——虽然那天是星期六,但到处都没看到南希的母亲——然后重重关上小屋的纱门。我跑过砾石路,还有剑兰丛中的石板路。我看见母亲从后阳台的柳条椅上站了起来,她本来坐在那里看书。

"不是红色的。"我大喊,眼里满是愤怒的眼泪,"我不是红色的。"她走下台阶时满脸震惊,但还没明白发生了什么。然后南希跟在我身后从小屋里跑了出来,那张鲜艳的脸上写满惊讶。

我母亲明白了。

"你这个卑鄙的小畜生。"她朝南希喊道,我从未听过她用那种声音讲话。响亮、野蛮,颤抖着的声音。

"你不要靠近我们。你敢。你是个坏女孩。你连做人最基本的善良都没有,是吗?你从来就没有被管教过——"

南希的母亲从小屋里走了出来,眼前挂着湿漉漉的头发。她手里拿着一条毛巾。

"天哪,我连在这儿洗个头发也不行——"

我母亲又开始对着她喊叫。

"你敢在我儿子和我面前用那种语言说话——"

"啧啧啧。"南希的母亲立刻说,"看看你大喊大叫的样子——"

我母亲深吸了一口气。

"我——不是——大——喊——大——叫。我只想告诉你那残忍的孩子,我们家再也不欢迎她了。她是一个残忍、恶毒的孩子,因为我儿子无法控制的事情而嘲笑他。你从来没有教过她任何东西,任何礼貌,当我带她去海滩时,她甚至都不曾感谢过我,甚至不知道怎么说'请'和'谢谢',也难怪,毕竟她母亲衣不蔽体就能到处晃荡——"

这些话从母亲嘴里倾泻而出,仿佛她心中有一股永远不会停止的,由愤怒、痛苦和荒唐组成的洪流。此刻我已经开始拉她的裙子:"别说了,别说了。"

然后事情变得更糟,她的泪水夺眶而出,淹没了语言,她不停哽咽、颤抖。

南希的母亲把湿漉漉的头发从眼睛前面撇开,站在那里看着这一切。

"有一件事我能告诉你。"她说,"你再这样下去,他们会把你送进疯人院。你丈夫恨你,你有一个脸上乱七八糟的孩子,难道能怪我吗?"

母亲双手抱着头。她叫道:"啊——啊。"就像是她已经被疼痛吞噬。当时为我们工作的女人维尔玛来到了走廊,她说:"太太,我们走吧,太太。"然后她提高了声音,对南希的母亲喊话。

"你走吧。你快回自己屋里。你赶紧走。"

"我会的。别担心,我会。你以为你是谁,敢对我指手画脚?为一个疯婆子工作,滋味如何?"然后她转向南希。

"上帝,我要怎么才能把你洗干净?"

那之后,为了确保我能听见她讲话,她再次提高了音量。

"他是个废物。看,他就知道找他的老女人告状。你永远不会再和他一起玩了。老女人养出来的废物。"

维尔玛在一边,我在另一边,我们试图把母亲慢慢扶进屋子里。她已经不再吵闹。她挺直身子,用一种不自然的欢快声音说话,音量大到小屋那边也能听见。

"把我的花园剪刀拿来,好吗,维尔玛?趁着我在外面,不妨修剪一下那些剑兰。有些早已经枯萎了。"

当她完成的时候，所有的花都被剪了下来，铺满整个小径，无论它们原本是枯萎还是绽放，无一例外。

这一切一定是在星期六发生的，因为就像我提到过的，南希的母亲在家，维尔玛也在，她星期日不会来工作。等到星期一时，可能还要更早，我便确定小屋已经空了。也许维尔玛去俱乐部、绿党办公室或者别的什么地方找了我的父亲，当他回家时，心情极不耐烦，行为粗鲁，但很快就顺从了。顺从的意思是，让南希和她妈妈搬出去。我不知道她们去了哪里。也许她们暂时被安置在旅馆里，直到他给她们找到另外一个安身之处。我不认为南希的母亲会对搬走这件事有任何怨言。

很久后我才真的意识到，自己再也无法见到南希了。一开始我忙着生她的气，没空在意。后来，当我问起她时，母亲肯定只用了一些含糊的话语来搪塞我，她不想让我或她自己回忆起那痛苦的场面。肯定是在那个时候，她开始认真考虑送我去上学。事实上，我觉得自己就是在那年秋天被送去了湖田学校。她可能觉得，一旦我习惯了上男校，跟女玩伴在一起的回忆就会变得模糊、不再重要，甚至荒谬可笑。

我父亲葬礼的第二天，母亲问我是否愿意带她去湖边几英里外的一家餐馆吃饭（当然，实际上是她带我去），她想找个熟人不会去的地方。这个提议让我很惊讶。

"我只是觉得我一直都被关在这房子里。"她说,"我需要一些新鲜空气。"

在餐厅里,她谨慎地环顾四周,并说周围没有她认识的人。

"你愿意和我一起喝杯酒吗?"

我们开这么远的路过来,难道就是为了让她能在公共场合喝杯酒?

当酒送上来、菜都点好之后,她说:"有一件事,我觉得你应该知道。"

这种话大概没有任何人愿意听到。无论你应该知道的事情是什么,都极有可能成为负担,而且还暗示着,其他人一直被迫承受着这个负担,而你在此期间却逃脱了很大的责任。

"我不是父亲亲生的?"我说,"好极了。"

"别傻了。你还记得你小时候的朋友南希吗?"

我有一会儿确实没想起来。然后我说:"不太记得了。"

那段时间我只要和母亲对话,似乎都得采用某种策略。我必须让自己保持一种轻松、调侃、无动于衷的状态。她的声音和脸上潜伏着悲伤。她从来没有抱怨过自己的困境,但在她告诉我的故事中,总是有很多无辜的、被虐待的人,有那么多的暴行,她和我说这些的目的是,我至少应该带着一颗更沉重的心去面对我的朋友,度过我的幸运人生。

我不会让她如愿的。她可能只是想要我流露出一些同情,或者用动作表现出些许温柔。我不会满足她。她是一个一丝不苟的女人,还没有受到年龄的影响,但我拉远了和她的距离,仿佛她传递了某种危险，预示着绵绵不绝的沮丧，像是传染性的霉菌。一旦她提到任何有可能令我痛苦的人或事，我都会格外注意远离，虽然这好像是她尤其珍爱的一类素材——我无法摆脱、必须接纳的枷锁，让我不得不承认，我从子宫里时就和她紧密捆绑在一起。

"要是你在家里多待上一段时间，你可能就会听说。"她说，"事情发生在我们送你上学之前不久。"

南希和她母亲搬进了我父亲名下的一所公寓，在广场上。在一个明媚的初秋早晨，南希的母亲发现女儿在浴室里用剃须刀刀片划自己的脸颊。地板上、水槽里、南希身上，到处都是血。但她没有放弃，一声不吭忍着痛苦。

我母亲是怎么知道这些的？我只能设想这场闹剧早已在整个小镇范围内传开，本来应该被掩盖起来，但因为过于血腥——字面意义上的血腥——无法进行详细的叙述。

南希的母亲用毛巾裹住女儿，不知用什么办法把她送到了医院。当时没有救护车。她可能在广场上招了一辆车。她为什么不给我父亲打电话？无论如何，她没有打。伤口不深，虽然血溅得到处都是，实际出血量并不大，也没有割伤任何重要的血管。南希的母亲一直在责骂孩子，问她脑子出了什么问题。

"有你这样的孩子。"她不停地说，"真是我走运。"

"如果那时有任何社会福利工作者在场的话，"我母亲说，"毫无疑问，那个可怜的小东西会被儿童救助协会接收。"

"那脸颊一模一样。"她说，"和你一样。"

我尽量保持沉默,假装听不懂她在说什么。但我不得不开口。

"那回她整张脸上都有颜料。"我说。

"是的。但这次她做得更仔细了,只割了一边脸颊,尽力让自己看起来像你。"

这一次我确实做到了沉默。

"如果她是个男孩,情况会有所不同。但对一个女孩来说,这是多么可怕的事情啊。"

"现在的整形外科医生很厉害的。"

"哦,也许是吧。"

过了一会儿,她说:"原来这么深刻。孩子的感情。"

"都会忘记的。"

她说自己不知道她们后来怎么样,孩子和妈妈的情况都不清楚。她说她很高兴我从来没有问过她,我以前年纪还小,她不愿意告诉我类似这样惹人困扰的事。

我不知道那有什么紧要,但我必须得说,母亲在十分衰老的时候完全变了,变得粗俗、耽于幻想。她声称我父亲是一个伟大的情人,而她自己则是一个"相当坏的女孩"。她宣称我之前应该娶"那个把自己脸切成片的女孩",因为我们谁也没法对彼此吹嘘自己做了好事。我们俩,她咯咯地笑着,都像对方一样乱七八糟。

我表示同意。我挺喜欢那时候的她。

几天前，我在其中一棵老树底下清理烂苹果时，被黄蜂蜇了一下。蜇在了我的眼睑上，我立刻闭上那只眼睛。我开车去医院，用的是另一只眼睛（肿的那只眼睛位于我"好"的那半边脸），很惊讶地被告知必须过夜。留院的原因是，一旦打完针，我的两只眼睛必须都包扎起来，这样才能避免能用的那只眼承担过多压力。那天晚上，正如他们所预言的，我休息得不好，经常醒来。当然，医院从来不曾真正地安静下来，在那短暂的失去视觉的时间里，我的听觉似乎变得更敏锐了。当某个脚步声进入我的房间时，我知道那是一个女人，而且我觉得她不是护士。

但当她说"很好，你醒了，我是来给你朗读的"时，我想我搞错了，原来她终归是个护士。我伸出一只手臂，因为我以为她是来读取所谓生命体征之类的东西。

"不，不。"她用坚定的轻声说，"我是来给你读书的，如果你愿意的话。有时候人们喜欢这种活动，他们闭上眼睛躺着的时候会觉得无聊。"

"是他们决定读什么，还是由你来选？"

"他们决定，但有时我会引导他们。有时我会试图引导他们听一些《圣经》故事，一些他们有印象的《圣经》片断。或者他们小时候听过的故事。我随身带着一大堆东西。"

"我喜欢诗歌。"我说。

"但你听起来一点也不期待。"

我意识到她说得很对，而且我知道理由。我有过一些在广播上朗读诗歌的经验，也听过一些其他受过训练的声音朗读，有些阅读风格我觉得很舒服,有些让我厌恶至极。

"那我们可以玩一个游戏。"她说,就像我解释了心里的想法,但其实我根本没有开口。"我可以给你读一两行诗,然后我停下来,看看你能不能接出下一行。好吗?"

我觉得她可能是一个相当年轻的人,渴望找到一些能听她安排的对象,以便在这份工作上取得成就。

我说可以。但我告诉她,不要古英语诗。

"国王坐在丹弗姆林镇——"她用一种发问般的声音开始读。

"喝着血红葡萄酒——"我和道,然后我们愉快地继续下去。她读得很好,虽然速度快得孩子气一般,显得有些卖弄。我逐渐喜欢上自己的声音,时不时顺势加入一些花哨的演绎。

"很好。"她说。

"百合花生长的地方,带你去看/那意大利河岸——"

"是'生长'还是'击打'?"她问道,"我没带收录了这首诗的书。我应该记得的。没关系,你读得很好。我一直很喜欢你在收音机里的声音。"

"真的吗?你听过?"

"当然。很多人都听过。"

她不再给我起头,而是让我一个人继续。你可以想象。《多佛尔海滩》《忽必烈汗》《西风颂》《野天鹅》和《青春挽歌》。好吧,也许不是以上每一首,也许不是每一首都从头背到尾。

"你快喘不过气来了。"她说。她敏捷的小手盖过我的嘴。然后她将自己的脸,或者说一边脸,贴住我的脸。"我得走了。在我走之前还有最后一句。我会让这首更难一点,我不会从头开始念。

"没有人会长久为你哀悼 / 为你祈祷,想念你 / 属于你的位置,一再空缺——"

"我从没听过。"我说。

"真的吗?"

"真的,你赢了。"

这时我已经猜到了一些事。她似乎心烦意乱,有点生气。我听到大雁飞过医院,雁鸣传来。每年这个时候,它们都会试飞,然后飞行距离变长,终有一天它们一去不返。我醒来时,处于一种惊讶、愤怒的状态,这种感受经常出现在一个逼真的梦之后。我想回到梦里,让她把脸靠在我的脸上。她的脸颊,贴着我的脸颊。但梦境并不总是乐于助人。

当我恢复视力回到家之后,我去找了她在我梦里留下的诗行。我翻阅了几本选集,但都没有找到。我开始怀疑这些诗句根本不是真实存在的,只是梦中的虚构而已,为了令我困惑。

是谁虚构的?

但那年秋天晚些时候,当我准备把一些旧书捐给慈善集市时,一张棕色的纸掉了出来,上面用铅笔写着几句诗。这不是我母亲的笔迹,我也不怎么相信是我父亲写的。那是谁写的?不管是谁,最后都留下了作者的名字。沃尔特·德拉梅尔[1]。没有标

---

[1] Walter de la Mare(1873—1956),英国诗人、小说作家。

题。我并不知道这个作家。但我一定在某个时候看过这首诗，也许不是在这本书上，也许是在教科书上。我一定是把这些话藏在了脑海深处一个小房间里。为什么？只是为了让我被它们戏弄，或者被一个坚决的女孩的幽灵戏弄，在一场梦里？

> 悲伤不复存在
> 时间永不愈合；
> 没有失去，没有背叛，
> 不可修复。
> 那就当作是灵魂的慰藉，
> 纵然坟墓会阻隔
> 爱人与其所爱
> 以及他们共享过的一切。
> 看那甜蜜的日光
> 雨水已经终结；
> 花朵炫耀自己的美丽，
> 多么美好的一天！
> 沉思，但别太投入其中
> 思索爱，考虑责任；
> 遗忘已久的朋友
> 或许会在那里等你
> 生活里充斥着死亡
> 这让一切成为问题；

> 没有人会长久为你哀悼，
> 为你祈祷，想念你，
> 属于你的位置，一再空缺，
> 你已不在。

  我没有因为这首诗而沮丧，它似乎以某种奇特的方式证明我当时做了正确的决定。不卖掉房子，留下来住。
  有些事曾在这里发生。在你的人生中，总有几个地方，或者可能只有一个地方，真正发生了一些事情，然后才是其他所有的地方。
  我当然知道，如果我看到南希——比如在多伦多的地铁上——我们两人都带着各自显眼的标记，很可能只会开启一次尴尬而无意义的对话，匆忙列出一些无用的、宛如简历一般的事实。我会注意到她那修复后几乎正常的脸颊，又或是仍然明显的伤口，但那多半不会出现在谈话中。也许会提到孩子。不管她有没有修复自己的脸，都有可能已经生过孩子。孙子孙女。工作。也许我不需要告诉她我的情况。我们会觉得很震惊，很激动，极度渴望逃脱。
  你认为那样会改变什么吗？
  答案当然是肯定的，一段时间内，然后永不。

一些女人

有时，想到自己有多老，我就觉得神奇。我还记得，很久以前，我住的小镇会在夏天洒水，来给街道除尘，女孩会穿硬挺的束腰和裙撑，人们对小儿麻痹症和白血病束手无策。患上小儿麻痹症的人会好起来，无论是否落得跛脚，但得了白血病的人就只能卧病在床，在悲惨的气氛中持续恶化数周或数月，最终死亡。

我的第一份工作就是因为这样一例病患得来的，在我十三岁那年的暑假。年轻的布鲁斯·克罗泽先生在部队担任战斗机飞行员，战争结束后，他平安返乡，上了大学，学的是历史，毕业，结婚，然后患了白血病。他和妻子同他的继母克罗泽老太太住在一起。年轻的西尔维亚·克罗泽夫人每周有两个下午要去大约四十英里外的大学教暑期班，他们俩就是在那儿认识的。我的工作就是在她出去时照顾年轻的克罗泽先生。他的卧室位于二楼转角处，而且他能自己上卫生间，我需要做的只是给他拿干净的水，把窗帘拉上拉下，当他摇床头柜上的小铃铛时，看看他有什么吩咐。

通常他只想让我挪一下风扇。他喜欢微风拂面的感觉，又觉得那噪音很烦人，所以他总是先让我把风扇在房间里放一会儿，然后就搬到走廊，不过还得离他敞开的门近一些。

当我母亲听说这件事时，她很好奇他们为什么不把他安置到楼下的卧室，那儿的天花板高些，他肯定会更凉快一点。

我告诉她楼下没有卧室。

"哎呀，我的老天爷，他们就不能弄一个出来吗？暂时的？"

她会有这种想法，表明她对克罗泽家族或克罗泽老太太的规矩知之甚少。克罗泽老太太走路时要拄拐杖。我在的那些下午，她只会上楼看望一次她的继子，上楼的声响听起来十分可怖。我猜即便我不在，她也不会多看他一眼。如有必要，她睡前会再去看一次。但是，在楼下建一间卧室这种主意，就跟在客厅里修卫生间一样让她愤怒。幸好楼下厨房后面已经有一个卫生间，但我确信，即便只有楼上那一个卫生间，她也会根据需要尽可能频繁、尽可能奋力地爬上爬下，而不会接受任何剧烈的、令人不安的变化。

我母亲曾打算做古董生意，所以她对那间房子的内部装饰很感兴趣。她确实成功进去过，只有一次，就是在我第一天工作那个下午。当时我在厨房，她"呦吼"了一声，还很欢快地喊了我的名字，我听到时吓坏了。接着她便敷衍地敲了敲门，径直踏上了通往厨房的阶梯。于是克罗泽老太太迈着沉重的步子从阳光房里走了出来。

我母亲说她只是顺道来看看女儿工作得怎么样。

老太太说:"她挺好的。"她站在大厅门口,挡住了那些古董。

我母亲又说了几句令人难堪的话,然后便告辞了。那天晚上,她说克罗泽老太太没有礼貌,因为她不过是克罗泽老先生在底特律出差途中捡来的第二任妻子,这也是为什么她会吸烟,还会把漆黑的头发染成焦油色,涂果酱般黏腻的口红。她甚至都不是楼上那个病人的亲生母亲。她没有做母亲的头脑。

(我们当时又在为一些寻常话题吵架,这次吵架跟她去看我有关,但那也不重要了。)

在克罗泽老太太看来,我一定和我母亲一样唐突,一样自命不凡。在我第一次去工作的那个下午,我走进后厅,打开书柜,站在那儿欣赏排列整齐的哈佛经典名著系列藏书。其中的大部分都令我望而生畏,但我拿了一本可能是小说的书,尽管它的标题是外语,*I Promessi Sposi*.① 它看起来确实是小说,而且里面是用英语写的。

我当时肯定觉得所有的书都免费,无论是从哪儿拿到的。就像公共水龙头里的水一样。

当克罗泽老太太看到我拿着书时,她问我书是在哪里拿的,拿来做什么。我说是从书柜里拿的,我想拿到楼上读。最让她困惑的好像是我竟然把从楼下拿的书带到了楼上。她似乎不打算追究我想读书这一点,仿佛这样的活动对她的理解能力来说太过陌

---

① 意大利语,《约婚夫妇》。

生。最后她说，如果我想读书，就应该从家里带一本过来。

反正 I Promessi Sposi 也很难读。我不介意把它放回书架。

当然，病房里也有书。在那里读书似乎是能被接受的。但那些书大多是敞开、面朝下放着的，仿佛克罗泽先生只是随手读了一点，就把它们放在一边。那些书名也不够吸引我。《受考验的文明》《反对俄罗斯的大阴谋》。

而且我的祖母警告过我，尽量避免去碰病人碰过的东西，因为会有细菌，拿他的水杯时也应该隔着一块布。

我母亲说白血病不是由细菌传播的。

"那么它是从哪里来的？"我祖母问。

"医生们也不知道。"

"呵。"

年轻的克罗泽太太负责接送我，虽然距离不过是从镇的一头到另一头。她身材高挑纤瘦，发色较浅，肤色多变。有时，她的脸颊上会有几片红晕，就像挠过一样。据说她比她丈夫年纪大些，而且后者是她在大学里的学生。母亲说似乎从来就没人发觉，他是退伍军人，即便当过她的学生，也不代表他的年纪就比她小。人们只是因为她受过教育而不满罢了。

人们还说，她完全可以留在家里照顾他，就像在结婚仪式上承诺过的那样，而不是去教书。母亲再次为她辩护，说她一周只去两个下午，而且她必须保住自己的教职，因为她很快就得靠自己了。再说，她要是不隔三岔五避开那老太太，你觉得她难道不会疯掉吗？我母亲总是会为那些自己有工作的女性辩护，我祖母经常为此批评她。

有一天，我试着和年轻的克罗泽太太交谈，或者就叫她西尔维亚。她是我认识的唯一一个大学毕业生，更不用说老师了。当然，她丈夫除外，不过他也不再算数了。

"汤因比[①]是写历史书的吗？"

"你说什么？哦，是的。"

我们对她来说都不重要，无论是我、批评她的人，或是捍卫她的人。对她来说就像灯罩上的一只虫子。

克罗泽老太太真正关心的是她的花园。她雇了一个男人来帮她，一个和她年纪差不多但手脚更灵活的人。他就住在我们这条街上，事实上，正是听他提起，她才找我来帮工。在自己家里时，他只会不停说闲话，种植大麻，但在这里，他除草，施肥，忙前忙后，而她会拄着拐杖，戴着大草帽跟他四处走动。有时她会坐在长椅上，一边抽烟，一边指指点点、发号施令。刚开始的时候，我还敢穿过修剪完美的树篱，问她和她的助手是否需要喝水，而她会在拒绝我之前大喊："别踩到我的花！"

没有人会把鲜花拿到房子里面来。一些罂粟花逃出生天，长出树篱，几乎已经蔓延到道路上，所以我便问了问，是否可以摘一束来装点病房。

[①] 即 Arnold Toynbee（1889—1975），英国历史学家，著有《历史研究》等。

"它们只会死掉。"她说,似乎没有意识到在目前这种情形下,这句话听起来有双重寓意。

在她那瘦削而斑点密布的脸上,肌肉会因为某些建议和想法而发抖,目光会突然变得尖利阴沉,嘴巴抽动的样子仿佛尝到了某种惹人厌恶的东西。那种时候她就会立刻挡住你的去路,就像凶狠的荆棘。

我并不需要连续工作两个下午。就说我的工作日是星期二和星期四吧。第一个工作日只有我、病人和克罗泽老太太。第二个工作日有别人来,但没人提前告知我。我听见汽车开进行车道,轻快的步伐跑过后面的阶梯,而那人没敲门就进了厨房。接着有人喊"多萝希",我当时不知道那是克罗泽老太太的名字。那是一个女人或女孩的声音,而且听起来既大胆,又充满调侃,你几乎感觉声音的主人正在挠你痒痒。

我跑下后面的楼梯,说:"我觉得她在阳光房里。"

"天哪,你是谁?"

我告诉她自己是谁,为什么在这儿,这位年轻的女士说她叫罗克珊。

"我是按摩师。"

我不喜欢这种被陌生词语难住的感觉。我并没有说话,但她看穿了我。

"哈,没听懂吧?我是给人按摩的,你听说过吗?"

现在她开始从包里拿出自己带来的东西。各种各样的垫子,布，扁平的丝绒毛刷。

"我需要点热水来把它们加热。"她说，"你可以用水壶给我烧一下。"

这幢房子很豪华，但这里只有水龙头放的那种冷水，就像我自己家。

显然，她把我定位成一个愿意接受命令的人——尤其是用这种哄骗口吻发出的命令。她是对的，虽然她可能没想到，我之所以如此情愿，更多是出于自身的好奇，而不是她的魅力。

那时夏天才刚开始不久，她就已经晒得黝黑，那头男童般的发型有一种古铜色的光泽——现如今用瓶子里的东西就行，但那时候还很少见，且惹人艳羡。她有着棕色的眼眸，一侧脸颊有酒窝，总是微笑，调侃着一切，以至于你永远无法仔细看清她究竟算不算得上漂亮，年龄有多大。

她的臀部曲线很漂亮，而不是往两侧延伸。

我很快就知道了她刚来镇上不久，嫁给了埃索车站的机修工，而且有两个年幼的儿子，一个四岁，一个三岁。"我花了挺长时间才明白他们是怎么来的。"她说道，眼睛里透着她独有的狡黠。

他们过去住在汉密尔顿，她曾在那儿接受过按摩师的培训，结果证明她在这件事上颇有天分。

"多——希——？"

"她在阳光房里。"我又和她说了一遍。

"我知道，我只是在跟她开玩笑。你可能不怎么了解按摩，但你要知道，按摩的时候，你必须脱掉所有衣服。对年轻人来说这不成问题，但等你再老一点，可能会觉得很尴尬。"

至少在我看来，她有一点说错了：她觉得年轻人就不怕脱光衣服。

"所以也许你应该逃跑了。"

当她忙着倒腾热水的时候，我选择走前面的楼梯。这样一来我便可以透过阳光房敞开的大门瞄到里面的景象——那算不上真正的阳光房，三面窗户都被厚厚的梓树叶子挡得严严实实。

我看见克罗泽老太太四肢伸展着，趴在一张坐卧长椅上，后脑勺对着我，完全赤裸。一具苍白细瘦的肉体。它看起来并没有她平时暴露在外的身体部位那么苍老，比如那长着棕色斑点和深色血管的双手和前臂，还有那满是棕色斑点的双颊。身体通常被遮蔽着的部分介于黄色和白色之间，仿佛刚剥去树皮的木材。

我坐在台阶最顶端，聆听着按摩声。拳头敲打的声音和嘟哝声。罗克珊此时的声音显得很霸道，依旧欢快，但充满劝诫。

"这里有一个硬结。哦，老兄。我可得好好打你一顿。开玩笑。拜托，就当是为了我，你放松一点。你知道你这里的皮肤很不错吗？你的背真小，他们怎么说的来着？就像婴儿的屁股。现在我要用力一点，你这里会有感觉的。消除肌肉紧张。乖女孩。"

克罗泽老太太发出一阵阵小声的叫喊。既是出于抱怨，也是因为感激。声音持续了一阵子，而我开始觉得无聊。我回去继续读了些从走廊橱柜里找到的旧版《加拿大家庭日志》。我阅读菜谱，翻看以前的流行风尚，直到我听见罗克珊说："我现在把这些东西清理干净,然后我们就照你的决定,转移到楼上去。"

楼上。我先把杂志放回了原来橱柜里的位置,我母亲要是看见了这橱柜,一定会垂涎不已。然后我走进了克罗泽先生的房间。他睡着了,或者至少闭着眼睛。我把风扇挪了几英寸,抚平盖在他身上的被子,再走到窗前,摆弄百叶窗。

果然,后面的楼梯传来一阵响动。克罗泽老太太拄着拐杖,步伐缓慢,听起来很有威胁性。罗克珊跑在前面,喊着:"小心,小心,看清脚下。你踩到哪儿我们都会接住你的。"

克罗泽先生现在睁开了眼睛。除了平常的疲倦之外,他脸上还有一种微弱的警觉。他还没来得及装睡,罗克珊就闯进了房间。

"原来你就躲在这里。我刚刚还在跟你继母说,我觉得也该是时候跟你打个招呼,介绍下我自己了。"

克罗泽先生说:"你好,罗克珊。"

"你怎么知道我的名字?"

"你盛名在外。"

"你找了个新人。"罗克珊对着此刻蹒跚走进房间的克罗泽老太太说道。

"别再倒腾百叶窗了。"克罗泽老太太对我说,"如果你想做点事,就去给我拿杯凉水来。不要冰水,要凉的。"

"你看起来简直一团糟。"罗克珊对克罗泽先生说,"这脸是谁给你刮的?什么时候刮的?"

"昨天。"他说,"我尽力自己来。"

"我猜到了。"罗克珊又转头对我说,"你去给她拿水的时候,不如也给我烧点水吧?让我来给他好好刮个胡子。"

罗克珊就这样开始了另一份工作,一周一次,在按摩结束后。第一天她便告诉克罗泽先生不要担心。

"你一定听到过我在楼下捶多萝希小蠢蛋,我不会那样捶你的。在我学习按摩技巧之前,我曾是一名护士。好吧,其实是护士助理。所有实际的工作都归我做,然后护士再过来差遣你。总之,我学过护理技巧。"

多萝希小蠢蛋?克罗泽先生咧着嘴笑了。但奇怪的是,克罗泽老太太也笑了。

罗克珊熟练地给他刮了胡子。她用海绵擦拭他的脸、脖子、躯干、手臂和手。她来回扯着他的床单,不知怎的一点都没惊扰他,还使劲拍了拍他的枕头,并且重新摆放。她无时无刻不在说话,尽是些玩笑和扯淡。

"多萝希,你这个骗子。你说你楼上有个病人,然后我走进来,还在想,哪里有什么病人?我在这儿完全没看见任何病人。不是吗?"

克罗泽先生说:"那你说我是什么?"

"正在康复的人。我就会这么说。我的意思不是你应该起来到处跑,我可没蠢到那种程度。我知道你需要躺在床上休息。但我会说你正在康复。病人不可能像你现在看起来那么帅。"

我觉得这种轻佻的闲扯是一种侮辱。克罗泽先生看起来很糟糕。他个头很高，当她用海绵给他擦身体的时候，他的肋骨突出，看起来就像是整个人刚刚经历了饥荒，头很秃，皮肤看上去就像被拔完毛的鸡皮，脖子上还有老年人那种层叠的纹路。我每次服侍他的时候，都尽量不去看他。并不是因为他有病、很丑，而是因为他快死了。就算他看上去像天使一样英俊，我也会有同样的避讳。我能感觉到屋里那种死亡的气氛，每当你靠近这个房间时，那气氛就会愈加浓厚，而他恰恰身处正中央，仿佛被天主教徒们放进圣体柜里的神圣之物。他是那个遭受折磨之人，区隔于其他所有人，但罗克珊却带着她的笑话、她的狂妄和她对娱乐的理念，在这里入侵他的地盘。

例如，询问房子里是否有一种叫中国跳棋的游戏。

这大约发生在她第二次来的时候，当时她问他每天都做些什么。

"有时会看书。睡觉。"

那他晚上睡得怎么样？

"如果睡不着的话，我就躺着。思考。有时会看书。"

"那不会打扰到你的妻子吗？"

"她睡后面的那间卧室。"

"啊——哈。你需要一些娱乐活动。"

"你要给我唱歌跳舞吗？"

我看到克罗泽老太太移开了目光，脸上带着奇怪的、无意识的笑容。

"你可别得寸进尺。"罗克珊说，"你会玩牌吗？"

"我讨厌纸牌。"

"那你家有中国跳棋吗?"

罗克珊这次问的是克罗泽老太太,老太太先说她不确定,然后又说餐柜抽屉里可能有一个棋盘。

于是我被派去下楼看看,然后拿着棋盘和弹珠罐回来了。

罗克珊把棋盘放在克罗泽先生的腿上,她和我还有克罗泽先生一起玩,克罗泽老太太说她从来都没搞懂过这个游戏,也从没能把弹珠连成一线。(我很惊讶,她说这话似乎是在开玩笑。)罗克珊有时会在走棋时尖叫,或在有人跳过她的弹珠时咕哝,但她很小心,从来不会惊扰病人。她的身体几乎不动,摆放弹珠的动作如羽毛一般。我试着像她一样,因为如果我不那么做的话,她就会睁大眼睛警告我。这期间她的酒窝从来没有消失过。

我记得年轻的克罗泽夫人西尔维亚曾在车里对我说过,她的丈夫不喜欢交谈。她说,那会让他很累,当他累的时候会变得易怒。所以我想,要是真有能让他生气的时候,也就是现在了。被人逼着在自己即将离世的病榻上玩愚蠢的游戏,你甚至能从床单里感受到他的高温。

但西尔维亚一定是弄错了。他可能已经变得比她意识中更有耐心和礼貌。在地位比他低的人面前——罗克珊无疑是的——他让自己变得宽容、温柔。即便他此时唯一想做的就只是躺在那儿回忆他的人生历程,准备好面对他的未来。

罗克珊擦了擦他额头上的汗水,说:"别激动,你可还没赢呢。"

"罗克珊。"他说,"罗克珊。你知道这是谁的名字吗,罗克珊?"

"嗯?"她问道,我马上打断了她。我无法忍住。

"这是亚历山大大帝妻子的名字。"

我的脑子就像一个喜鹊巢,充斥着各种闪亮的信息碎片。

"是吗?"罗克珊问,"那人又是谁?亚历山大大帝?"

那一刻,当我看向克罗泽先生时,我意识到了一些事情。一些令人震惊、让人悲伤的事情。

他喜欢她一无所知。我看得出来。他喜欢她一无所知。她的无知唤起了一种愉悦,这愉悦融化在他的舌尖,就像他舔了一口太妃糖。

第一天,罗克珊和我一样穿的都是短裤,但从第二次开始,她总是穿一件材质很硬的浅绿色料子做的裙子。她跑上楼梯时,你能听到布料摩擦的沙沙声。她给克罗泽先生带了一个羊毛垫,这样他就不会因长期卧床长褥疮。她总不满意他床上用品的摆放,非要把它们整理好。但不管她再怎么指责,她的动作从来没有激怒过他,而且她还会让他承认,整理之后是要更舒服些。

她总是应对自如。有时,她来时会准备好几个谜语。或是笑话。我母亲肯定会觉得其中有些笑话堪称"淫秽",不允许在我们家里讲,只有我父亲那边的部分亲戚可以讲,因为除此之外他们几乎无话可讲。

这些笑话通常以听起来严肃、实则荒谬的问题开头。

你听说过那个买绞肉机的修女吗?

你听说新娘新郎在新婚之夜点了什么甜点吗?

问题的答案总是带有双重含义,因此无论是谁讲的笑话,他都可以假装震惊,并指责听者思想肮脏。

等到她让每个人都习惯了她讲的这些笑话之后,罗克珊又接着讲了一些别的,我相信母亲都不知道还有这种笑话存在,它们经常涉及与绵羊、母鸡或挤奶机发生性关系。

"是不是很糟糕?"她总以这句话收尾。她说要不是她丈夫把这些故事从汽车修理厂带回家,她都不知道还有这种事。

克罗泽老太太竟然窃笑起来,这让我震惊,程度不亚于那些笑话本身。我想她可能并没有理解笑点,只是罗克珊无论说什么她都喜欢听。她坐在那儿,脸上挂着一个发自内心但有些恍惚的微笑,仿佛有人送了她一份礼物,她知道自己会喜欢,即便她连包装都还没拆。

克罗泽先生没有笑,但他从来都没有真正地笑过。他扬起眉毛,佯装要骂人,那表情似乎在说,罗克珊粗鲁,但依然讨人喜欢。这有可能是一种礼貌,也可能是感激她所付出的努力,不管她努力做了些什么。

我确保自己笑出来,这样罗克珊就不会贬低我,说我一副故作正经的天真。

她还会做另一件事来活跃气氛:讲述她的人生故事。她从安大略省北部一个偏远的小镇来多伦多看望她的姐姐,然后在伊顿办公大楼找了份工作,先是负责餐厅的清洁,然后因为工作麻利,而且总是很开心,被一位经理注意到,于是便突然当上了手套部门的销售。(在我看来,她讲得好像自己被华纳兄弟影业发掘了一样。)然后谁又能想到,有一天,滑冰明星芭芭拉·安·斯科特竟然走了进来,买了一双及肘长的白色儿童手套。

与此同时,罗克珊的姐姐有很多男朋友,几乎每天晚上都要掷硬币决定去和谁约会,于是她就雇罗克珊去公寓前门应付那些被遗憾拒绝的人,而她会和她选择的对象从后门溜出去。罗克珊说,也许这就是为什么她能练就这么好的口才。很快,通过这种方式认识的一些男孩就开始约她出去,而不是她姐姐。他们并不知道她的真实年龄。

"我玩得可开心了。"她说。

我逐渐明白,有那么一类爱说话的人——一类女孩,人们之所以喜欢听她们说话,不是因为她们,这些女孩所说的内容,而是因为她们说话时非常快乐。因她们自己而快乐,她们脸上的光彩,相信自己所说的一切都是非凡的,她们别无选择,只能将这份快乐分享出去。也许还有一类人——像我这样的人——不相信这一套,但对她们来说,那就是这类人自己的损失了。而且,像我这样的人本就永远不会成为她们所寻求的听众。

克罗泽先生靠在枕头上坐着,环顾四周,看起来似乎很满足。满足于闭上眼睛由着她说话,也满足于在睁开眼时看见她在身旁,就像复活节早晨的巧克力兔子。接着他会睁开眼睛,注视她糖果般的嘴唇每一次翻动,还有她丰满臀部摆动的幅度。

克罗泽老太太也会在一种奇怪的满足状态中来回摇晃。

罗克珊在楼上的时间和在楼下做按摩的时间一样长。我不知道她是否有拿报酬。如果没有，她怎么愿意浪费这个工夫呢？而且，除了克罗泽老太太，谁还会付钱给她？

因为什么？

因为让她的继子感到快乐、舒适？我表示怀疑。

为了以一种奇特的方式自娱自乐？

一天下午，在罗克珊离开他的房间后，克罗泽先生说他觉得比平时更渴。我下楼去给他倒水，水壶总是放在冰箱里。罗克珊正在收拾东西准备回家。

"我从来没有想过要待到这么晚。"她说，"我不想碰到那个学校老师。"

我一时之间没听明白。

"你知道的，西尔——维——亚。她也不太喜欢我，不是吗？她开车送你回家时提到过我吗？"

我说西尔维亚在我们开车的时候从来没有提到过罗克珊的名字。她为什么要提到？

"多萝希说她不会照顾他。说我比她更能让他快乐。多萝希亲口说的。她甚至当着她的面那么说，我并不吃惊。"

我想到西尔维亚每天下午回家后，还没跟我或她婆婆说话，就跑到楼上丈夫房间的样子，她的脸因渴望和急切涨得通红。我想聊聊这件事，想说点什么为她辩护，但我不知道怎么做。像罗克珊这样的自信的人似乎常常能打败我，即便只是因为他们擅长无视别人说的话。

"你确定她从没说过我的事吗?"

我又说了一遍,不,她没有。"她到家时已经很累了。"

"是。每个人都很累。有些人只是学会了怎么装作不累。"

那时候我确实说了一句话来回击罗克珊:"我很喜欢她。"

"你很喜欢她?"罗克珊嘲讽道。

她突然开玩笑似的扯了扯我刚刚自己剪的一缕刘海。

"你应该好好捯饬一下你的头发。"

多萝希亲口说的。

如果罗克珊天生想要赞赏,那多萝希想要什么?我感觉这一切有些蹊跷,但又无法确定究竟是怎么一回事。也许她只是想让罗克珊待在屋里,让屋里因为她而焕发的生机持续双倍的时间。

仲夏过去了。井里的水位很低。洒水车不再来了,一些商店在橱窗里贴上看上去像是黄色玻璃纸的东西,以防商品褪色。树叶变得斑驳,草变得干枯。

克罗泽老太太日复一日地让那个男人在她的花园里锄地。这就是人在干燥的天气里唯一能做的事,不停地锄地,尽力把地下贮存的水分都挖出来。

八月的第二周过后,学校的暑期课程就会结束,到时候西尔维亚·克罗泽就会每天都在家。

克罗泽先生依然很高兴能见到罗克珊,但他经常睡着。在她讲笑话或逸事时入睡,脑袋不会往后仰。他睡一会儿便会醒来,问自己在哪里。

"就在这儿,你这个瞌睡虫。你应该把注意力放在我身上。我应该揍你一顿。要不我试试挠你痒痒?"

任何人都看得出他正在日渐衰弱。他的脸颊已经凹陷,宛如老年人,而且光线能穿透他的耳朵顶部,就像它们不是血肉,而是塑料。(虽然我们当时不说"塑料",而是"赛璐珞①"。)

我在那里工作的最后一天,西尔维亚教书的最后一天,是一个按摩的日子。因为要参加活动,西尔维亚不得不早早离开去学校,所以我只能走路穿过小镇,抵达的时候罗克珊已经在那儿。克罗泽老太太也在厨房里,她们看着我,仿佛忘记了我要来,仿佛我打断了她们。

"我特意点的。"克罗泽老太太说。

她指的一定是桌上面包盒里的马卡龙。

"嗯,但我告诉过你。"罗克珊说,"我不能吃那种东西。不喜欢吃也不能吃。"

"我专门派赫维去面包店买来的。"

赫维是我们邻居的名字,她的那个园丁。

"好吧,让赫维吃吧。我没有开玩笑,我吃了马上就会长出可怕的东西。"

"我觉得我们应该奖励一下自己,吃点特别的。"克罗泽老太太说,"既然这是我们最后一天——"

---

① 一种合成树脂。

"在她一屁股永远待在这里前的最后一天,嗯,我知道。但这不会阻碍我变成斑点鬣狗那样。"

谁的屁股会永远待在这儿?

西尔维亚的屁股。西尔维亚。

克罗泽老太太穿着一件漂亮的黑色丝绸外套,上面有睡莲和鹅的图案。她说:"她在这儿的话,我们就不可能享受任何特别的东西,你会明白的。"

"所以我们现在就开始吧,这样今天才能有多余的时间。别管这些东西了,不是你的错。我知道你是好心。"

"我知道你是好心。"克罗泽老太太用一种刻薄的声音模仿着,然后她们俩都看向我,罗克珊说:"水壶在老地方。"

我从冰箱里拿出克罗泽先生的水罐。我突然想到,她们完全可以邀请我吃一块盒子里的金色马卡龙,但很显然,她们从没想过那么做。

我以为他会闭着眼睛在枕头上躺着,但克罗泽先生完全醒了。

"我一直在等。"他说,吸了一口气,"等你来这里。"他继续说。"我想请你——帮我一个忙。可以吗?"

我说当然。

"可以保密吗?"

我还在担心,他也许想让我扶着他,去用最近出现在房间里的座椅式便桶,但这肯定不必保密。

可以。

他让我去他床对面的书桌，打开左手边的小抽屉，看看能不能找到一把钥匙。

我去了。我找到了一把又大又重的老式钥匙。

他想让我走出这个房间，把门关上，上锁。然后把钥匙藏在安全的地方，也许可以藏在我的短裤口袋里。

我不能告诉任何人我做了什么。

在他妻子回家之前，我不能让任何人知道我有钥匙，然后我要把钥匙给她。明白了吗？

好的。

他感谢了我。

好。

他跟我说这些话的时候，脸上布满一层汗水，眼睛炯炯有神，就像发烧一样。

"不能让任何人进来。"

"不能让任何人进来。"我重复道。

"我的继母或——罗克珊都不行，只有我的妻子能进来。"

我从外面锁上门，把钥匙放进短裤的口袋里。但后来我担心裤子的棉布料太轻薄，钥匙会被人看见，所以我下楼走进后厅，把它藏在 *I Promessi Sposi* 的书页之间。我知道罗克珊和克罗泽老太太听不见我的动静，因为她们还在按摩，罗克珊正在用她的职业腔调说话。

"我今天的工作就是要把你的结弄散。"

然后我听到了克罗泽老太太的声音，充斥着新的不满。

"……你的动作比平时更重。"

"没办法的。"

我正要上楼,突然有了进一步的想法。

如果他和我都没有锁门——显然他想让别人这么以为——而我如果像平时那样坐在最顶端的台阶上,肯定会听见他的声音,然后大声叫喊,吸引房子里其他人的注意。所以我再次回到楼下,坐在前侧楼梯最低的台阶上,在那里我就有可能什么也听不见。

今天的按摩似乎很麻利,也很公事公办;她们显然没有调侃也没有嬉笑。很快我就听到罗克珊跑上后侧楼梯的声音。

她停了下来。她说:"嘿,布鲁斯。"

布鲁斯。

她使劲地转着门把手。

"布鲁斯。"

然后她一定是把嘴放到了钥匙孔边上,希望只有他而没有别人能听见。我听不清她到底在说什么,但我能听出来她在恳求。先是调侃,然后是恳求。又过了一会儿,她听起来好像在祈祷。

当她放弃之后,开始用拳头来来回回地捶门,不太用力,但很急迫。

过了一会儿,这动作也停下了。

"拜托。"她用一种更坚定的语气说,"如果你能过来锁门,你也能过来开门。"

毫无动静。她走过来,趴在栏杆上看了看,发现了我。

"你有把克罗泽先生的水带进他的房间吗？"

我说有。

"那时候他的门没有上锁吧？"

没有。

"他跟你说了什么吗？"

"他只是说了声谢谢。"

"好吧，他把门锁上了，我怎么喊他都不理我。"

我听到克罗泽老太太的拐杖砰砰落到后侧楼梯上的声音。

"你们在楼上闹什么？"

"他把自己关起来，还不理我。"

"你说他把自己关起来了是什么意思？肯定是门卡住了。风把门吹关上，然后卡住了。"

那天并没有风。

"你自己试试。"罗克珊说，"门上了锁。"

"我都不知道这门还能上锁。"克罗泽老太太说，好像她不知道这一点，就能抵消事实。然后，她敷衍地试了试旋钮，说："好吧，看起来确实是锁着的。"

我想，这就是他指望的。指望她们不会怀疑我，觉得这一切都是他安排的。事实上确实是他。

"我们必须进去。"罗克珊说。她踢了一脚门。

"别这样。"克罗泽老太太说，"你想把门弄坏吗？而且你也弄不坏，这门是纯橡木做的。这房子的每扇门都是纯橡木做的。"

"那我们得叫警察。"

一阵沉默。

"他们可以爬窗户进去。"罗克珊说。

克罗泽老太太屏住呼吸,果断开口。

"你不知道你在说什么。我不会让警察进到这栋房子里来。我不允许他们像毛毛虫一样爬满我的墙。"

"我们不知道他在里面会做些什么。"

"是的,但那就只能随他了,不是吗?"

又一阵沉默。

脚步声,罗克珊的。退到了后侧楼梯。

"没错,你最好退下。"克罗泽太太说,"在你忘记这是谁的房子之前,你最好自己离开。"

罗克珊开始下楼梯。拐杖声重重地追了她几下,但并没有继续。

"还有,不要以为你能背着我去找本地的巡警。他不会听你命令的。这里究竟是谁说了算?肯定不是你。听到了吗?"

很快我就听到厨房的门砰地关上。然后罗克珊的车启动了。

换成我的话,我不会像克罗泽老太太那么担心警察。警察在我们镇上指的是警员麦克拉蒂,他总是来学校,警告我们冬天别在街上玩雪橇,夏天别去磨坊的引水槽里游泳,但我们还是继续那么干。一想到他要爬上梯子或是隔着一扇锁着的门教训克罗泽先生,我就觉得很可笑。

他只会告诉罗克珊管好自己的事,然后让克罗泽一家管好他们的事。

然而，克罗泽老太太发号施令的场景并不可笑，我觉得她可能真的会那么做，因为她显然不再喜欢罗克珊，而罗克珊也离开了。她可能会转而对付我，要求我坦白是否参与了此事。

但她甚至都没有转动旋钮。她只是站在锁着的门前说了一句话。

"比你想象中更强。"她轻声说道。

然后她就下楼了。如往常一样，拐杖稳稳落下，极有威慑力的声响。

我等了一会儿才去厨房。克罗泽老太太不在那儿。她既不在客厅，也不在餐厅或阳光房。我鼓起勇气敲了敲卫生间的门，然后推开门，她也不在那里。然后我从厨房水槽边的窗户往外看，看到她的草帽正沿着雪松树篱缓缓移动。这么热的天，她却在花园里，在花坛之间蹒跚而行。

我并不担心罗克珊所烦恼的事。我都没有停下来仔细考虑，因为我认为一个命数将尽的人要去自杀，这纯属无稽之谈。那不可能发生。

尽管如此，我还是很不安。马卡龙仍然放在厨房桌子上，我吃了两个。我一边吃，一边希望那种快乐能让我恢复正常，但我几乎没尝出味道。于是我把盒子塞进了冰箱，这样我就不会想着再多吃一些，以达成目的。

西尔维亚到家时，克罗泽老太太还在外面。而且当时她没有进屋。

我一听到车的声音就从书页之间拿出钥匙，待西尔维亚一进屋，我就把钥匙给了她。我只是迅速将发生的事情告诉了她，没有提多余的细节。反正她也不会等着听那些话的。她跑上了楼。

我站在楼梯下面，试着听到些什么。

什么都没有。什么都没有。

然后传来了西尔维亚的声音，惊讶而沮丧，但丝毫谈不上绝望，她的声音太低，以至于我无法听出她在说什么。不到五分钟，她就下了楼，说该送我回家了。她满脸通红，那样子就像脸颊上的斑点已经扩散到整张脸上。她看上去很震惊，但又有抑制不住的快乐。

然后她说："对了，克罗泽妈妈在哪里？"

"我想是在花园里。"

"好吧，我想我最好跟她谈谈，就一会儿。"

她谈完以后，看起来没有之前那么高兴。

"我想你知道。"她在倒车时说，"我猜你可以想象到，克罗泽妈妈很不高兴。我没有责怪你的意思。你很善良，很忠诚。做了克罗泽先生让你做的事。但你就不怕发生什么事吗？不怕克罗泽先生发生点什么？你不怕吗？"

我说不怕。

然后我说："我觉得罗克珊很怕。"

"霍伊太太？没错。那太糟糕了。"

车沿着克罗泽山往下开的时候，她说："他并不是刻薄，想吓唬她们。你知道，当你生了病，病了很长时间之后，你有可能会忽视别人的感受。即便是那些竭尽所能帮助你的善良的人,你也可能会反感他们。克罗泽太太和霍伊太太当然已经尽了全力,但克罗泽先生就是单纯不想再和她们待在一起了。他就是受够了。你明白吗?"

她似乎没有意识到自己是笑着说的这些话。

霍伊太太。

我以前曾听过这个名字吗?

口吻如此温柔、恭敬,但却带着一种以光年衡量的俯视。

我相信西尔维亚的话吗?

我相信他是那么对她说的。

那天我的确又见到了罗克珊。就在西尔维亚跟我说话,告诉我那个新名字时,我看见了她。霍伊太太。

她——罗克珊——在车里,车停在克罗泽山脚的第一个十字路口,她看着我们开车经过。我没有转头看她,因为当时西尔维亚正在对我说那些话,一切都太令人困惑。

西尔维亚当然不知道那是谁的车。她不知道罗克珊一定是因为想弄明白发生了什么事才回来的。或者她可能一直在街区附近徘徊——她真的会那么做吗,从离开克罗泽家后就一直在附近徘徊?

罗克珊也许认出了西尔维亚的车。她会注意到我。她会明白,从西尔维亚那和蔼、严肃、微微笑着同我说话的样子来看,肯定没有发生什么坏事。

她没有拐弯回到山上的克罗泽家。没有。她开车穿过了街道——我从后视镜里看到的——开向了小镇的东边,那里全是战争时期修建的房子。她就住在那一片。

"感受这微风。"西尔维亚说,"也许那些云会给我们送来一场雨。"

云又高又白,很耀眼,它们看起来一点也不像积雨云;之所以有微风,只是因为我们坐在行驶着的车里,车窗摇了下来。

我很清楚西尔维亚和罗克珊之间最终谁赢谁输,但想到几乎快要消失的奖项——克罗泽先生,想到他在生命的末尾竟然还有意愿做出选择,又或者说,有心力为自己规避选择,我感到很奇怪。在死亡的门槛上所产生的肉欲——或者真爱,也是一样——都让我不寒而栗,必须摆脱。

西尔维亚带着克罗泽先生搬进了一栋租来的湖边小屋,树叶还没开始落,他就死在了那儿。

霍伊一家搬走了,搬迁对汽修工家庭来说是常事。

我母亲一直忙着与一种致残的疾病抗争,这终结了她所有赚钱的美梦。

多萝希·克罗泽中了风,但康复了,大家都知道,她会给孩子们买万圣节糖果,这些孩子的哥哥姐姐以前只会被她赶出家门。

我长大,变老。

孩子的游戏

我觉得我们家里有过讨论,事后。
多么悲伤,多么可怕。(我母亲。)
本来该有监管的。营地教官都去哪儿了?(我父亲。)

如果我们路过黄房子的话,我妈妈可能会说:"还记得吗?还记得你以前很害怕她吗?可怜的人。"

我母亲有一个习惯,就是对我很久以前婴儿时期的缺点念念不忘,甚至倍加珍视。

当你还是个孩子时,每一年你都会变得和从前不同。通常是在秋天,当你再次回到学校,升入更高的年级,将混乱、懒散的暑假抛之脑后。那是你对改变感知最强烈的时候。后来,你不再确定它发生在何月何年,但是变化依然在继续,一如从前。在很长一段时间里,你很轻易就能摆脱过往,它的脱落几乎自动、得体。过往的场景并没有消失，只是变得无关紧要。然后，急转弯出现，已经结束、完成的事卷土重来，想要得到注意，甚至想要你做点什么，尽管很明显，根本无法做什么。

玛琳和夏琳。人们认为我们一定是双胞胎。当时流行给双胞胎起押韵的名字。邦妮和康妮。罗纳德和唐纳德。另外当然，我们——夏琳和我——有一样的帽子。人们叫它"苦力帽"，宽而浅的锥形编织草帽，下巴处有绑带或松紧带。二十世纪后期，电视上关于越南战争的镜头让人们开始熟悉它们。在西贡的街道上骑自行车的男人会戴着它们，路上走着的女人也会戴，背景是一座被炸毁的村庄。

这在当时是可行的——我的意思是当我和夏琳在营地的时候——说起"苦力"，而丝毫不担忧会冒犯到谁。又或是"黑鬼"，或者谈起"像犹太人那样杀价"。我觉得，当时我才十几岁，还没能把这个行为和"犹太人"联系起来。①

总之，那就是我们当时的说法和帽子，而在第一次点名时，营地教官——梅维斯，总是很快乐，我们喜欢她，但更喜欢波林，她很漂亮——对着我们大声说"嘿，双胞胎"，还没等我们澄清，就继续喊别的名字了。

甚至在那之前，我们肯定已经注意到了帽子，并认可了对方。否则，我们中的一个或两个早已经把那顶崭新的帽子摘掉，

---

① 前文中"像犹太人那样杀价"的原文为"jewing a price down"，是对"Jew"（犹太人）这个名词的讽刺活用。

急着把它们塞到自己的行军床底下，宣称是母亲逼我们戴的，我们讨厌那些东西，等等。

我可能已经认可了夏琳，但我不确定如何才能成为她的朋友。九岁或十岁的女孩——这群孩子差不多在这个年龄区间，虽然有少数几个要大一些——不再像六七岁的小女孩那么容易就挑选朋友、成双入对。我只是跟着同个镇上来的其他几个女孩——没有一个算是我的好朋友——来到一间小屋，里面还有几张没被认领的床，然后把自己的东西扔到了棕色的毯子上。接着我听到身后有个声音说："能让我挨着我的双胞胎姐妹吗？"

是夏琳，和一个我不认识的人说话。一间宿舍小屋里大约能住二十个女孩。听她说话的那个女孩说："当然。"然后就走开了。

夏琳用的是一种特殊的声音。充满讨好、戏弄、自嘲的意味，还有一种诱人的欢乐，就像钟声的颤音。一瞬间就能听出，她比我更有自信。不是那种简单的信心，默认另一个女孩会挪走的信心，不是坚定地说"我先来的"。（或者，如果她是那种没怎么被管教过的女孩——有些人就是，各种费用都是由狮子会①或教堂支付的，而不是她们的父母——她可能就会说："管你会不会尿裤子，我是不会挪位置的。"）不是。夏琳有的是这种信心：任何人都想要按照她的要求去做，而不仅仅是同意那么做。她在我身上也是冒了险的，因为难道我就不能直说一句"我不想当双

---

① 世界上最大的服务组织，其名称"LIONS"是"Liberty"（自由）、"Intelligence"（智慧）、"Our"（我们的）、"Nation"（民族）、"Safety"（安全）的首字母缩写。

胞胎",然后转身整理我的东西吗?但我当然没有这么做。我感到受宠若惊,正如她所料,我看着她把自己行李箱里的东西倒出来,动作间带着庆祝的气息,有些东西都掉到了地上。

我唯一能说的话是:"你已经晒黑了。"

"我一直很容易晒黑。"她说。

我们的第一个不同之处。我们刻意去寻找这些不同。她晒黑了,我有雀斑。我们都有棕色的头发,但她的颜色更深些。她的头发宛如波浪,我的头发则乱蓬蓬的。我比她高半英寸,她的手腕和脚踝比我的粗。她的眼睛偏绿,我的眼睛偏蓝。我们甚至不厌其烦地检查和比较了背部的痣和明显的雀斑,还有第二个脚趾的长度(我的第二个脚趾比第一个脚趾更长,她的更短)。或者回忆迄今为止发生在我们身上的所有疾病或事故,还有我们身体被修复或移除的部分。我们俩都做过扁桃体切除手术,这在当时是一种常见预防措施。我们俩都得过麻疹和百日咳,但没得过腮腺炎。我拔过一颗犬齿,它长在其他牙齿上,而她的拇指指甲是一个不完美的半月形,她的拇指曾经被窗户重重地夹过。

一旦我们熟知了彼此身体的特点和历史,我们便开始讲述家里的故事,那些戏剧化、接近戏剧化或与众不同的事。她是家里最小也是唯一的女孩,而我是独生女。我有一个阿姨在高中时死于脊髓灰质炎,她——夏琳——有一个哥哥在海军服役。因为那时正值战争时期,在篝火晚会上,我们会选择唱《永远的英格兰》《橡树之心》和《统治吧,不列颠尼亚》,有时还会唱《永远的枫叶国》。轰炸、战斗和沉船构成了我们生活那永恒却遥远的背景。偶尔会有几近爆发的罢工，可怕，但严肃、令人兴奋，就像在我们镇上或是街上，曾有一个男孩被杀的时候一样。他住过的房子，虽然没有任何特别的花环或黑色的帘子装点，但却似乎有一种特殊的重量充斥其中，某种命运已经完成，不断令其下坠。里面真的毫无特别之处，最多只是有一辆格格不入的车停在路边，那意味着某些亲戚或某位牧师去了那儿，去安慰死者家属。

一位营地教官在战争中失去了未婚夫，她将他的手表——我们觉得那是他的手表——别在自己的衬衫上。我们本想对她抱持一种出于哀悼的兴趣和关切，但她声音尖厉，为人专横，甚至还有一个令人不快的名字。阿尔瓦。

我们生活的另一个背景是宗教，这本应该在营地中得到强调。但是，由于加拿大联合教会才是官方负责机构，所以营地负责人没有像浸信会或圣经基督会一样在这个问题上喋喋不休，也没有像罗马天主教会甚至英国圣公会那样不断正面说明宗教问题。我们大多数人的父母都属于联合教会（尽管有些女孩的生活开支都由别人支付，她们可能根本不属于任何教会），也习惯了联合教会热情的世俗风格，我们甚至没有意识到每天的仪式有多么轻松——只要傍晚时祈祷，用餐时唱圣歌，早餐后再进行半小时的特别对话（人们叫它"聊天"）。即使是在"聊天"的时候，也不太需要提到上帝或耶稣，聊天内容更多是围绕着我们日常生活中诚实、仁爱和纯洁的思想，以及承诺长大后永远不喝酒，不抽烟。没有人反对这类事情，也没有人试图逃避，因为我们已经习以为常，因为我们很乐意在温暖的阳光下坐在海滩上，天气依然有点冷，我们还不想跳入水中。

成年女性做的事和我与夏琳做的一样。或许她们不会计算彼此背上的痣，比较脚趾长度。但当她们相遇并觉得格外惺惺相惜时，也会觉得有必要列出重要信息，那些无论公开还是私密的重大事件，然后再填补彼此间的空白。如果她们感觉到这种温暖和渴望，就不可能令对方厌烦。她们会嘲笑对方所说的话是多么琐碎和愚蠢，也会嘲笑彼此揭露出的某些令人震惊的自私、欺骗、卑鄙和纯粹的邪恶行径。

当然，必须有极大程度的信任，但这种信任可以立刻建立起来，瞬间之内。

我曾观察过。这种关系应该是在人们长时间围坐在篝火旁，搅拌木薯粥或其他什么东西时开始的，那时男人们都去了灌木丛里，无法谈话，因为那会吓跑野生动物。（我是一名训练有素的人类学家，尽管比较懒散。）我只观察，但从未参与过这类女性对话。没有真正地参与过。有时我会假装参与其中，因为情况需要，但我本应与之交朋友的女人总是会察觉到我的伪装，然后变得困惑和谨慎。

通常来讲，我和男人相处时没有那么警觉。他们并不想要这样的交流，也很少真正感兴趣。

我所说的这种与女性的亲密感无关色情，也不会诱发色情。那种感觉我也经历过，在青春期之前。当然也会涉及吐露秘密，多半还有谎言，也许会让人做一些游戏。一种短暂热烈的兴奋感,可能会也可能不会涉及逗弄生殖器官。接着便是反感、否认、恶心。

夏琳确实告诉了我她哥哥的事,但是以一种真正反感的语气。这是那个现在在海军服役的哥哥。她去他的房间找自己的猫,然后就看到他正在对他女朋友做那种事。他们一直不知道她目睹了一切。

她说他上下起伏,两个人啪啪作响。

你是说他们在床上扇耳光。我说。

不是,她说。是他那东西进出时啪啪作响。恶心。让人想吐。

而且他光秃秃的白屁股上还长了痘。让人想吐。

我便和她说了维娜的事。

在我七岁以前,我的父母一直住在所谓的双连房里。当时多半还没人会用"并联房屋"这个词,总之,那房子也没有被平均分配。维娜的祖母租了后面的房间,我们租了前面的。房子高耸,光秃秃的,很丑,被漆成了黄色。我们居住的城镇太小,没有任何正经划分的住宅区,但我觉得,如果真划分的话,那间房子刚好位于体面和相对破旧的区域的分界线。我描述的是第二次世界大战快要爆发前、大萧条结束时的情况。(我确定,我们当时并不知道大萧条这个词。)

我父亲是一名教师,有一份稳定的工作,但挣钱不多。街道跨过我们,在那些既没有工作也没有钱的人住的房子之间,渐渐消失。维娜的祖母肯定有一点钱,因为她曾以轻蔑的口气提及领取救济金生活的人。我相信我母亲和她争论过,说**不是那些人的错**,但并未成功。这两个女人算不上朋友,但她们就如何布置晒衣绳总是抱持着友好。

那位祖母叫霍姆太太。偶尔会有一个男人来看她。我母亲把他称作霍姆太太的朋友。

你不准和霍姆太太的朋友说话。

事实上,他来的时候我甚至不能在外面玩,所以我和他说话的机会并不多。我甚至不记得他长什么样,但我记得他的车,那是一辆深蓝色的福特 V-8。我特别喜欢汽车,多半是因为我们没有汽车。

然后维娜来了。

霍姆太太说她是自己的孙女,我们没有理由怀疑这一点,但从来没有任何迹象表明她们俩中间那一代人存在。我不确定是霍姆太太离开后再带着她回来的,还是那位开 V-8 的朋友把她送来的。她是在我即将上学前的那个夏天出现的。我记不起她告诉过我名字,一般情况下她并不健谈,而我也不觉得自己会去问她。打从一开始我就厌恶她,是一种我从来没有对其他人产生过的厌恶。我说我讨厌她,然后母亲说,为什么呢?她又没对你做过什么。

可怜的家伙。

孩子们口中的"讨厌"有多重含义。那个词可能表示他们很害怕。不是可能会被攻击的那种害怕——不是我所感受过的那种,比如当你走在人行道上时,一些骑着车的高大男孩会突然挡到你面前,对着你发出可怖的喊叫。他们恐惧的并不是身体上的伤害——我在维娜身上感受到的并不是恐惧——最多是一些咒语，或者阴暗的意图。你在很小的时候很容易有这种感觉，甚至是对一些房子的正面、树干，也很有可能是对发霉的地窖和幽深的衣柜。

她比我高得多，我不知道她比我大多少，两岁，三岁？她很瘦，骨架窄小，头也很小，让我联想起蛇。她头上纤细的黑发很平整，垂到前额。脸上的皮肤很暗淡，在我看来就像我们家旧帆布帐篷的襟翼，她的脸颊还很鼓，就像帐篷在风中鼓起来的样子。她总是眯着眼睛。

但我确定她的长相并没有什么特别令人不快的地方，其他人也是这么看她的。事实上，我母亲还说过她漂亮，或者几乎漂亮（意思是：太遗憾了不是吗？她原本还算得上漂亮）。在我母亲看来，她的行为也没有什么值得指摘的。她看起来比实际年龄要小。这是一种迂回的、不够恰当的说法，指维娜还没有学会阅读、写作、跳绳和打球，而且她的声音很粗哑、毫无控制力，说出来的话断续、怪异，仿佛语言成块地卡在她的喉咙里。

她打断我、破坏我一个人的游戏时光，以一种年长女孩而不是小妹妹的方式。但对她这样一个年长女孩而言，她缺乏技巧，也没有立场，只有一往无前的决心，和对自己不招人喜欢这件事的无知。

孩子们的残忍还是老样子，对于任何偏离主流、不正常、难以管教的东西都会被立刻排斥。我是独生女，所以备受宠爱（也挨了不少骂）。我笨手笨脚，早熟，胆小，有各种各样隐秘的笃信和厌恶。我甚至讨厌那总是从维娜头发上掉下来的赛璐珞发夹,还有她不断邀请我吃的、带有红色或绿色条纹的薄荷糖。其实她不只是邀请我,她会试图抓住我,然后把那些糖果塞进我的嘴里,同时以她那种断续的方式不停窃笑。直到今天我依然讨厌薄荷口味。还有那个名字"维娜",我不喜欢。它听起来并不像春天,也不像绿草、花环或穿着轻薄衣服的女孩。它听起来更像是一串顽固的薄荷味绿色黏液。

我也不相信我妈妈真的喜欢维娜。但是在我看来,由于妈妈天性中的虚伪,由于她已经做了决定,仿佛故意要气我一样,假装为维娜感到难过,她告诫我要善良。起初,她说维娜不会待太久,暑假结束时她就会回到自己以前待过的地方,不管是哪儿。然后,当大家开始明白维娜根本无处可回时,安抚的说辞又变了,说我们自己很快就会搬家。我只需要再稍微友好一小段时间。(而其实过了一整年我们才真的搬走。)最终,她失去耐心,说她对我很失望,她从没想到我的本性竟然会如此刻薄。

"你怎么能因为一个人天生的模样而责备她?那怎么会是她的错?"

那种话对我来说毫无意义。如果我当时更擅长辩论的话,我可能会说我没有责怪维娜,我只是不想让她靠近我。但我的确在责怪她。那无论如何都是她的错,我对此毫不怀疑。在这一点上,不管我母亲怎么说,在某种程度上,我的想法和我所在的那个年代、那个地方的人们心照不宣的判定是一致的。就算成年人也会露出某种特定的微笑,从他们提到"头脑简单"或"有点弱智"的人时的样子，我可以看出一些抑制不住的满足和想当然的优越。我确定内心深处，母亲一定也是这样。

我开始上学了。维娜也开始上学了。她被安排在学校操场一角、一栋特殊建筑里的一个特殊班级。这实际上是镇上最早建好的教学楼，但当时没人有空去了解当地历史，几年后，它被拆除了。课间休息时，被分到那栋楼里的学生会在一个用篱笆围住的角落里玩。他们早上比我们晚半小时上学，下午比我们早半小时放学。课间休息时，任何人都不应该去骚扰他们，但因为他们通常都站在篱笆边上，盯着普通校园看，有时会有人冲向他们，对着他们大声喊叫，还会挥舞棍子吓唬他们。我从没靠近过那个角落，几乎没见过维娜。但是在家时我还得和她打交道。

一开始，她总是站在黄色房子的角落看着我，而我会装作不知道。然后，她会慢慢走到前院，在我家前门的台阶上占一个位置。如果我想进去上卫生间，或者因为冷而想进屋，我就必须得离她很近，可能会触碰到她，或者冒着她会碰到我的风险。

我从没见过一个人能在同一个地方待那么长的时间，就只盯着一样东西。通常是我。

我在一棵枫树上挂了一架秋千，如此一来我要么面对房子，要么面对街道。也就是说，我要么得看着她，要么就让她盯着我的背，任由她随时走上来推我一把。过一会儿她就会决定这么做。她总是把我推歪，但那还不是最糟糕的。最糟糕的是，她的手指会压到我的背上。隔着外套和我的其他衣服，她的手指就像是数根冰冷的猪鼻。我的另一项活动是建造树叶屋。我把挂着秋

231

千的那棵枫树的落叶拢到一起，再用胳膊一团一团地把它们抱走倒在地上，整理成一个房屋平面图。这是客厅，这是厨房，这是用一大堆蓬松树叶搭出的卧室床铺，等等。这游戏并不是我发明的。每次课间休息时，学校女生们所在的操场上都会出现树叶屋，摆放得更为豪华，甚至还会有某种装饰，直到最终门房走过来，把所有树叶耙起来烧掉。

起初，维娜只是看着我做这些事，眼睛眯着，那表情在我看来既写满了优越又带着困惑（她凭什么觉得自己更优越？）。后来，她走近了一些，抱起一团树叶，叶子掉得到处都是，因为她的犹疑或笨拙。而且，她抱的还不是待用的落叶堆，而是我树叶屋的墙壁。她把它们抱起来，接着走了一小段距离，然后让它们掉落在——把它们扔在——我其中一个整洁房间的正中央。

我冲她喊，让她停下来，但她又弯下腰去捡那堆散落的树叶，而且根本抓不住它们，所以她只是抛来抛去。当叶子再次全部落到地上时，她开始傻乎乎地把它们踢来踢去。我还在喊她停下来，但不起作用，或者她把那当作鼓励。于是我低下头瞄准她冲了过去，用头撞她的腹部。我没有戴帽子，所以我的头发直接触碰到了她身上的羊毛外套，或是夹克，而我的感觉其实更像是一头撞进了臃肿、坚硬的腹部上长着的粗密毛发。我大声抱怨着跑上家里的楼梯，当我母亲听完发生的事情时，说了一句让我更加生气的话："她只是想玩。她不知道应该怎么玩。"

第二年秋天，我们住在一间新的平房里，我再也不必经过那栋黄色的房子，它总是让我想起维娜，仿佛那栋房子完全吸收了她那既狭隘又狡猾的本性，她充满威胁的斜视。黄色的油漆似乎正是侮辱的象征，前门偏离中心，更增添一种畸形之感。

平房离那间房子只有三个街区，离学校很近。但我对这个小镇的规模和复杂程度的理解有限，以至让我觉得自己永远逃离了维娜。但是我意识到这并不成立，不完全成立，因为有一天，我和一位同学走在大街上，与她打了个照面。一定是我们其中一个人的母亲派我们去办某种杂事。我当时没有抬头，但我确定在我们擦肩而过时，我听到了一声笑，那也许是问候，或者是她认出了我。

另外那个女孩对我说了一句可怕的话。

她说："我以前一直以为她是你姐姐。"

"你说什么？"

"我知道你们住在同一栋房子里，所以我想你们肯定是亲戚。至少是表亲。你们难道不是表姐妹吗？"

"不是。"

之前进行特殊教学的旧建筑已经废弃，原本在那儿的学生被转移到了圣经教堂，现在这座教堂工作日里都被镇上租用。圣经教堂正好在街对面，就在我父母和我现在住的平房拐角处。维娜有好几条路线可以走去学校，但她偏偏选了一条会经过我们家的。而且，我们的房子离人行道只有几英尺，所以这意味着她的影子几乎能落在我们的台阶上。如果她想的话，她完全能把鹅卵石踢到我们的草地上，还有，除非我们放下窗帘，不然她就能窥视我们的大厅和前厅。

特殊教学的上课时间已经调整到与普通学校一致，至少早上的时间如此——那些特殊学生下午仍然会早些放学。既然他们已经被挪去教堂上课，人们肯定觉得，没必要再在上学路上将我们隔离开来，这就意味着，我现在有可能会在人行道上遇见维娜。我总是会格外留意她可能出现的方向，如果看见她，我就会找借口躲回家里，说忘带了某样东西，要么我的一只鞋很磨脚，脚后跟疼，需要一个创可贴，要么就是我头发上的丝带快松开了。如今我再也不会蠢到提起维娜，再听我母亲说："有什么问题？你在害怕什么？你是觉得她会吃了你吗？"

有什么问题？污染，传染？维娜很干净，也很健康。她几乎不可能会攻击我、打我或是抓我的头发。但只有成年人才会愚蠢到相信她没有力量。更别说，那是一种特别针对我的力量。我是被她选中的那个人。起码我是这么认为的。仿佛我们之间达成了共识，那份联系无法描述，也绝对不能暴露。某种如影随形的东西，关乎爱，虽然在我看来，那是坚决的恨意。

我想我讨厌她就像有些人讨厌蛇、毛毛虫、老鼠或蛞蝓一样。毫无根据。不是因为她会造成什么伤害，而是因为她会扰乱你的内心，让你厌恶自己的生活。

当我告诉夏琳关于她的事时，我们的对话变得更深入，只有当我们在游泳或睡觉时才会暂停。维娜算不上质量特别高的祭品，也没有那样生动地惹人厌恶，不像夏琳的哥哥那不停跃动的、长着痘的屁股,而我记得自己说过这样的话:她很糟糕,但我无法描述为什么。但其实我的确描述了她,描述了我对她的感觉,并且我肯定描述得还算不错,因为为期两周的夏令营快要结束前的一天中午,夏琳冲进了餐厅,脸上洋溢着惊恐和怪异的喜悦。

"她在这里。她在这里。那个女孩。那个可怕的女孩。维娜。她在这里。"

午餐已经结束。我们正在收拾整理,把盘子和杯子放到厨房架子上,这样当天在厨房值班的姑娘们就能把它们拿走清洗。然后我们会排成队列去糖果店,那里每天一点开门。夏琳刚刚就是跑回宿舍拿钱去了。她很富有,父亲是一名丧事承办人,同时她也很马虎,把钱放在枕套里。除了游泳的时候,我总是把钱随身带着。我们之中手头有余裕的都会在午餐后去糖果店,去买点吃的来消除午餐时甜点的味道——我们很讨厌那些甜点,却总是会尝试,只是为了验证它们是否真的像我们预想中那样恶心。西米布丁,糊状的烤苹果,黏稠的蛋奶沙司。我一开始看到夏琳脸上的表情时,我以为她的钱被偷了。但后来我想,这样的灾祸不会让她看起来转变得如此之大,她脸上的震惊显得那么欢快。

维娜?维娜怎么会在这里?一定是个误会。

这肯定是在星期五。还要在营地待两天,还有两天。而事实证明,有一部分特殊学生——他们在这儿也被叫作特殊学生——被带来和我们一起共度最后一个周末。人不是很多,可能总共二十个,而且不都来自我的城镇,还有些是附近城镇来的。事实上,当夏琳还在努力让我理解这个消息时,一声哨声响起,教官阿尔瓦跳上长凳向我们讲话。

她说，她知道我们都会尽最大努力欢迎这些参观者，这些新的露营者，他们有自己的帐篷，也有专门的教官。但他们会和我们一起吃饭、游泳、玩游戏，还会加入我们的"晨间对话"。她说，她确信，我们都会把这当作一个结交新朋友的机会。她的语气一如往常，带着一丝警告和训斥。

这些新来的人花了一些时间才把帐篷搭好，把私人物品都安顿下来。有一些人显然对营地活动没兴趣，自顾自走远了，教官只好大声喊他们，再把他们带回来。那时正是我们的自由时间，或者说是休息时刻，所以我们就在糖果店买了巧克力棒、甘草糖和太妃糖，然后躺在床铺上吃。

夏琳不停地说："想想，想想，她竟然在这儿。我简直不敢相信。你觉得她是跟着你来的吗？"

"也许。"我说。

"你觉得我能像刚才那样一直把你藏起来吗？"

当我们在糖果店排队的时候，我一直低着头，当特殊学生被领着经过时，我让夏琳帮忙挡住我。我只瞥了一眼就从后面认出了维娜。她那耷拉着的、蛇一样的头。

"我们应该想办法将你伪装起来。"

我之前所说的话似乎让夏琳觉得，维娜曾主动骚扰过我。我也相信那是真的，但是她的骚扰其实比我所描述的要更轻微、更隐秘。夏琳爱怎么想就怎么想，我不会管的，这样才更令人兴奋。

维娜并没有马上发现我，因为我和夏琳一直在小心地躲避她，也有可能是因为她和大部分特殊学生一样，看上去十分茫然，忙着弄明白他们在这儿做什么。他们很快就被带到海滩较远的那头，上专属他们的游泳课去了。

晚餐时，他们在我们唱歌时排着队入场。

我们越是在一起，在一起，在一起，
我们越是在一起，
我们就越快乐。

然后，他们被精心分散，穿插到我们当中。他们都戴着写有姓名的牌子。我对面那个人叫玛丽·艾伦什么的，跟我不是同一个镇的人。但我几乎还没来得及高兴，就看到旁边桌子的维娜，她比别人都要高，不过谢天谢地，她跟我面朝同一个方向，所以吃饭期间她看不见我。

她是他们中最高的，但不像我印象中那样高，也没有印象中那么引人注目。这大概是因为我过去一年突然长高不少，而她可能已经完全停止了发育。

饭后，当我们站起来收拾盘子时，我一直低着头，一次都没有往她那个方向看，但我知道她何时将视线落到我身上，知道她何时认出了我，知道她何时开始垂着嘴角微笑，从喉咙里发出奇怪的笑声。

"她看见你了。"夏琳说，"别看。别看。我会挡在你和她中间。快走，不要停。"

"她要过来了吗?"

"不会。她只是站在那里。只是看着你。"

"笑着的?"

"算是吧。"

"我不能看她,我会吐的。"

她在接下来的一天半时间里会如何迫害我?我和夏琳经常用这个词,尽管事实上,维娜从未靠近过我们。迫害。它听起来有种成年的、关乎法律的意味。我们一直对她抱持着警觉,仿佛我们正在被人跟踪,或者仅仅是我。我们试图监视维娜的动向,夏琳向我报告她的态度或表情。我冒着风险看了她几次,前提是夏琳说:"好了。现在她没注意。"

在那些时候,维娜看起来有点沮丧,或者闷闷不乐,又或者困惑不解,就好像,和大多数特殊学生一样,在被放任自流之后并不完全了解自己在哪儿,为什么来这儿。他们中的一些人——虽然她没有——自己游荡到沙滩背后的松树、雪松和白杨林里,又或者是沿着通往公路的沙路走了很远,引起了骚动。在那之后教官召开了一次会议,我们都被要求留意我们的新朋友,他们不像我们那么熟悉这个地方。听到这句话,夏琳戳了戳我的肋骨。她当然不觉得这个维娜有任何变化,没有意识到她的信心有所消减,甚至连体格都变小了。她不断地汇报维娜狡猾而邪恶的表情,她那充满威胁的神态。也许她是对的,也许维娜将夏琳视作我的新朋友或者保镖,这个陌生人就是某种迹象,标志着这里的环境和以往完全不同,并且充满不确定性,而这令她愤怒不已,即便我没有看见。

"你从没跟我说过她的手。"夏琳说。

"她的手怎么了？"

"她是我见过手指最长的人。她完全可以用那些手指绕住你的脖子，然后掐死你。她肯定可以。晚上跟她睡一个帐篷不会很可怕吗？"

我说会的。可怕。

"但她帐篷里其他那些人都太蠢了，根本不会注意到。"

最后那个周末，营地的气氛和以往完全不同。并没发生什么激烈的事。进餐时间一如从前，餐厅里的锣照常响起，提供的食物既没有变好也没有变坏。接着便是休息时间、游戏时间和游泳时间。糖果店照常营业，我们像以前一样被一起带去进行晨间谈话。但有一种逐渐强烈的躁动和漫不经心。你甚至能从营地教官身上察觉到这一点：偶尔，他们不再能讲出以往那些挂在嘴边的谴责和鼓励，他们会盯着你看一秒钟，好像正在试图回忆起他们通常会说的话。这些改变似乎都是从特殊学生的到来开始的。他们的存在改变了营地。以前是真正的营地，有种种严格制定的规则和奖惩制度，这在学校或者一个孩子生活的其他方面之中都是不可避免的，然后一切开始从边缘崩坏，揭露出这一切的暂时性。演戏而已。

是因为当我们看到特殊学生也在这里时的感觉？如果他们也能露营，那就不存在什么真正的露营者？部分原因是这样。还有部分原因是，这一切很快就要结束，每天的例行活动会被打破，而我们都会被父母带回去，恢复从前的生活，教官们又会变成普通人，甚至连教师都算不上。我们当下的生活，连带着这两周内所有蓬勃生长的友谊、敌意、仇恨，注定会一同烟消云散。谁能相信才过去了两周？

没人知道该怎么形容这些感受，但我们中间弥漫着一种倦怠，一种因为无聊而产生的坏脾气，甚至天气也反映了这种氛围。过去两周应该不是每一天都炎热而晴朗，但我们大多数人肯定都会带着这种印象离开。而现在，星期日早上，天气发生了变化。当我们进行户外祈祷时（我们星期日不做晨间对话，而进行这个活动），云层变暗了。温度没有任何变化——真要说的话，白天变得更热了——但空气中有一种气味，有些人称之为风暴的气味。但一切又是那样寂静。教官们偶尔会抬头看天色，满脸担忧，就连那些星期日从附近小镇开车过来的牧师们也是一样。

确实下了几滴雨，别的就没了。仪式结束，没有出现任何风暴。云层更薄了一些，虽然没有薄到能预示后续是晴天，但足以让我们的最后一次游泳不被取消。之后不会再有午餐，厨房在早餐结束后就已经关闭了。糖果店的百叶窗不会再打开。我们的父母将在午后不久到达，带我们回家，而特殊学生们会由巴士接走。我们的大部分东西都已经打包好了，床单都取了下来，粗糙的棕色毛毯总是感觉湿漉漉的，它们分别被折叠起来，放在每张床的床尾。

即使当我们所有人都在宿舍小屋里，一边聊天一边换游泳衣，整个小屋从里面看起来都很像一个阴暗的临时住处。

海滩也是一样。沙子似乎比平常少，石头则多了起来。沙子看上去都像是灰色的。水看起来很冷，即便它其实很温暖。我们对游泳的热情已经不复往日，大多数人都只是在漫无目的地踩水。负责教我们游泳的教官——波林和那个负责看管特殊学生的中年女人——不得不拍手招呼大家。

"快点呀，你们还在等什么？这可是今年夏天的最后一次机会了。"

我们当中有一些游泳健将，他们通常都会立刻往救生气垫那边游。而那些还算会游的人——包括我和夏琳在内——都应该至少游到救生气垫那边一次，然后转身再游回来，以证明我们至少可以在没过头顶的深度游个几码。波林通常一开始就会游到救生气垫那里，然后一直停在深水中，以防任何人出现紧急情况，并确保所有该游完规定距离的人都完成了。然而，在这一天，游泳的人似乎比平时少。波林本人或鼓励或恼怒地嚷嚷了一阵——只是在喊让所有人都下水——然后就浮在救生气垫旁边，和那些依然很认真的游泳好手们说笑打闹。我们大多数人还在浅滩划水，一游完几英寸或几码就站起来，要么互相泼水，要么翻身漂浮在水面假装自己是尸体，仿佛大家都懒得再游泳了。负责看管特殊学生的女士站在水里，水面才刚到她的腰——大部分特殊学生本来也不会走到水面超过他们膝盖的地方——她穿着印有花朵图案的短裙泳装，上身甚至都没有打湿。她正弯着腰，轻轻用手朝自己看管的学生泼水，一边笑一边对他们说，这样不是很有趣吗？

我和夏琳所在的地方水差不多最多只到我们的胸口。我们属于愚蠢的游泳者阵营，只会漂浮着模仿尸体，用仰泳或蛙泳姿势在水中不停扑腾，也没人让我们不要再闹了。我们当时在尝试让自己在水下睁大双眼，看看能坚持多长时间，还偷偷跑到彼此身后，跳到对方的背上。周围有很多人也在做着一样的事情，大家都在嬉笑喊叫。

游泳过程中，一些露营学生的父母或负责接他们的人很早就到了，孩子们被告知他们没空浪费时间了，所以这些营员从水里被叫了出去。这引起了一些额外的呼喊和混乱。

"快看，快看。"夏琳说。或是结巴着说，因为我把她压到了水下，而她刚刚才上来，浑身湿透，还吐着水。

我看了看，发现维娜正朝我们走来，她戴着一顶浅蓝色的橡胶泳帽，正在用她的长手拍打着水面，满脸微笑，仿佛突然间又找回了对我的控制权。

我没有和夏琳继续保持联系。我甚至不记得我们是怎么告别的。如果我们真有告别过的话。我一直觉得，我们俩的父母几乎在同一时间到达，然后我们就匆忙钻进了各自的车，重新——我们还能做什么？——投身到从前的生活中。夏琳父母的车肯定不像我父母的那样，没有那么破旧、嘈杂、无法信赖，但即使情况不是这样，我们也不会想到要向自己的父母介绍对方。每个人，包括我们自己，都急于离开，将产生的骚动抛之脑后，无论是关于谁丢了财物，谁有而谁又没有见到亲人或者登上巴士。

几年后，我偶然看到了夏琳的结婚照。当时，人们仍然会把婚礼照片刊登在报纸上,不仅得刊登小镇的报纸,市里的报纸上也有。我在多伦多的一份报纸上看到了它,当时我正在布鲁尔街的一家咖啡馆里等朋友。

婚礼在圭尔夫①举行。新郎是多伦多本地人,毕业于奥斯古德·霍尔法学院。他很高,不然就是夏琳长得很矮。她几乎刚到他的肩膀,即使她的头发梳成了当时才有的那种浓密、光亮的头盔造型。发型使她的脸显得皱巴巴的,没什么存在感,但我有印象,她的眼睛轮廓像埃及艳后克莉奥帕特拉一样极为突出,嘴唇苍白。这听起来很荒诞,但这种扮相在当时的确备受追捧。唯一让我想起她孩提时代模样的,只有她下巴上那个小小的、看起来很滑稽的肿块。

她——就是新娘——据报纸上说,毕业于多伦多的圣希尔达学院。

所以她一定在多伦多,去圣希尔达上了学,而我在同一个城市,上的是大学学院。我们可能在同一时间走过校园里的同一条街道或小路。并且从未相遇。我不觉得如果她看到我,会回避和我说话。我不会回避和她说话。当发现她读的是圣希尔达时,我肯定会觉得,作为学生我要更认真一些。我和我的朋友们都觉得圣希尔达就是一所淑女学校。

我现在是一个人类学专业的研究生。我决定永远不结婚,但我并不排斥情人。我留着一头长直发,我和朋友们都觉得这种发

---

① 加拿大安大略省南部的一座城市,离多伦多市中心以西约100公里。

型会在未来的嬉皮士群体中流行。我的童年记忆在以前一直遥远、模糊、无足轻重，而今天却截然不同。

我本可以写信给夏琳，经由她的父母转交，报纸上有他们在圭尔夫的地址。但我没有那么做。我觉得没什么能比祝贺一个女人新婚快乐更为虚伪。

但她给我写了信，在大约十五年后。她把信寄给了我的出版商。

"我的老朋友玛琳。"她写道，"看到你的名字出现在《麦克林》杂志上，我是那么兴奋和开心。想到你写了一本书，我真是叹服。我还没有去买你的书，因为我们在外面度假，但我一定尽早去买，还会去读。我们不在的时候，家里收到了很多杂志，我刚刚在一本一本地翻，然后就看见了你那张引人注目的照片，还有那篇有趣的书评。然后我想，我一定得写信祝贺你。

"也许你已经结婚了，但仍用你婚前的姓氏来写作？也许你已经有孩子了？一定要写信告诉我你的一切。遗憾的是，我没有孩子，但我的生活也挺充实，整天忙着做志愿者，做园艺，和基特（我丈夫）一起出海。好像总有很多事情可以做。我目前在图书馆董事会工作，要是他们还没订购你的书，我一定会扭断他们的胳膊。

"再次祝贺你。我必须说我很惊讶，但也不是完全震惊，因为我一直觉得你会做一些特殊的事。"

当时我也没有去和她联系。那似乎没什么意义。起初，我没觉得结尾处的"特殊"一词有什么值得留意的，但当我后来想起它时，它让我有些惊慌失措。[①]然而，我告诉自己，并且仍然相信，她没有什么特别用意。

我之前有一篇论文，大家都劝我别写，但最后衍生出了她提到的那本书。我后来又开始写另外一篇论文，但一有时间就会回去写之前的那篇，把它当成一件自己喜欢的事来做。在那之后，我像他人期待的那样，又同别人合写了几本书，但我自己写的那本是唯一让外界短暂关注了一阵子的书（当然，一些同事因此很反感我）。那本书现在已经绝版了。书名叫《白痴与偶像》，这个标题放到今天绝对不会被通过，即便是当时，虽然我的出版商承认它朗朗上口，但他们还是感到紧张。

我试图在书里探索的，是不同文化（那些人们不敢用"原始"一词来形容的文化）中人们的态度，对精神或生理上有特殊性的人的态度。"缺陷""残障""弱智"，类似的词当然被扔进了垃圾箱，这可能是有充分理由的：不仅仅是因为这些词可能体现了一种优越的态度和惯常的敌意，还因为它们都无法准确地描述。这些词完全忽视了那些人身上很大一部分非凡，甚至令人敬畏，或至少是极为强大的特质。有趣的地方在于，我发现人们既有敬佩的态度，也有迫害的倾向，觉得这些人身上有相当多的能力，是神圣的、有魔力的、危险的，或者有价值的——而他们对这一现象的归因并非总是不甚准确。我竭尽全力去查阅了过去和当代的研究，参考了诗歌和小说里的描述，当然，还有宗教习

[①] 此处文段中"特殊"一词的原文为"special"，与上文中"特殊学生"（specials）使用了同一个词。

俗。所有信息都来自书籍，自然有人因此批评我的研究过于书面化，但我当时没办法环游世界：我没能申请到补助金。

当然，我可以觉察到某种联系，某种我认为夏琳可能也会觉察的联系。很奇怪，这种联系看起来是那么久远，那么无足轻重，仅仅只是一个起点。童年时期的一切在当时的我看来都是一样的。因为我在那之后的人生旅程，成年后的种种成就。安全感。

"婚前的姓氏"，夏琳这么写。我已经很久没有听到过这个说法了。跟"老姑娘"很像，听起来充满贞洁感，也很可悲。而且就我的情况而言，极其不恰当。我在看到夏琳结婚照时已经不是处女了，我觉得她也不是。这并不是说我有过一大群恋人，我甚至不想称他们中的大多数为恋人。和我这个年龄阶段里大多数没有身处一夫一妻制婚姻里的女性一样，我知道自己一共有过多少人。十六个。我敢肯定，对于许多年轻女性来说，这一数字早在她们三十岁或二十岁之前就已经达到了。（当然，这个数字在我收到夏琳的信那时会小一些。我懒得——这是真的——我现在懒得再去弄清楚究竟是多少了。）重要的只有三个人，如果按出现的时间顺序排列，那三个人都位列前六。重要的意思是，和那三个人在一起的时候——不，只有两个，第三段感情对我比对他要"重要"得多——那就只有两个，和那两个人在一起的时候，最终你总是会想掏空自己，不仅仅是在身体上臣服于对方，而是将自己的整个生命都安稳地投入他一个人手里。

我努力不让自己那么做，但也只是勉强。

所以我的那种安全感似乎并不真的完全成立。

不久前我又收到一封信。是从我退休前任教的那所大学转寄来的。我从巴塔哥尼亚旅行回来时，发现它在等着我。（我已经成为一个不辞辛劳的旅行者。）它已经在那儿待了一个多月。

一封用打字机写成的信——作者在一开头就为此道歉。

"我的字丑得无可救药。"他写道，接着介绍自己是"你儿时伙伴夏琳"的丈夫。他说他很抱歉，非常抱歉，给我带来了坏消息。夏琳在多伦多的玛格丽特公主医院住院。她得了肺癌，癌细胞已经扩散到肝脏。令人惋惜的是，她这辈子一直在抽烟。她只剩下很短的时间了。她很少提到我，但多年来，每当她提到我时，总是为我的非凡成就而高兴。他知道她有多么珍视我，现在，她马上就要死去，她似乎非常渴望见到我。她让他来联系我。他说，也许是因为童年的记忆总是分量最重的。童年的感情。那强度无可比拟。

我想，好吧，她现在可能已经死了。

但如果她真死了——这就是我的思维逻辑——如果她真死了，我去医院问一下也不会有风险。然后我的良心，还是别的什么东西，就会安宁下来。我可以给他写张便条，说之前很不巧，我在外旅行，但已经尽快赶来了。

不，最好不要留字条。他可能会出现在我的生活中，亲自上门感谢我。"伙伴"这个词让我不太舒服。"非凡成就"在某种程度上也让我不适。

玛格丽特公主医院离我的公寓楼只有几个街区。我在一个阳光明媚的春日步行去了那里。我不知道自己为什么不只是打个电话。也许我是想让自己觉得已经尽了最大努力。

等到了总台，我发现夏琳还活着。当被问到是否想见她时，我很难拒绝。

在电梯里时我仍然在想，在找到她那一层的护士站之前，我仍然有机会转头离开。或者我可以直接转身乘下一趟电梯下楼。楼下总台的接待员永远不会注意到我离开。事实上，从她把注意力转向排着队的下一个人的那一刻，她就不可能再注意到我离开，而且即使她注意到了，那又有什么关系呢？

如果真那样做，我想，我会感到羞愧。原因与其说是缺乏感情，不如说是缺乏毅力。

我在护士站停了下来，问到了病房号码。

那是一间私人病房，相当小，没有令人印象深刻的仪器、鲜花或气球。一开始我没看见夏琳。一位护士正俯身站在病床旁，床上似乎有一堆床单，但看不见任何人。我想到那肿大了的肝脏，开始后悔没有趁机跑开。

护士站直身子，转过身来，对我微笑。她是一个胖胖的、棕色皮肤的女人，说话的声音温柔而迷人，这可能意味着她来自西印度群岛。

"你就是那位玛林[①]。"她说。

[①] 此处护士口中的"玛林"（Marlin）与主人公的名字"玛琳"（Marlene）拼写不同。

这句话中的某些含义似乎让她很高兴。

"她一直非常想让你来。你可以走近一点。"

我照做了，低头看见一个臃肿的身体和一张瘦削塌陷的脸，脖子和鸡颈一样细，医院的长袍领口看起来像有一英里那么宽。头皮上还剩一绺约四分之一英寸长的棕色鬈发。以往的夏琳无处可寻。

我以前见过垂死之人的脸，我父亲和母亲的脸，甚至我害怕去爱的那个男人的脸。我并不惊讶。

"她现在睡着了。"护士说，"她一直非常希望你能来。"

"她还有意识？"

"有，但她总在睡觉。"

好吧，我现在看到了，确实有夏琳的痕迹。是什么？也许是她嘴角那种自信而顽皮的抽动。

护士正在用她温柔而欢欣的声音对我说话："我不知道她是否能认出你。"她说，"但她希望你能来。她有东西要给你。"

"她会醒来吗？"

她耸了耸肩。"我们经常得给她注射止痛药。"

她打开了床头柜。

"给。这个。她告诉我，如果她自己来不及给你的话，就让我代为转交。她不想让她丈夫来给。你现在来了，她会很高兴的。"

一个密封的信封，上面写着我的名字，都是大写字母，字迹歪歪扭扭。

"不是给她丈夫的。"护士说，眨了眨眼，然后脸上笑意渐

249

深。难道她察觉到了某种不正当的东西，一个女人的秘密，一段旧爱？

"明天再来一趟。"她说，"谁知道呢？如果可能的话，我会告诉她你来过的。"

我一下到大厅就读了这封简短的信。夏琳努力地写下每一个字，字迹基本正常，不像信封上杂乱无章的字母那样含混。当然，她可能是先写的信，再把它放进信封，接着便封上信封放在一边，以为她能亲自把它交给我。直到后来，她才意识到有必要在信封上写下我的名字。

> 玛琳。以防我病得太重无法说话，我现在将这些话写下来。请按我要求的去做。请到圭尔夫去，到教堂去找霍夫斯特拉德神父。永援圣母大教堂。它非常显眼，你不需要名字也能找到。霍夫斯特拉德神父。他会知道该怎么做。我不能要求C，也不想让他知道。H神父知情，我请求过他，他说他可能会帮助我。玛琳请务必这么做保佑你。此事和你无关。

C，那一定指的是她丈夫。他不知道。他当然不知道。

霍夫斯特拉德神父。

此事和我无关。

我一走到街上，就可以把这封信揉成团扔掉。我也的确这么做了，把信封扔掉，让风把它吹入大学大道的排水沟。然后我意识到信不在信封里；它还在我的口袋里。

我再也不会去医院。我也永远不会去圭尔夫。

基特是她丈夫的名字。我现在想起来了。他们一起去航海。克里斯托弗。基特。克里斯托弗。C.

回到公寓楼时,我发现自己正在乘电梯下到车库,而不是上楼回公寓。我还是穿着同样的衣服,上了车,开到外面街上,开始向加德纳高速公路驶去。

加德纳高速公路,427号公路,401号公路。现在是高峰时间,不适合离开城市。我讨厌在这么堵的时候开车,我不经常这么做,不很有信心。汽油还剩不到半罐,而且,我得去趟洗手间。我想到米尔顿附近有,我可以把车停在高速公路边上,加满汽油,上洗手间,然后重新考虑一下。当下,我只能做好眼下的事,向北,然后向西。

我没有半路停车。我经过了米西索加出口,接着是米尔顿出口。我看到一个高速公路路标,上面写着到圭尔夫还有多少公里,然后在脑海中把它粗略地转换成英里,就像我一直以来不得不做的那样,最后我觉得汽油是够用的。我给自己没有停下来找了个借口,即使今天天气这么好,但我们已经开出了笼罩在城市上空那雾状的太阳光圈,等到太阳越来越低,开车就会变得越来越麻烦。

我驶下圭尔夫岔道,在第一个加油站停了下来,下车走到女卫生间,双腿僵硬地发着抖。之后,我给油箱加满了汽油,在付钱时询问去大教堂的路线。具体路线不太清楚,但有人告诉我它在一座大山上,无论我在市中心的哪一个角落,都能找到它。

当然，这不是真的，尽管我几乎在哪儿都能看到教堂。四座精致的塔楼顶部耸立着一个个精美的尖塔。它很漂亮，只是我原以为它会更宏伟一点。当然，它确实也是宏伟的，对于这座相对而言的小城市来说，已经算是一座很显眼、很宏伟的教堂（虽然有人事后告诉我那根本算不上真正的教堂）。

夏琳会不会就是在那座教堂里结的婚？

不。当然不是。她被送到了一个联合教会的营地，那里没有任何女孩信天主教，不过倒是有各种各样的新教徒。别忘了，C并不知情。

她可能已经悄悄改信了天主教。自从那件事之后。

我及时找到了去大教堂停车场的路，坐在那里，思索该怎么办。我穿着宽松的裤子和夹克。我对天主教教堂——天主教大教堂——着装要求的理解还停留在很久很久以前，以至于根本不知道我这一身是否合适。我试着回忆去欧洲那些大教堂的经历。衣服需要盖住手臂？要戴头巾，不能穿短裙？

山上寂静得如此明亮。四月，树上还没有长出任何一片新叶，太阳终究还挂在高空。一处低矮的河岸被雪覆盖，那颜色和教堂停车场的地面一样灰暗。

这时是傍晚，我身上的夹克太薄，或者是因为这里比多伦多更冷，风也更大。

也许那栋建筑这时已经上了锁。上了锁，空无一人。

宏伟的前门看上去确实如此。我甚至懒得爬上台阶去试着推门，因为我决定跟着几个老太太走，她们和我差不多老，刚走了很长一段路，从街上来到这里，但她们完全无视了台阶，绕到了建筑一侧一个更容易进的入口。

里面的人更多，可能有二三十人，但看起来并不是为了做礼拜而聚在一起。他们散布在长椅上，有的跪着，有的在聊天。我前面的女人们将手伸进大理石圣水盂里，和一个正在桌子上摆放篮子的男人打招呼。她们没看自己的动作，也几乎没有刻意降低音量。

"外面看起来很暖和，但其实挺冷的。"其中一个人说，而那男人回应，外面的风能把人鼻子刮下来。

我认出了那些忏悔室。像一栋栋独立的小别墅或放大版的哥特式玩具小屋，有很多深色木雕，门帘是深棕色的。教堂内部其他地方都明晃晃的，十分耀眼。房顶高处的弧形天花板是天蓝色的，低处的弧形天花板与垂直的墙壁相连，墙壁镀金的圆形浮雕上装饰着圣像。一天中的此刻，彩色玻璃窗在阳光的照射下变成了宝石柱。我小心翼翼地走下一条过道，想看看祭坛，但西墙上的圣坛太过刺眼，我根本没法仔细看。不过在窗户的上方，我看到了画着的天使。成群的天使，清新、透明、纯洁，宛如光线。

这是一个最主张坚持的地方，但似乎没有人被这些象征坚持的特质所压倒。聊天的女士们一直在轻声说话，但并非窃语。而其他人只是完成任务似的点了几下头，跪着在胸前画了几个十字，然后便去做自己的事了。

我也应该去完成自己的事。我环顾四周寻找神父，但一位也没看见。神父和其他人一样，肯定也有工作日。他们也得开车回家，进入起居室、办公室或巢穴，打开电视，松开衣领。拿一杯酒，想想自己是否能吃到像样的晚餐。当他们真的走进教堂时，会变得正式而庄重。他们会身着法衣，准备举行一些仪式。弥撒？

或者倾听忏悔。但你永远不知道他们是什么时候进去那儿的。他们不是总通过一道隐秘的小门进出那些忏悔室吗？

我得问问别人。那个分发篮子的男人似乎并不全是出于私人理由才待在这儿的，虽然他显然不是引座员。没有人需要引座员。人们自行选择他们想坐或跪的地方，有时还会站起来，另选其他位置，也许是为耀眼的、宝石般的太阳所困扰。和他说话时，我的声音宛如耳语，这是在教堂里的老习惯，他不得不让我再重复一遍。他很困惑，也很尴尬，躲闪一般向其中一位来忏悔的人点了点头。我必须把话说得非常具体而可信。

"不，不。我只是想和一位神父谈谈。有人让我来和一位神父谈谈。我要找霍夫斯特拉德神父。"

分发篮子的人消失在更远处的过道上。过了一会儿，他带着一个动作轻快、身材结实的年轻神父回来，新来的神父穿着普通的黑色服装。

他示意我进入一个之前没注意到的房间——其实那不是一个房间，实际上，我们穿过了教堂后厅的一座拱门，而不是一扇房间门。

"我们在这儿才能有机会谈话。"他说道，然后为我拉了一把椅子。

"霍夫斯特拉德神父——"

"噢，不，我必须告诉你，我不是霍夫斯特拉德神父。霍夫斯特拉德神父不在这里。他在度假。"

我一时不知道接下来该做什么。

"我会尽力帮助你的。"

"有一个女人。"我说，"有一个在多伦多玛格丽特公主医院，快要死了的女人——"

"是的，是的。我们知道玛格丽特公主医院。"

"她请求我——她给了我一张便条，就在这里——她想见霍夫斯特拉德神父。"

"她是这个教区的信众吗？"

"我不知道。我不知道她是不是天主教徒。她出生在这里。在圭尔夫。她是我的朋友，但我已经很久没见过她。"

"你是什么时候跟她说的话？"

我不得不解释我并没有跟她说上话，她当时睡着了，但她给我留了字条。

"但你不确定她是不是天主教徒？"

他嘴角有一处开裂。他说话时一定有痛感。

"我觉得她是，但她丈夫不是，而且他不知道她是。她不想让他知道。"

我说这些话是为了让事情变得更清楚，尽管我不确定这究竟是不是真的。我觉得这位神父可能很快就会完全失去兴趣。"霍夫斯特拉德神父一定知道这一切。"我说道。

"你没跟她说话吗？"

我说她在用药,但并不是一直都这样,我确定她会有断续清醒的时候。我也强调了这一点,因为我认为有必要。

"你知道,如果她想忏悔的话,可以找玛格丽特公主医院的神父。"

我想不出还有什么话说。我拿出纸条,把纸展平,然后递给他。我发现那笔迹没有我原来想象的那么好。只是与信封上的字母相比才显得清晰可读。

他的脸上突然写满担忧。

"这个C是谁?"

"她丈夫。"我担心他可能会问她丈夫的名字,以便与他联系,但他问的是夏琳的名字。这个女人的名字是什么,他说。

"夏琳·沙利文。"我居然还记得她的姓,真是个奇迹。并且,我暂时感到一阵安心,因为这听起来就像是一个天主教徒的名字。当然,这意味着她丈夫有可能才是天主教徒。但神父也许会以为丈夫已经不再信教,这肯定会让夏琳有一个秘密这件事变得更容易理解,也会让她的信息显得更为紧迫。

"她为什么要找霍夫斯特拉德神父?"

"我想可能是关于某件特殊的事。"

"所有的忏悔都是特殊的。"

他想站起来,但我待在原地。他又坐了下来。

"霍夫斯特拉德神父正在度假,但他还在城里。我可以打电话问问他这件事,如果你坚持。"

"我坚持。拜托了。"

"我不想打扰他。他最近身体不太好。"

我说,如果他身体不好,不能自己开车去多伦多,我可以开车送他。

"必要时,我们可以负责他的交通。"

他环顾四周,没有看到他想要的东西,从口袋里掏出一支笔,然后决定,在纸条的空白处写字。

"麻烦再跟我确认一下名字。夏洛特——"

"夏琳。"

在这一番大动干戈中,我难道没有动心起念吗?一次也没有吗?你可能觉得我会敞开心扉,明智地敞开心扉,瞥一眼那广阔而难以实现的宽恕。但不。此事和我无关。覆水难收。成群的天使,血泪,无法承受。

我坐在车里,现在已经很冷了,但我没有想到要点燃引擎。我不知道接下来应该做什么。也就是说,我知道我可以做什么。找到通往高速公路的入口,加入那明亮、永恒的车流,驶向多伦多。或者找一个地方过夜,要是我觉得自己没力气开车的话。大多数地方都会为你提供牙刷,或者指引你找到一个可以买到牙刷的机器。我知道哪些事是必要的,哪些事是可能的,但我力不从心,在目前,去完成这些。

湖面上的摩托艇本应该和岸边保持一段距离。尤其要离我们的露营地远一点，这样它们激起的波浪才不会干扰我们游泳。但在最后一个早晨，那个星期日的早晨，他们中的几个人开始比赛，并在附近兜圈。当然，没有救生气垫那么近，但近得足以掀起波浪。救生气垫被抛来抛去，波林发出一声责备和惊愕的尖叫。摩托艇发出的噪音太大，司机根本听不见她的声音，而且不管怎样，他们掀起的大浪已经朝着岸边滚来，导致浅水区的大多数人要么被波浪带着跃起，要么跌了跤。

我和夏琳都没有站稳。我们在看着维娜走过来，所以背对着救生气垫。我们站在水里，水几乎漫到腋窝，几乎就在听到波林喊声的同时，我们被托起、抛了起来。我们可能像其他很多人一样尖叫，先是因为害怕，然后是出于开心，因为我们重新站稳了脚跟，海浪经过我们往前冲去。后续的浪潮没那么强劲，因此我们可以应付。

就在我们摔倒的那一刻，维娜猛地向我们跌来。当我们浮出水面时，脸上淌着水，双臂乱挥，而她在水面之下，整个人伸展着。到处都是一片喧嚣，尖叫和喊声此起彼伏，随着劲头小一些的波浪袭来，叫喊声越来越大，莫名错过了第一波袭击的人假装被第二波撞倒。维娜的头并没有露出水面，虽然她此时并不是一动不动，而是慢悠悠地转过身来，身姿宛如水母一样轻盈。我和夏琳把手放到了她身上，放到她的橡胶帽上。

这可能是一场意外。就好比，我们在试图保持平衡时抓住了身旁这个巨大的橡胶物体，几乎没有意识到那是什么，或是我们在做什么。我已经想好了。我觉得我们会被原谅的。小孩子。被吓坏了。

是的，是的。几乎不明白自己在做什么。

这些话是真的吗？从某种意义上说没错，因为我们一开始的确没有做任何决定。我们不是彼此对视了一眼，就决定去做那件事，那件意识清醒着做的事。意识清醒，因为当维娜试着把头浮出水面时，我们的确对视了一眼。她决心把头抬起来，就像锅里煮着的饺子。她身体的其他部分在水中徒劳无力地扑腾着。但头部知道应该做什么。

我们本可能抓不住，如果不是因为那颗橡胶头，因为那顶橡胶帽子上凸起的图案使它变得不那么滑。我可以准确回忆起那顶帽子的颜色，一种乏味的淡蓝色，但我始终无法破译摁进掌心的那隆起的图案：是一条鱼，一条美人鱼，还是一朵花？

我和夏琳一直盯着对方，没有低头看我们手上的动作。她的眼睛睁得很大，满是快乐，我猜我也一样。我认为我们当时并不觉得自己很邪恶，为邪恶的自己感到得意。更像是我们神奇地被选中要去完成这件事，仿佛这就是绝对的制高点，我们人生的巅峰，我们所能成就的最佳自我。

你可能会说，我们做得太过，已无法回头。我们别无选择。但我发誓，那种选择当时并不存在，对我们来说没有。

整个过程大概不超过两分钟。三分钟？一分半？

正在那时，阴郁的乌云消散了，这说可能太不真实，但在某一刻——也许是当摩托艇入侵，或者当波林高喊，或者当第一个波浪打过来，又或是当我们掌心里的橡胶帽不再有自己的意志时——阳光突然照了出来,更多的家长出现在沙滩上,有人高喊所有人停止胡闹,从水里出去。游泳时间结束了。对那些住得离湖水或市政游泳池很远的人来说,今年夏天的游泳时间全结束了。私人泳池只存在于电影杂志里。

正如我之前提到的,我记不起自己是怎么和夏琳告别,坐上了父母的车。因为这无关紧要。在那个年龄,事情都会结束。你预料到事情都会结束。

我确信我们从来没有说过任何平庸、侮辱又多余的话,比如:别说出去。

我能想象担忧开始时的情景,如果没有那么多正在争抢注意力的事件,焦虑蔓延的速度也许会更快。有个孩子掉了一只凉鞋,年纪最小的一个孩子尖叫着,波浪让她眼睛里进了沙子。几乎可以确定,有个孩子在呕吐,因为在水里时太兴奋,或者因为见到家人太激动,又或者一次性偷吃了太多糖果。

很快,但不是立刻,不安蔓延开来:有人失踪了。

"是谁?"

"一个特殊学生。"

"哦,见鬼。早该预料到的。"

负责管理特殊学生的那个女人仍然穿着花泳衣,粗壮的胳膊和腿上糊状的脂肪在摇晃。她的声音失控,带着哭腔。

谁去树林里看看,沿着小路找找,喊她的名字。

"她叫什么名字?"

"维娜。"

"等等。"

"怎么了?"

"水里是不是有什么东西?"

但我相信那时我们都已经离开了。

木头

罗伊给家具装软垫,也做旧家具翻新。他还接修理椅子和桌子的活儿,那些家具大多缺了横档或一条腿,要么就是破旧不堪。现在做这种工作的人已经不多了,所以活儿太多,他忙不过来。他不知道该如何解决这个问题。他不雇人帮工的借口是政府那边有很多烦琐的程序,但真正的原因可能是他习惯独自工作——他离开军队之后就一直是这样。对他来说,很难想象有别的什么人一直待在身边。如果他和妻子莉亚有儿子的话,这个男孩可能从小就会对这种工作感兴趣,并在年纪够大的时候加入他的作坊。即便是女儿也行。他曾经想过培养妻子的侄女黛安。黛安还是个孩子的时候,经常待在他旁边看他工作,而且,当她结婚之后——很突然,那时她才十七岁——还帮他干过一些活儿,因为她和她的丈夫需要钱。但她后来怀孕了,油漆脱离剂、木屑、亚麻籽油、上光剂和木烟的气味让她恶心。至少她是这么对罗伊说的。她和他妻子说的才是真正的原因:她丈夫认为一个女人做这种工作很不体面。

所以,有四个孩子的她如今在敬老院后厨帮工。显然,她丈夫认为这份工作还算过得去。

罗伊的工作间位于房子背后的一个小棚屋。小屋由柴炉供暖,给炉子添柴的过程让他多了一个兴趣,是私人性质的,但并不是个秘密。也就是说,所有人只知道他有这方面的兴趣,但没人知道他花了多长时间想这件事,以及这件事对他来说有多重要。

伐木。

他有一辆四轮驱动的卡车,一把链锯和一柄八磅重的劈斧。他在灌木丛里砍柴的时间越来越长。事实证明,柴火已经超出他个人的需要,所以他开始出售木柴。现在的房子通常在客厅和餐厅各有一个壁炉,而家庭娱乐室里还有一个小火炉。人们想要一直有柴可烧,而不仅仅只在聚会的时候或圣诞节。

他最开始去树林时,莉亚曾经为他担心过。她担心他自己一个人,可能会出什么意外,也担心他会让生意萧条下来。不是说他手艺衰退,而是工作时间受限。"你可不想让人们失望。"她说,"如果一个人说自己想在某个时间拿到某样东西,肯定都是有原因的。"

她将他的生意视为一种责任——他做这件事是为了帮助别人。当他涨价时,她觉得很尴尬——其实他也有同感——因此她还费尽心思告诉人们,这些日子里是哪些材料让他提升了成本。

她有自己的工作。趁她上班之后到树林去,在她到家之前折返,这并不困难。她在镇上一位牙医那里担任接待员和会计。对她来说这是份好工作，因为她喜欢与人交谈，对那位牙医来说也是一件好事，因为她家里人很多，又是忠实顾客，他们都坚定地相信，只有她的老板才能给他们看牙。

她的这些亲戚们，波尔一家、杰特一家和普尔一家以前经常来她家，不然就换她计划着去探望他们中的某一家。这一大家子人并不总喜欢待在一起，但他们确实做到了多聚一聚。圣诞节或感恩节的时候，总有二三十个人挤在一个地方，就算是普通的星期日，也能有十二三个人聚在一起：看电视、聊天、做饭、吃东西。罗伊喜欢看电视，喜欢聊天，也喜欢吃东西，但同时做其中任意两件事就不行，更别说三件。所以，当他们选择在他家聚会时，他逐渐养成习惯，起床之后就去小棚屋，用铁树或者苹果树树枝生火。两种树都可以，但苹果树更好，因为它有一种让人舒适的甜美芳香。无论是在外面，还是在满是污迹和油渍的架子上，他一直带着一瓶黑麦啤酒。他在家里也放了一些黑麦啤酒，从不吝啬于把酒分给宾客们，但是在小棚屋里给自己倒上一杯时，那酒会更好喝，就像当周围没人说"哦，这也太美好了吧"时，木烟也会变得更好闻。他平时从来不会在整修家具或是去林地的时候喝酒，只有在家里满是宾客的星期日才会。

他的独来独往并没有造成任何问题。亲戚们并不会觉得受到怠慢，他们对罗伊这种人兴趣有限，他才刚加入这个家族不久，甚至还没有贡献任何子嗣，而且跟他们完全是两种人。他们高大、豪爽、健谈。他矮小、壮实、安静。他的妻子整体来说很随和，而且她喜欢罗伊原本的样子，所以她没有责备他，也没有为他道歉。

他们俩都觉得,不知为何,他们对彼此意义重大,远远超出那些为儿女操劳的夫妇之间的感情。

去年冬天,莉亚几乎一直在生病,她得了流感和支气管炎。她觉得是自己感染了别人带进牙医办公室的各种细菌。所以她辞职了。她说反正自己已经有点厌倦了那份工作,她想有更多时间做一直想做的事情。

但罗伊从未真的搞明白那些事情是什么。她的体力大幅下降,而且并未好转,这似乎让她的性格也发生了很大的转变。访客让她焦虑,尤其是她的家人。她觉得自己太累,应付不来谈话。她不想出门。她依然把家里打理得得体,但每完成一些杂事,她就要休息一会儿,所以简单的家务会花去一整天。她对电视几乎完全没了兴趣,虽然当罗伊打开电视时,她依然会跟着一块儿看。她从前丰满、快乐的样子也不复存在,变得体形消瘦、面目模糊。那份温暖,那种光彩——还是别的什么让她从前看起来很美的东西——已经从她脸上,从她棕色的双眸里消散殆尽。

医生给她开了一些药,但她说不上来有没有用。她的一个姐妹带她去看了一位全科医生,咨询费是三百美元。她也说不出这对自己有没有好处。

罗伊想念从前的妻子,她那些玩笑话,她过往的活力。他想要那个她回来,但他无能为力,只能对这个严肃、无精打采的女人保持耐心。她有时会在自己的面前挥手,就像看见了烦人的蜘蛛网,或者是被荆棘窝困住。然而,当被问及她的视力时,她又说没问题。

她再也不开车了。她再也没有对罗伊去树林这件事发表过任何看法。

她也许会突然好起来，黛安说。（她基本上是唯一一个还来家里的人。）又或许好不起来了。

医生差不多也是这么说的，但措辞谨慎得多。他说自己给她开的那些药能让她不至于太过低沉。罗伊很想知道，多低沉才能算是太过低沉？而且，什么时候才能算是个头？

有时他会发现一片树林都被锯木厂的人砍光了，地上只剩树冠。还有些时候，他发现林业部门的人会进入某片树林，把树围起来，认为这些树应该被砍掉，因为它们病了、长歪了，或者不适合做木材。比如，铁树就不适合做木材，山楂树和蓝色山毛榉也是。每当他看到这样的树林，就会去联系农场主或是其他所有者，然后协商，如果最终能定好一个价格的话，他就进去把那些木头带走。这些活动大多发生在晚秋，也就是现在，十一月或十二月初，因为那是卖木柴的时候，也因为那是把卡车开进树林的最佳时机。农场主如今没有一条常用的、能绕到树林里的通路，不像从前他们自己砍树、拉木头那时候。你经常需要穿过田野开进去，而一年只有两个时机能让你这么做——犁地之前和作物收割之后。

作物收割之后的时间点更好，秋霜能让地面更硬一些。今年秋天的木头需求比往年都大，罗伊一周得去两到三趟。

许多人通过树叶或树木的大体形状和大小来分辨树种，但走在树叶已经掉光的深林里时，罗伊只能依靠树皮。铁树是一种重而好用的木柴，粗壮的树干上有一层粗糙的棕色树皮，但枝干末端很光滑，略带明显的红色。樱桃树是林地中颜色最黑的树，树皮鳞片如画一般。大多数人都惊讶于这里的樱桃树长得有多高，一点也不像果园里的樱桃树。苹果树更像它们的果园代表，和樱桃树相比没有那么高，树皮也没有那样明显的鳞片，不会明显发黑。白蜡树像军人一样，树干有着灯芯绒般的棱纹。枫树的灰色树皮表面不规则，阴影处有黑色条纹，有时相交构成粗糙的矩形，有时则毫不相交。这种树皮有一种令人舒适的粗糙感，跟枫树很搭，因为它很亲切，也很常见，还是大多数人想到树时脑海里出现的形象。

山毛榉和橡树是另一回事。它们身上有一些引人注目的张扬之处，尽管都没有大榆树那么可爱的外形，如今大榆树几乎都不见踪影。山毛榉有着光滑的灰色树皮，和大象的皮肤一样，人们通常会选择把名字缩写刻在它们身上。数年、数十年流逝，这些刻印逐渐变宽，细长的刀刻凹槽最终变成无法辨认出字母的斑，宽度明显大于长度。

树林里的山毛榉能长到一百英尺高。在开阔的地方，它们伸展开来，宽度和高度差不多。但在森林里它们只能往上蹿，顶部的枝干会急转弯，看起来像是鹿角。但这种看起来很傲慢的树也有弱点，那就是扭曲的纹路，这一点可以通过树皮上的波纹看出来。这预示着它们可能会折断，或是被大风吹倒。至于橡树，它们在这个国家并不是特别常见,不如山毛榉,但总是极其显眼。枫树总是看起来像后院里常见的必备树木,而橡树总是看起来很像故事书里的树——就比如,所有以"很久以前,在一片树林里"开头的故事中,那些树林里都长满了橡树。它们暗色的、闪亮的、锯齿状的叶子加深了这种印象,但即便在叶子掉光之后,它们似乎一样具有传奇色彩。你可以清楚看见那颇具厚度的软木般的树皮,表层的灰黑色和复杂的纹路,以及那宛如魔鬼触手般曲折盘绕的树枝。

罗伊认为,只要你知道自己在做什么,独自砍树就谈不上危险。当你准备砍倒一棵树时,首先要判断它的重心所在,然后锯一个七十度的楔形切口,要确保重心刚好在切口上面。当然,楔形切在哪一面,树最终就会往哪个方向歪倒。然后,你得再从另一侧锯一个让树能倒下去的切口,不需要连接楔形切口,但得和它的高点对齐。一直锯到只剩一块铰链状的木头,它是树的重量中心,必须让树从那个位置倒下,最好不要让它碰到其他树的枝干,但有时没办法避免。如果一棵树倒进了其他树的树枝中,而你无法把卡车开到合适的位置,用链条把它拖出来,那你只能从下方把树干锯成几段,直到上面的部分自己掉下来。当你成功砍下一棵树,但它被下方长着的树枝支撑住,这时,想让树干部分落地,你就得把多余的枝干锯掉,直到触及那些真正起支撑作用的枝干。它们承受着重压,也许已经弯成了弓形。诀窍是要以特定的方式去锯,确保树的主干会从你身边滚远,而枝干部分也不会打到你。等到树干安全落地,再把它锯成可以放进炉子的木段，用斧子把木段劈成柴火。

有时会有意外。有些木段太过畸形，没法用斧头劈开，这时就必须将它们侧放，再用链锯割开。在带走用这种方法切下的木屑和树皮时，你会发现它们都呈长片状。此外，对于一些山毛榉或枫树来说，必须先把树段的侧边部分割掉，也就是从各个方向沿着年轮线进行切割，等到树段最终几乎变成方形，变得更容易处理。有时还会碰上迟钝的木头，也就是年轮之间长着真菌的木头。但总的来说，正如你所预想的那样，树干的硬度要大于树枝，而部分生长于开阔空间的宽大树干，要比挤在林地中央向上生长的细长树干更为坚硬。

会有意外。但你总能做好相应的准备。如果你做足准备，就不会有危险。他过去常常想向妻子解释这一切：步骤，意外，辨认过程。但他想不出该如何讲述才能让她有兴趣听下去。有时他希望自己能在黛安小时候就把知识传给她。她现在再也不会有时间听了。

某种程度上，他对木头的想法过于私密，显得贪求，近乎痴迷。在其他任何方面，他从来都不是一个贪婪的人。但他会因为一棵想拿到手的美丽山毛榉而夜不能寐，想知道它是否像外表看上去那样令人满意，或者还隐藏着什么奇招。他惦记着整个县里所有他还没见过的林地，它们位于农场背后，私人农田的后面。当他行驶在穿过树林的道路上时，他会左看右瞧，生怕错过什么。对他来说毫无用处的东西也会引发兴趣，例如，一片过于娇嫩、瘦弱得不起眼的蓝山毛榉林。他会去看那些竖直的深色枝条如何沿着苍白的树干向下倾斜,他会记下它们的位置。他想在脑海中画出一幅地图,标记他所看到的每一片树林,尽管他可能会找一些实际用途来佐证其合理性,但那并不是全部真相。

初雪过去一天左右,他正在某片树林中查看部分被围起来的树。他有权去那里——他已经和那个叫苏特的农场主谈过了。

树林的边缘有一个非法的垃圾场。人们一直把垃圾扔在这个隐蔽的地方,而不是带去镇上的垃圾场,可能因为那里的开放时间不适合他们,或者去那里没那么方便。罗伊看到垃圾场里有东西在动。是条狗吗?

但随后那个影子挺直了身体,他这才看清那是一个穿着脏衣服的人。事实上,那是珀西·马歇尔,正在翻垃圾,看能不能找到什么东西。过去,你有时能在这些地方找到有价值的旧瓦罐或瓶子,甚至是一个铜锅炉,但现在不太可能了。而珀西并不是一个博学的拾荒者。他只是在找任何自己能用的东西,但要想找到合适的会很难。这堆垃圾里充斥着塑料容器、破损的纱窗和填充物还暴露在外面的床垫。

珀西住在离这儿几英里远的一个十字路口,他独居在一栋被木板封住的废弃空屋里,房间位于屋子后侧。他常常在大路上,也会沿着小溪,走过小镇,自言自语,有时像一个傻瓜流浪汉,有时又表现得像一个精明的当地人。他自愿选择了营养不良、肮脏和缺乏舒适的生活。他曾试过县里的救济院,但他受不了那种流程化的日子,也受不了周围都是老年人。最早他在一家经营得很不错的农场干活儿,那是很久以前,但农民的生活太过单调,所以他便逐渐沉沦下去:非法买卖,拙劣的入室盗窃,还蹲过不少监狱。在过去大约十年时间里,他又一路向上,拿到了养老金,生活多少又有了保障。他甚至还在当地报纸上刊登过自己的照片和评论文章。

《最后的另类:本地的自由灵魂分享经历和见解》。

珀西吃力地从垃圾堆里爬出来,似乎觉得有必要聊上几句。

"你要去把它们,把那些树运出来吗?"

罗伊说:"或许吧。"他认为珀西可能是想让他送自己一份木柴。

"那你最好动作快点。"珀西说。

"为什么?"

"这个地方马上就要被合同承包了。"

罗伊没办法,只能遂了他的意,问是什么合同。珀西确实很爱说长道短,但他不会骗人。至少不会在他真正感兴趣的事情上撒谎,比如交易、遗产继承、保险、入室盗窃,各种牵扯到金钱的事。如果你以为那些从未成功赚到钱的人没有忙着考虑如何赚钱,那你就错了。这是个意外,对那些以为他是流浪哲学家、只沉湎于过去的人来说。尽管需要的时候,他也能就哲学侃侃而谈。

"听说有这么个家伙。"珀西说着,开始引出主题,"我当时在镇上。我不确定。好像这家伙经营着一家锯木厂,他和河流旅馆签了合同,他会给他们提供整个冬天需要的木头。一天一捆。他们需要烧这么多。一天一捆。"

罗伊说:"你从哪儿听说的?"

"啤酒馆。好吧,我偶尔会去那儿。我从来没喝超过一品脱。有一些我不认识的家伙,但他们也没喝醉。在聊那是哪里的树林,就是这一个。苏特的树林。"

罗伊上周才和那个农场主谈过,他还以为自己已经基本将这笔交易敲定了,只剩一些例行的收尾工作。

"那可是好大一堆木头。"他轻松地说。

"确实是。"

"如果他们想全都拿走,就必须得有执照。"

"当然。除非他们做了什么手脚。"珀西格外高兴地说。

"那跟我没关系。我已经够忙活了。"

"我猜也是。够你忙活了。"

回家路上,罗伊一直忍不住去想这个故事。他曾经时不时地把一些木头卖给河流旅馆。但如今他们肯定已经打算找一个稳定的供应商,而他不是那个人选。

他想着在眼下这种雪天,要把那么多木头带出来有多困难。在真正的冬天来临之前,唯一能做的就是把原木拉到开阔的田野里。必须尽快把它们弄出来,集中堆在那儿,锯断,再劈成小块。要把木头弄出来,你需要一台推土机,或者至少是一台大拖拉机。你得开辟一条道路,然后进去用铁链把它们拉出来。你需要一个团队,这些事情一两个人绝对无法完成。必须是大规模作业。

因此这听起来不像是兼职作坊能完成的事，比如他自己经营的那种。对方可能是一个大型机构，完全是本县外的人。

罗伊与艾略特·苏特交谈时，对方完全没有透露过这桩生意。但很可能是那过后才有人上门找他，于是他决定把罗伊那非正式的提议抛之脑后。决定让推土机入场。

晚上，罗伊想打电话去问问情况。但他又觉得，要是农场主真的改变了主意，那他也毫无办法。口头协议并不能作为任何依据。对方完全可以直接让他走人。

对罗伊来说，最好的做法可能就是表现得好像从未听过珀西的故事，从未听过任何"其他家伙"的事——在推土机到达之前，尽可能快地进入树林，带走所有他能拿下的树。

当然，总有这么一种可能性，是珀西把整件事弄错了。他不太可能只为了惹罗伊不高兴就编造这么一出，但有可能扭曲了部分事实。

然而，罗伊越想越觉得不会有这种可能。他脑子里总是浮现推土机和用链条拴着的原木，田野里堆积如山的大堆原木，拿着链锯的人。现在的人就是这么做事的。大规模作业。

这个故事之所以产生如此大的影响，部分原因是他不喜欢河流旅馆，那是一家位于游隼河上的度假酒店。它建在一座旧磨坊的遗迹上，离珀西·马歇尔居住的十字路口不远。事实上，珀西居住的土地和房子都归这家旅店所有。有人曾计划拆除那栋房子，但事实证明，旅馆客人没有什么事可做，他们喜欢沿着马路走去拍照，拍那座废弃的建筑、老旧的耙子和旁边倒置的马车、那些没用的水泵，还有珀西，当他同意被拍的时候。有些客人会给他画素描。他们来自遥远的渥太华和蒙特利尔，确凿地认为自己身处偏远地区。

当地人去旅馆是为了吃一顿特别的午餐或晚餐。莉亚和牙医、牙医妻子、牙医助手和助手丈夫一起去过一次。罗伊不肯去。他说他不想花那么多钱吃一顿饭，即便是别人付钱。但他并没有完全搞清楚自己为什么讨厌那家旅馆。他并不完全反对人们为了享受而花钱，也不反对其他人从想花钱的人身上赚钱。的确，旅馆里的古董是由他以外的工匠修复和翻新的——压根儿都不是本地人——但即使让他去做，他多半也会拒绝，说自己工作太多，抽不开身。当莉亚问他觉得这家旅馆到底有什么问题时，他唯一能想到的是，当黛安去那里应聘服务员的工作时，他们拒绝了她，理由是她超重。

"不过，她确实超重了。"莉亚说，"她现在也是，连她自己都这么说。"

确实。但罗伊仍然觉得那些人是势利小人。抢夺者和势利小人。他们把新楼盖得像老式的商店和老式的歌剧院，纯粹作秀。他们烧柴火也是作秀。一天一捆。所以现在才会有一堆操作员开着推土机把树林夷为平地，仿佛那儿只是一片玉米田。你都能想到，这就是那种他们能使出来的专横手段，那种你能猜到他们干得出来的掠夺行径。

他把自己听到的故事告诉了莉亚。他什么都会跟莉亚讲，这是他的习惯,但他已经习惯了她如今并不会真正听进去,所以几乎没注意到她没有回应。这次她重复了他亲口说过的那句话。

"没关系。反正你手上的活儿都够多了。"

他应该猜到她会这么回应,无论她状态是好是坏。没抓住重点。但妻子不就是这样的吗?丈夫多半也是。只有百分之五十的时候真的在场。

第二天早上,他在一张活板桌上工作了一会儿。他打算在小棚屋里待上一整天,完成几项逾期未交的工作。接近中午时,他听到黛安那辆车上消声器发出的噪音,向窗外望去。她要带莉亚去看一位反射学家,她认为这对莉亚有好处,莉亚没有反对。

但她正朝小屋走来,而不是去房子那边。

"你好。"她说。

"你好。"

"工作忙着?"

"一直忙着。"罗伊说,"来我这儿工作吗?"

这几句是他们的惯例。

"我已经有一份工作了。听着,我来这里是想请你帮个忙。我想借一下卡车。明天用,我要带老虎去看兽医。汽车对付不了他。他太大了,装不下。我不想麻烦你,但是没办法。"

罗伊说没问题。

带老虎去看兽医,他想,那会让他们花不少钱。

"你不需要用卡车吗?"她问,"我是说,你用汽车也行?"

当然，他本来的打算是，只要他今天把活儿干完，明天就去林地。他当下决定，必须今天下午就去那儿。

"我会给你把油加满的。"黛安说。

所以他现在还要记得做另一件事，那就是自己把油给加满，省得她来做。他正准备说："你知道，我想去那儿，是因为有个紧急情况，而我一直忍不住去想——"但她已经出了门，去找莉亚。

等到确定她们已经走远，他就把东西整理好，上了卡车，开到他前一天去的地方。他想过要不要顺路去找珀西问问清楚，但最终觉得那没什么用。一旦他流露出好奇，珀西就会开始胡编乱造。他还想过要不要再去和农场主聊聊，但出于和昨晚相同的原因，他决定不那么做。

他把卡车停在通往林地的小路上。这条小路很快就不成形了，甚至在它消失之前，他就已经走下了小路。他四处走来走去，查看那些树，它们看起来和昨天一样，丝毫不像是牵扯进了任何阴谋诡计。他随身带着链锯和斧头，觉得自己得加快动作。要是有人过来，要是有人质疑他，他会说农场主给过许可，而且自己对其他交易完全不知情。除此之外，他还会说，他打算继续砍树，除非农场主亲自来让他离开。如果真是这样，他当然得走了。但那不太可能发生，苏特那个人体形巨大，但臀部有些毛病，所以不太可能在自己的土地上闲逛。

"……没有权利……"罗伊说，他自言自语的样子很像珀西·马歇尔，"我只认白纸黑字。"

他在跟那个从没见过的陌生人说话。

所有林地的地面表层通常都比周围土地更为粗糙。罗伊一直认为这是树木倒下造成的。树根扯开地表，然后留在原地，慢慢腐烂。它们躺着腐烂的地方会有一个土堆，而树根连带着泥土被扯出来的地方会留下坑洞。但他读到过——就是最近的事，他希望自己能记起来是在哪里读到的——这种差异其实很早之前就已经形成，远在冰河时代刚结束时，那时候，地层之间形成冰，而冰促使地表向上隆起，形成奇特的小丘，今天的北极圈就是如此。在那些土地还没有被夷平、利用的地方，依然留有各种小丘。

此刻发生在罗伊身上的事最为寻常，但也最令人难以置信。这事可能会发生在任何愚蠢、恍惚的林地漫步者身上，在呆滞地欣赏着自然之美的游客身上，在觉得林地可以像公园那样用来散步的人身上，在某个穿着轻便鞋而非靴子、懒得看路的人身上。在过往数百次进入林地的经历里，这事从来没有发生在罗伊身上过，连差点发生的可能性都没有过。

已经下了一会儿小雪，地面和枯叶变得湿滑。他的一只脚打滑，扭了一下，然后另一只脚猛地踩进被雪覆盖的落叶层，没想到地面原来这么深。也就是说，他粗心地踩了一步，然后几乎一脚掉进了一个应该小心翼翼试探着踩的地方，而且是一个只要附近有更好的落脚点就应该彻底规避的地方。即便如此，发生了什么？他并没有重重摔进去，不像跌进土拨鼠的洞那么严重。他失去了平衡，却依然勉强回正了身体，几乎带着一种难以置信的心情，又紧接着摔倒了，打滑的那只脚不知怎的卡在了另一条腿下面。摔倒的时候他将锯子拿开，还把斧子甩了出去。但甩得不够远，斧柄重重地击中了他扭曲着的那条腿的膝盖。他整个人被伸出的锯子带着摔倒在地，但至少没有摔到它上面。

他感觉自己几乎是以慢动作跌落的，精心思索过，却避无可避。他完全有可能摔断肋骨，但他没有。而且斧柄完全有可能飞起来击中他的脸，但也没有。他完全有可能砍伤自己的腿。他想到这些可能性，并没有立刻如释重负，而是觉得似乎还无法确定它们是否真的没有发生。因为这一切开始的方式——他滑了一脚、踩中灌木丛、摔倒的过程——是如此愚蠢、笨拙，如此难以置信，任何荒唐的结果都有可能随之发生。

他开始试着站起来。两个膝盖都受了伤，一个被斧柄击中，另一个是落地时摔的。他抓住一棵小樱桃树的树干——他的头本来完全可能会被它打伤——试着站起来。他试探性地把重量放在一只脚上，只让另一只脚轻触地面。就是那只打滑之后扭在他身下的脚。一分钟后，他试着走路。他弯下腰去捡锯子，几乎又要瘫倒一次。一阵疼痛从地面直蹿上他的脑门。他不再管锯子，挺直身子，不确定哪里在疼。是那只脚——难道他弯腰的时候让它承担了重量？疼痛感又回到了那只脚踝。考虑到这一可能性，他尽可能地伸直受伤的那条腿，然后非常小心地试着把脚放在地上，试着承受自己的重量。痛感难以置信。他不敢相信疼痛会如此持续，持续到令他难以承受。肯定不只是崴了一下脚踝，而是彻底扭伤了关节。有骨折的可能性吗？他穿着靴子，那只受伤的脚踝看起来跟另外可靠的那只并无区别。

他知道自己必须得忍耐。他必须习惯这种痛苦，才能走出去。所以他继续尝试，但并没有任何进展。那只脚无法承重。它一定是骨折了，脚踝骨折。尽管只是小伤，老太太在冰上滑倒时那种。他很幸运。脚踝骨折，轻伤。然而他一步也走不了。他没法走路。

他终于明白，为了回到卡车上，他必须抛下斧头和链锯，靠双手和膝盖爬出去。他尽可能轻地让自己伏下身，然后拖着身体，沿着自己的靴子印爬行，此刻脚印里已经落满了雪。他想过检查一下钥匙所在的口袋，确保拉链拉好了。他甩掉鸭舌帽，任凭它掉在那儿。帽檐会挡住他的视线。现在，雪正落在他裸露的头上。但并不太冷。情况并不算太糟，只需接受爬行也是一种移动方式——意思是，并不是完全不可能，只不过光凭双手和那个稍微好点的膝盖会比较艰难。现在他很小心，将身体拽过灌木丛，穿过树苗地，爬过起伏的地面。即使他可以直接滚下一个小坡，他也不敢，因为他必须得保护好那条受伤的腿。他很高兴自己之前没有走任何泥泞的地方，也很高兴自己没有在折返前耽误更多时间。雪越下越大，他的足印几乎被覆盖了。如果没了这条痕迹，他匍匐在地面上，很难知道正确的出路。

一开始，他的处境显得如此不真实，但现在已经越来越自然了。靠着两只手、两个手肘和一个膝盖前进，在地面上匍匐，确定一根圆木没有被蛀空，然后再趴着爬过去，手里全是腐烂的叶子、尘土、雪和泥——他没办法继续戴手套，那样没法靠触感去正确判断树林地面上的种种东西，只能靠他那双冻僵、擦伤、裸露着的双手。他已经不会对自己惊讶了。他也不再惦记遗落在那儿的斧子和锯子，虽然一开始他很难将自己的思绪从它们身上转移。他几乎不再回想那整个意外。无论如何，它已经发生了。整件事已经不再显得那么不可置信，不甚自然。

路上有一个相当陡峭的坡要爬，到达坡底时，他松了一口气，为自己已经爬了这么远而欣慰。他把双手放到夹克里暖了暖，一次只放一只。不知为何，他想到黛安穿着她那件难看的红色滑雪外套的样子，他觉得她的人生就是她的人生，担心也没有多大用。然后他想到他的妻子，想到她假装被电视逗笑的样子。她安静的模样。至少她吃得饱穿得暖，过的不是什么沿着道路艰难前进的难民生活。本可能会有更糟的事，他想。更糟的事。

他开始爬坡，靠着手肘和那个虽然酸痛但还能使力的膝盖攀住地面。他努力向前。他咬紧牙关，好像这样就可以防止他往回滑；他去抓自己能看到的任何裸露的树根和还算结实的根茎。有时他抓不住任何东西，会往下掉，但他会努力让自己停下，然后再一点点往上挪动。他从不抬头判断自己还有多远要爬。如果他假装这个坡永无止尽，那么抵达顶端就会变成一种奖励，一种惊喜。

花了很长时间。但他最终将自己拖到了平地，而且越过眼前的树林和落雪，已经能看见他的卡车。那辆卡车，那辆老旧的红色马自达，一个忠实的老朋友，正奇迹般地等待着。回到平地让他重燃斗志,他跪了起来,轻轻地,轻轻地对待那条受伤的腿,利用那条好一点的腿颤颤巍巍地站了起来,伤腿拖在身后,宛如摇晃的醉汉。他稍微试着往前跳。不行。他会失去平衡。他又试着放一点重量到受伤的腿上,只一点点,然后他意识到自己可能会痛晕过去。他又重新伏下身,换回原来的姿势,开始爬行。但他没有直接穿过树林去卡车那儿,而是转到恰当的角度,朝着他知道的那条小路所在的位置前进。到达小路之后,他便能更快抵达终点。小路上有坚硬的车辙,那些泥土白天因为太阳照射而融化,此时已经又开始结冰。这条路对他的膝盖和手掌都很残酷,但除此之外,这比他之前所经过的路线要容易得多,他甚至轻松得有些眩晕。他能看见前面的卡车。看着他,等着他。

他还能开车。受伤的是左脚,太幸运了。现在最糟糕的时候已经过去,许多棘手的问题一一涌来,还有一种释然。谁会帮他拿锯子和斧子,他怎么才能和别人解释清楚它们的位置?再过多久,它们就会被雪覆盖?他什么时候才能重新走路?

没用。他甩掉脑中的疑问,抬起头又看了一眼卡车,为自己鼓劲。他再次停下来休息,暖了暖手。现在他可以戴手套了,但何必毁了它们?

一只大鸟从灌木丛中飞到他的身侧,他伸长脖子,想看看那是只什么鸟。他觉得那是一只鹰,但也可能是一只秃鹫。如果它真是秃鹫的话,它会发现他吗?看到他受了伤,它会觉得自己走运了吗?

他等着看鸟飞回来,这样就可以通过它飞的样子和它的翅膀,来判断它究竟是什么。

在他这样做的同时,在他等待并留意那只鸟的翅膀时——是一只秃鹫,对那个在过去二十四小时里占据了他的故事,他开始有了截然不同的崭新认知。

卡车在移动。它是什么时候被发动的?是在他观察那只鸟的时候吗?一开始只是动了一点点,在车辙中轻轻摇晃。也许是他出现了幻觉。但他能听到引擎的声音。它要开走了。难道有人趁着他分心的时候钻进了车?还是有人一直在车里等着?他肯定锁了车,而且钥匙还在他自己身上。他又摸了摸拉好拉链的口袋。有人竟然当着他的面偷卡车,而且还没有钥匙。他蹲伏在地上,朝着卡车大喊、挥手,好像这么做就能有用似的。但卡车并不是想后退到转弯处,然后开走;它沿着坑洼的车道径直朝他开了过来,现在,驾驶人还按起了喇叭,不是警告,而是打招呼,然后车开始减速。

他看见是谁了。

唯一拥有另一套钥匙的人。唯一可能的人。莉亚。

他挣扎着用那条没受伤的腿支撑起整个身体。她从卡车上跳下来,跑过来扶住了他。

"我就那么掉下去了。"他气喘吁吁地告诉她,"那是我一生中做过最愚蠢的事。"然后他想问她是怎么过来的。

"反正我不是飞过来的。"她说。

她说自己是开车过来的——她说话的口气就像她从来没有放

弃过开车一样——开着那辆小轿车来的，但她把车留在了大路边。

"对这条小路来说太轻了。"她说，"我想它可能会陷进去。但其实不会，这里的泥都被冻硬了。"

"我当时看见了卡车。"她说，"所以我就走了进来，当走到卡车边时，我用钥匙打开车门，坐到车上。我想你很快就会回来，因为正在下雪。但我从来没有想到你会用手和膝盖过来。"

也许是因为走了路，也许是因为寒冷，她的脸变得明亮，声音也变得高昂。她蹲下看了看他的脚踝，说她觉得脚踝肿了。

"还可能更糟的。"他说。

她说只有这次她没有担心他。唯一没担心的一次，反而是她最应该担心的一次。（他没纠正她，说她已经好几个月没有表现出对任何事情的担心了。）她丝毫没有一丝预感。

"我来见你是想告诉你。"她说，"因为我等不及想告诉你。那个女人在给我做诊断的时候，我突然有一个想法。接着我就看到你在爬。然后我想，我的天哪。"

什么想法？

"哦，那个。"她说，"哦——其实我不知道你会怎么想。我可以晚点再告诉你。我们得先处理你的脚踝。"

什么想法？

她的想法是，珀西听说的那个交易根本就不存在。珀西确实听到了一些谈话，但根本不是某些陌生人拿到了进入林地砍伐的许可证。他听到的内容正是关于罗伊本人。

"因为那个老艾略特·苏特一直都喜欢说大话。我认识那家人，他的妻子是安妮·普尔的妹妹。他到处炫耀他拿到了一笔大生意，各种添油加醋，一开始说的那些细节就不用再提了吧？反正最后又加了河流旅店，还有一天一百捆。喝醉酒的人传来传去，最后传到你这儿。而你其实已经有了一个合约，我的意思是，你本来和他就达成了协议——"

"好吧，听起来挺傻的。"罗伊说。

"我知道你会这么说，但你想想——"

"听起来确实很傻，但大概五分钟之前，我也想到了一样的解释。"

确实是真的。这就是他抬头看秃鹫时想到的。

"所以你懂了吧。"莉亚满意地笑着说，"一切确实和旅店有关，但关系根本不大，只是演变成了这么个故事。一个跟赚大钱有关的故事。"

他想，这才是真相。他听到的传闻根本就是关于他本人的。这场闹剧的源头竟然是他自己。

推土机不会来，带着链锯的人也不会聚集于此。白蜡树、枫树、山毛榉、铁树、樱桃树对他来说都是安然无恙的。目前，一切都安然无恙。

莉亚因扶着他而上气不接下气，但还能说："聪明的头脑总是相似的。"

现在不是指出她变化的时候。就好像你不会对站在梯子上的人表示祝贺一样。

他把自己抬进卡车副驾时——还有一部分力量来自她的托

举——撞到了脚。他呻吟了一声,那声音和他自己一个人时发出的呻吟声不同。他并不是要刻意夸大自己的痛感,只是想用这种方式向妻子描述它。

他甚至想把它送给妻子。因为他知道,虽然妻子已经恢复活力,但他此刻的感受并不像他预想中那样。而他发出的声响可以帮忙掩盖那份缺失,或为它开脱。当然,他自然该要谨慎些,毕竟他并不确定她如今的状态会一直持续下去,还是会转瞬即逝。

但是,即便她会一直好下去,即便一切都一直好下去,还是有一些别的问题。一种失落的感觉令疼痛变得模糊。他会羞于承认的损失,假如他有精力的话。

夜色已深,大雪浓密,他只能看清最前面的树。以前他也曾在这个时间点来过这里,初冬夜幕降临的时候。但这次他认真去看,才注意到,这片树林的有些特点是他之前没发现的。它的内部是那么纠缠不清,显得那么稠密、隐秘。并不只是一棵树纠缠着另一棵,而是所有树纠缠在一起,成为彼此的同谋,勾连成一个整体。悄悄背着你,变换模样。

树林还有另外一种说法,这个名字潜伏在他的脑海中,进进出出,他差一点就能捕获它。但不完全可以。那是一个挺重大的词,听起来略带不祥,但又毫不在意。

"我丢了斧子。"他机械地说,"我丢了锯子。"

"丢了就丢了,我们再找人进去拿。"

"还有轿车。要不你下去开轿车,让我来开卡车?"

"你疯了吗?"

她的声音有些心不在焉,因为她正在把卡车倒进转弯处。慢慢地,但不至于过缓,卡车在车辙中弹跳,但始终保持在车道上。他不习惯从这个角度看后视镜,所以他降下车窗,伸长脖子转过头,让雪落在脸上。这么做不仅仅是为了看她做得如何,也是为了在一定程度上消除逐渐涌来的温润的虚弱。

"慢点。"他说,"对。慢点。现在可以了。你没事的。没事了。"

当他在说这些话的时候,她在聊某件和医院有关的事。

"……得让他们给你看看,先做要紧事。"

据他所知,她以前从未开过卡车。

但她开得很棒。

森林。就是这个词。这个词一点也不奇怪,只是他可能从来没使用过。带有一种过于正式的意味,他通常都会对此加以回避。

"一片荒芜的森林。"他说,仿佛在给某种东西戴上帽子。

幸福过了头

> 许多没有学过数学的人把数学和算术混为一谈，认为它是一门枯燥、乏味的科学。但实际上，这门科学需要极大的想象力。
>
> ——索菲娅·科瓦列夫斯卡娅

一

一八九一年一月的第一天，一个瘦小的女人和一个高大的男人在热那亚的旧公墓里散步。他们两人都四十岁左右。女人有着孩子般的大脑袋，一头浓密的黑色鬈发，她的表情热切，略带恳求。她的脸已经显出一些沧桑。男人体形巨大。他重达二百八十五磅，骨架很大，再加上他是俄罗斯人，别人经常叫他"熊"，或者"哥萨克"。此刻，他正蹲在墓碑前，往笔记本上写字，一边收集碑文，一边思索着那些让他困惑的缩写，他一时想不起它们的含义,尽管会说俄语、法语、英语和意大利语,还对古典和中世纪拉丁语有一定了解。他的知识和体格一样广博,虽然专业领域是政府法律,他却能讲授美国当代政治制度的发展、俄罗斯和西方社会的特点以及古代帝国的法律和立法实践。但他不是个书呆子。他为人机智,很受欢迎,在各个层面上都很自如,而且,他在哈尔科夫有房产,因此生活得也很舒适。然而,他被禁止在俄罗斯担任学术职务,因为他是自由主义者。

他的名字很适合他。马克西姆。马克西姆·马克西莫维奇·科瓦列夫斯基。

和他在一起的女人也是科瓦列夫斯基家的人。她嫁给了他的一个远房表亲,但现在是寡妇。

她打趣地跟他说话。

"你知道我们俩有一个人会死吧。"她说,"我们俩之中有一个人今年就会死。"

他心不在焉,只是问她,怎么这么说。

"因为我们新年第一天就来墓地里散步。"

"的确。"

"原来你也有不知道的事。"她以自己那种俏皮又急迫的语气说道,"我八岁之前就知道了。"

"女孩更多时候和厨房女佣待在一起,而男孩都是待在马厩里。我想这就是原因。"

"男孩待在马厩里,就不会听说死亡吗?"

"不太会。注意力都在别的地方。"

那天下了雪，但雪很松软。在他们走过的地方，留下了消融的黑色脚印。

她第一次见到他是在一八八八年。他来到斯德哥尔摩，为建立一所社会科学学院提供建议。他们有着一样的国籍，甚至还有一样的姓氏，即便没有其他引人注目的东西，人们也会将他们放在一起。他和她一样，都是不被故乡所欢迎的自由主义者，她有责任去招待和照顾他。

但事实证明，根本不存在责任。他们一拍即合，仿佛真的是失散多年的亲人。一连串的笑话和提问接踵而至，他们能立刻理解彼此，用激动急促的俄语交流，仿佛西欧的语言都是脆弱又庄重的牢笼，而他们已经被禁锢太久；又或者，那些语言只是微不足道的替代品，根本不是真正的人类言谈。很快，他们在行为上也逾越了斯德哥尔摩的礼节。他在她的公寓待到很晚。她独自一人去他住的旅馆吃午饭。当他在冰面上意外伤到腿时，她帮他泡澡、穿衣，更重要的是，她还告诉了别人。那时她很相信自己，尤其还很相信他。她借德·缪塞[1]的诗行向一位朋友描述他。

> 他为人欢欣，但个性阴郁——
> 会是个讨嫌的邻居，但也是卓越的战友——

---

[1] 指 Alfred de Musset（1810—1857），法国浪漫主义诗人、小说家、剧作家。

极度轻浮，却又极具感染力
天真得让人不平，但又甚为漠然——
极其真诚，同时也相当狡猾。

最后，她写道："除此之外，他还是一个真正的俄国人。"

胖子马克西姆，她当时这么称呼他。

"我从来没有那么想写爱情故事，除了和胖子马克西姆在一起的时候。"

还有："他占据了太多的空间，在沙发上，在我的脑海中。他在的时候，我完全思考不了任何事情，除了想他。"

那时刚好是她应该日夜工作、准备提交博丁奖[①]参选作品的时候。她对同是数学家的米塔－列夫勒开玩笑说："我不仅冷落了我的函数，还忽略了椭圆积分和刚体。"正是米塔－列夫勒说服了马克西姆，让他明白得去乌普萨拉讲一段时间的课。她摆脱了对他的思念，摆脱了白日梦，回到了刚体运动，继续研究如何通过具有两个独立变量的 θ 函数来解决所谓的水妖难题。她工作很拼命，但也很开心，因为他仍然在她的脑海里。当他回来时，她感到筋疲力尽，但充满胜利的喜悦。两个方面的胜利：她的论文只需最后的润色，就可以匿名提交；她的情人虽然总是在咆哮，但也很高兴，他急切地结束了自己的放逐之旅，并且正如她所想的那样，种种迹象表明，他打算娶她为妻。

[①] 法国科学院颁发的科学奖项。

是博丁奖破坏了他们的关系。索菲娅是这么认为的。起初，她的确被它迷住了，被那些枝形吊灯和香槟弄得眼花缭乱。赞美让她头晕目眩，人们频频惊叹，亲吻她的手背，一切已然铺天盖地，覆盖了某些不便明说但又无法改变的事实。事实是，他们永远不会给她一份配得上她天赋的工作，她能在一所省级女子高中任教就已经称得上幸运。当她还沉浸在喜悦中时，马克西姆突然逃跑了。当然，他从来没提过真正的原因，只说他有论文要写，他需要在博略镇生活的那种和平与宁静。

他觉得自己被忽视了。一个不习惯被忽视的男人，他可能从未在任何沙龙、任何招待会被如此对待过，因为他是一个成年男人，在那里成年男人不会有这种待遇。在巴黎时情况并不完全是这样。索尼娅[①]是焦点，但他并没有被忽视到宛如隐形，一如往常。一个有着坚实价值和可靠声誉的男人，具有一定的视野和才智，加上轻盈的风趣，一种机敏的男性魅力。而她则是彻头彻尾的新鲜事物，一个讨喜的异类，有数学天赋，也有属于女性的羞怯，很迷人，但在她的鬓发之下，有着异于常人的头脑。

他从博略寄来冷漠而烦闷的道歉信。她想在忙完这一阵之后去看他，但他拒绝了。他说，有一位女士和他在一起，他不可能介绍让她认识。这位女士正处于困境之中，此刻需要他的关心。

[①] 索菲娅的昵称。

他说索尼娅应该回瑞典；她的朋友都在那儿等她，她回去之后应该会很开心。她的学生需要她，还有她年幼的女儿。（这是一记猛击，一种她很熟悉的暗示。她不是个尽责的母亲？）

他在信的结尾写了一句糟糕的话。

"如果我爱你，这封信不会是这样。"

一切都结束了。她带着自己的奖品和耀眼的异类名声离开巴黎，回到了朋友们身边，虽然他们眨眼间已经变得不再重要。学生们的意义更重大一些，但也只是当她站在他们面前转换成数学的化身时才这样。很奇怪，她竟然还能投入到数学之中。回到她那据说被忽视，但其实非常快乐的小福芙身边。

斯德哥尔摩的一切都让她想到过去。

她坐在同一个房间里，她花了那么多钱才跨越波罗的海把家具运过来。面前的这张长沙发在不久前才那样勇敢地支撑过他庞大的身躯。还有她的，当他熟练地把她揽进怀里时。尽管他身形高大，做爱时却从不笨拙。

就是这张红色锦缎沙发，当它还在她以前的家里时，平凡和尊贵的客人都坐过，现在那个家已经没了。也许费奥多尔·陀思妥耶夫斯基就曾经以他一贯的、可怜的焦虑状态坐过那里，为索菲娅的姐姐阿纽塔入迷。当然，索菲娅还是一如既往地不讨人喜欢，毕竟母亲从来都没对她满意过。

这个旧储藏柜也是从她在帕利比诺的家里带过来的，里面放着一些瓷器，上面有她祖父母的画像。

姓舒伯特的祖父母。毫无慰藉。他穿着制服,她穿着舞会礼服,脸上写满荒谬的自我满足。索菲娅想,他们得到了各自想要的东西,而且,他们对那些不谙串通或者不够幸运的人只有蔑视。

"你知道我有德国血统吗?"她问过马克西姆。

"当然。不然的话,你怎么会是这么一个专业的天才呢?还让你的脑袋里充满各种神秘的数字?"

如果我爱你。

福芙给她端来一碟果酱,让她一起玩儿童纸牌游戏。

"让我自己待着,你就不能让我自己待着吗?"

后来,她拭去眼泪,请求孩子原谅。

但索菲娅毕竟不是一个会一直自怨自艾的人。她放下骄傲,集中精力,写了几封轻快的信给他,漫不经心地提到了一些无关紧要的消遣。滑冰,骑马,还提到自己对俄罗斯和法国政治的关注,也许已经足以让他放宽心,甚至觉得自己的警告很残忍,并且没必要。在她一番努力之后,他终于松口邀请她过去。那个夏天,她一结束授课,就去了博略。

愉快的时光。也有误解,她是这么说的。(她后来把这个词改成了"对话"。)冷淡期,分手,近乎分手,突然的亲切。一次磕磕绊绊的欧洲之旅,他们以情人的身份出入各种场合,公开她,如丑闻一样。

她有时想知道他是否有别的女人。她自己也试想过嫁给一个向她求婚的德国人。但那个德国人太过一丝不苟，而且她怀疑他想要的是一个家庭主妇①。再者，她并不爱他。当他一本正经地用德语表达爱意时，她感觉自己体内的血液越来越冷。

马克西姆在听说这场可敬的求婚后说，她最好嫁给自己。他说，前提是，她会满足于他所能给她的东西。他说这话时，假装是在谈论钱。对他的财富感到满足——这当然是一个笑话。对一种温和、有礼貌的情感表达感到满足，而不去管大部分源自她的失望情绪和不堪场景——这完全是另一回事。

打趣变成了她庇护自己的方式，让他以为她相信他不是认真的，于是就不需要真正决定什么。但当她回到斯德哥尔摩时，她觉得自己是个傻瓜。因此，在圣诞节去南方之前，她给朱莉娅写了一封信，说她不知道等待自己的会是幸福还是悲伤。她的意思是，她会认真地表明自己的心意，也弄明白他的。她已经做好面对最为耻辱的失望的准备。

她幸免于难。马克西姆毕竟是个绅士，他信守诺言。他们将在春天结婚。决定之后，他们比以往要更加融洽。索菲娅表现得很好，从不生闷气，也不会突然发脾气。他希望她能表现得体，但不是家庭主妇那种得体。他从来不会反对她抽烟、没完没了地喝茶或对政治现状大抒己见，一个瑞典丈夫就可能会。当他因为痛风而变得和她一样蛮不讲理、易怒、自怨自艾时，她也从来不会不高兴。毕竟，他们是同胞。通情达理的瑞典人让她觉

---

① 原文为德语，下文同。

得无聊,她对这一点感到内疚,因为瑞典人是欧洲唯一愿意为新大学聘请女数学家的。他们的城市太过干净整洁,他们的习惯太过固定,他们的聚会太过礼貌。一旦他们决定某个路线是正确的,就会走下去,并一直遵循它,这里没有那些令人兴奋的、多半危险的辩论之夜,而在彼得堡或巴黎,那些夜晚会永远继续下去。

马克西姆不会干涉她真正的工作——研究,不是教学。他很高兴她可以倾注全力到某样东西之中,尽管她怀疑,他觉得数学虽然不是无关紧要,但也不是真正的重点。一个法律和社会学教授怎么可能不这么想呢?

几天后,当他送她上火车时,尼斯的天气变得暖和了一些。

"我怎么舍得走?我怎么舍得离开这柔软的空气?"

"啊,但你的办公桌和微分方程还在等着你。等到了春天,你就走不掉了。"

"你这样觉得吗?"

她不能——她不能觉得他是在以一种迂回的方式表明心迹——他不希望两人在春天结婚。

她已经写过信给朱莉娅,说等待她的终究还是幸福。终究是幸福。幸福。

在车站站台上时,一只黑猫斜着穿过他们脚下的路。她厌恶猫,尤其是黑色的。但她什么也没说,抑制住了自己的颤抖。随

297

后，就像是为了嘉奖她这种自控能力，他宣布，如果她同意的话，他可以和她一起坐火车到戛纳。她几乎说不出话来，她是如此感激。还有一种灾难性的想要流泪的冲动。在公共场合哭泣让他觉得可耻。（他觉得自己在私人场合也无法忍受。）

她设法把眼泪重新吸收回去，当他们抵达戛纳时，他将她裹进他那宽大的、剪裁精良的衣服，衣服散发出男子气概的味道——混合了毛皮动物的气息和昂贵的烟草味。他很有礼貌地吻了她，但用舌头轻轻地拂了一下她的嘴唇，让人想起隐秘的欲望。

她自然没有提醒他，她的工作是关于偏微分方程理论的，而且一段时间前就已经完成。和往常与他分别后一样，大约在她独自旅行的头一个小时内，她不停比较着他的种种举动，思量爱和不耐烦的迹象谁多谁少，是冷漠，还是某种勉强合格的激情占了上风。

"永远记住，当一个男人走出房间时，他会把里面的一切都抛在身后。"她的朋友玛丽·门德尔森这么对她说过，"当一个女人出门时，她会随身携带房间里发生的一切。"

至少她现在有时间去注意自己疼痛的喉咙了。如果他也有类似的症状，她希望他不会怀疑到她身上。作为一名健康强壮的单身汉，他将任何轻微的感染都视作侮辱，将通气不畅或口气都视作人身攻击。在某些方面，他确实被宠坏了。

事实上，被宠坏且满腔忌妒。不久前，他写信告诉她，由于他俩碰巧有着一样的姓氏，他自己的一些作品已经开始被人们视作她的。他收到了一封来自巴黎一位文学经纪人的信，信的开头就称他为"亲爱的夫人"。

他说，哎呀，他忘了，她不仅是数学家，还是一名小说家。那个巴黎人肯定很失望，因为他两个都不是。只是一个学者，一个男人。

确实是一个巨大的玩笑。

二

火车上的灯还没亮，她就睡着了。她睡前最后的念头——不好的念头——有关她死去姐姐的丈夫维克多·贾拉德，她计划去巴黎见他。她真正迫不及待想见的，是姐姐的孩子，她的小外甥尤里，但那个男孩和他父亲住在一起。尤里出现在她脑海中时，总是大约五六岁，有着天使般的金发，充满信任，本性温柔，但在气质上和他的母亲阿纽塔并不相似。

她做了一个让人困惑的梦，她梦到了阿纽塔，但那是很久以前的阿纽塔，那会儿还没有尤里和贾拉德。未婚的阿纽塔，金发，美丽，脾气暴躁，还在帕利比诺的家族庄园，在用东正教圣像装饰自己的塔楼房间，抱怨那些宗教文物根本不符合中世纪欧洲的习俗。她一直在读布威－利顿①的小说，为了更好地模仿黑斯廷斯哈罗德的情妇伊迪丝·斯旺内克，她还披上了面纱。她计

---

① Bulwer-Lytton（1803—1873），英国政治家、诗人、小说家、文学批评家。

划自己写一部关于伊迪丝的小说，并且已经写了几页，描述一个场景：女主角必须通过只有自己知道的某些标记，去辨认被残杀的情人的尸体。

阿纽塔不知怎么坐上了这趟火车，开始给索菲娅读那几页文字，索菲娅无法向她解释如今的世界，以及从她们还住在塔楼房间那些日子以来，都发生了什么。

当索菲娅醒来时，她思考着梦里的一切有多符合实际。阿纽塔确实对中世纪，尤其是英国历史很痴迷，而那份痴迷有一天突然消失了，包括面纱和别的一切，仿佛它们从来没有发生过。随后，一位严肃的当代阿纽塔诞生了，她开始写一个年轻女孩的故事，写女孩在父母的敦促下，出于对传统的忌惮，拒绝了一位年轻学者的求爱，后来学者死了。在他死后，女孩意识到自己是爱他的，所以别无选择，只能随他而去。

她悄悄把这个故事投稿到费奥多尔·陀思妥耶夫斯基编辑的一本杂志，并出版了。

她的父亲很愤怒。

"你现在推销你的故事，多久之后开始推销你自己？"

在一片混乱之中，费奥多尔本人出现在现场，虽然他在聚会上的表现糟糕，但他通过一通私人电话安抚了阿纽塔的母亲，最后还提出要和阿纽塔结婚。她父亲是那么坚决地反对这门婚事，这差一点逼着阿纽塔接受私奔。但她毕竟喜欢自己的社交光环，而且她或许预感到，要是和费奥多尔在一起，那光环就会消失不见，所以拒绝了他。他把她写进了小说《白痴》，她在书里的名字叫阿格拉雅。然后他娶了一位年轻的速记员。

索菲娅再次睡了过去，陷入另一个梦中，梦里她和阿纽塔都很年轻，但不像在帕利比诺时那么年轻。她们一起在巴黎，阿纽塔的情人贾拉德——他当时还没成为她的丈夫——已经取代黑斯廷斯的哈罗德和小说家费奥多尔成为她的英雄，而且是一个真正的英雄，尽管举止无礼（他以自己的农民出身为荣），并且，从一开始就缺乏忠诚。他在巴黎城外某处战斗，阿纽塔担心他会被杀，因为他过于勇敢。现在，在索菲娅的梦中，阿纽塔已经去找他了，她在街上游荡，一边哭一边喊他的名字，但那些街道不在巴黎，而在彼得堡，索菲娅则被留在巴黎一家巨大的医院，里面全是死去的士兵和浑身是血的市民，其中一名死者正是她的丈夫弗拉基米尔。她努力逃离这些伤亡者，寻找马克西姆，他安然无恙，从斯普莱迪德酒店的战斗中活了下来。马克西姆会带她摆脱这一切。

她醒来。外面下着雨，天黑了，车厢里并非只她一人。一个看起来有些邋遢的年轻女孩坐在门旁，手里拿着一本绘画作品集。索菲娅担心她做梦时可能喊出了声，但她多半没有，因为那女孩睡得很安稳。

假设这个女孩真被她惊醒，索菲娅会对她说："原谅我，我梦到了一八七一年。我在巴黎，我姐姐爱上了一个公社成员。他被抓了，他本可能被枪杀或被送往新喀里多尼亚，但我们最终帮他逃了出来。是我丈夫帮的忙。我丈夫弗拉基米尔根本没参加任何公社，他只对巴黎植物园里的化石有兴趣。"

那女孩会感到无聊。她可能会很有礼貌，但仍会传达这样一种感觉：在她看来，这一切在亚当和夏娃被放逐之前可能就已经发生过了。她甚至可能都不是法国人。能坐二等舱的法国女孩通常不会独自旅行。美国人？

很奇怪，那段日子弗拉基米尔确实在植物园里待了几天。但他不是被杀的。在那场动乱中，他为自己唯一的事业——成为一名古生物学家打下基础。阿纽塔带索菲娅去了一家医院，那家医院所有的专业护士都被解雇了。有人觉得他们反对革命，于是就让公社成员的妻子和公社同志取而代之。普通妇女咒骂这一做法，因为那些人甚至不知道如何绑绷带，伤者都死了，不过大部分伤者可能本来就会死。不仅要处理战争中的伤者，还要医治病患。据说当时的普通人都开始吃狗和老鼠。

贾拉德和他的革命战友一起战斗了十周。战败后，他被关押在凡尔赛一个地下牢房里。有几个人被误认作他，因而被枪杀。至少消息是这么说的。

那时，阿纽塔和索菲娅的父亲，那位将军，已经从俄罗斯来了。阿纽塔被带到海德堡，她在那儿病倒了。索菲娅回到柏林继续研究数学，但弗拉基米尔留了下来，他放弃了那些第三代哺乳动物，与将军合伙密谋，要帮贾拉德重获自由。这是通过贿赂和大胆实现的。贾拉德将在一名士兵的看守下被转移到巴黎一座监狱，并被带到一条特定的街道上，而届时有一场展览，那里会有很多人聚集。弗拉基米尔会趁着卫兵转头时把贾拉德劫走，卫兵已经被买通了。然后弗拉基米尔会带着贾拉德穿过人群进入一个房间，那里已经准备好一套平民的衣服，接着换好衣服的贾拉德会被带到火车站，用弗拉基米尔的护照坐车逃往瑞士。

一切都很顺利。

贾拉德一直没费心把护照寄回来，直到阿纽塔去和他团聚，她还了护照。钱从来没还过。

索菲娅从她在巴黎的酒店给玛丽·门德尔森和朱尔斯·庞加莱寄了简信。玛丽的女仆回答说她的女主人现在在波兰。索菲娅又发了一封信，说等到春天时，她可能需要朋友的帮助，帮她"选择合适的服装，去参加世人眼里一个女人生命中最重大的活动"。她还用括号补充说，她自己和时尚界"仍处于相当混乱的关系"。

清晨，庞加莱到得格外早，并且立刻开始抱怨数学家魏尔斯特拉斯的行为。那是索菲娅曾经的导师，也是瑞典国王最近所颁发的数学奖的评委之一。庞加莱确实获得了该奖，但魏尔斯特拉斯认为有必要宣布，庞加莱的作品中可能存在错误，而他，魏尔斯特拉斯，还没来得及仔细查证。他给瑞典国王发了一封信，向国王提交了一份附加说明，表述了他所存疑的地方——好像国王这样的人物会知道他在说什么一样。他还发表了一些声明，说庞加莱的研究对于未来的价值更多在于他工作中的负面而非积极影响。

索菲娅安慰了他，并告诉他她正在去看魏尔斯特拉斯的路上，她会当面问一问这件事。她假装自己之前什么都没听说，虽然她其实已经用调侃的口吻给过去的老师写了一封信。

"我敢肯定,因为你的消息,国王陛下的大部分尊贵睡眠已经受到打扰。想想看吧,他们从前一直对数学心安理得般无知,如今却因为你的事备受困扰。小心别让他后悔自己的慷慨之举……"

"再说了。"她对朱尔斯说,"毕竟你确实得到了这个奖,而且它会永远属于你。"

朱尔斯同意了,并补充道,当魏尔斯特拉斯被遗忘时,自己的名字仍会熠熠发光。

索菲娅想,我们每个人都会被遗忘,但她没有说出口,因为男人——尤其是年轻男人——在这一点上会格外敏感。

中午,她和他告别,然后去探望贾拉德和尤里。他们住在城市里比较贫困的一个地区。她不得不穿过一个挂满衣服的院子——雨已经停了,但天还是黑的——然后登上一段很高又有点滑的室外楼梯。贾拉德喊,说门没有锁,她进去时发现他坐在一个翻倒的箱子上,正在把一双靴子刷黑。他没有站起来迎接她,当她开始脱斗篷时,他说:"最好别。炉子要到晚上才点。"他示意她坐到唯一的那把扶手椅上,椅子又脏又油。这比她预想中还要更糟。尤里不在这里,没有等着见她。

关于尤里,她有两件事想知道。他有没有变得越来越像阿纽塔,越来越像他妈妈这边的俄罗斯人?他有没有长高?去年在敖德萨时,十五岁的他看上去像是还不到十二岁。

很快她发现,情况有了一些变化,这让她原本关心的事变得不再重要。

"尤里呢？"她说。

"他出去了。"

"他去上学了？"

"可能是吧。我不太了解他。我了解得越多，就越不在乎。"

她想过要安慰他几句，以后再谈这件事。她问了问他的——贾拉德的健康状况，他说自己的肺不好。他说他从未从一八七一年的冬天恢复过来，那些饥肠辘辘、野外露宿的夜晚。索菲娅不记得战士们有挨过饿，吃饭对他们来说是一种责任，这样才能继续战斗。但她欣然回应说，她在前来的火车上还在想那些日子。她说，她一直在想弗拉基米尔和他的救援行动，那就像是喜剧歌剧里才有的情节。

他说，那不是喜剧，也不是歌剧。但他在谈论那件事时变得活跃了起来。他谈到那些因为被误认作他而被枪杀的人，以及五月二十日到三十日之间那些绝望的战斗。当他最终被捕时，尽管就地处决的做法已经成为过去，他仍然觉得自己会在他们闹剧似的审判后被处死。只有上帝知道他是如何逃脱的。他并不相信上帝，他补充说道，他每次都会这么补充一句。

每次。而且他每讲一遍这个故事，弗拉基米尔的作用，还有将军所花费金钱的作用都更加无关紧要。护照的事也根本没有被提及。重要的是贾拉德自己的勇敢和灵敏。但他这么说的时候，听众确实都很愿意相信他。

人们依然记得他的名字，仍然会讲述他的故事。

更多的故事接踵而至,都是熟悉的。他站起来,从床下拿出一个保险箱。这是珍贵的文件,命令他离开俄罗斯的文件,当时他和阿纽塔一起待在彼得堡,公社时代已经结束了一段时日。他必须从头朗读一遍。

尊敬的先生,康斯坦丁·彼得罗维奇,敬请您注意,兹有法国人贾拉德,前巴黎公社成员,在巴黎居住期间,一直与波兰无产阶级革命党的代表以及犹太人卡尔·门德尔松保持密切联系。通过其妻子在俄国的社会关系,他参与了将门德尔松的信件转移到华沙的行动。他是许多法国知名激进分子的朋友。贾拉德从彼得堡向巴黎发送了极端错误、有害的消息,关乎种种俄国政治事务、三月一日事件后续以及反对沙皇的行动,这些信息完全超出各方容忍极限。鉴于此,我恳请阁下将其逐出我国疆土。

他在读这些话时又变得愉悦起来。索菲娅回忆起他过去有多喜欢打趣、捉弄别人。那时,她,甚至弗拉基米尔,都会因为他注意到自己而充满自豪,即便仅仅是作为听众。

"啊,太遗憾了。"他说,"太遗憾了,这些信息不完整。他从未提到我是里昂的国际马克思主义者选出来的,是他们在巴黎的代表。"

这时尤里进来了。他父亲继续说了下去。

"当然,那是机密。官方举动是,他们让我加入了里昂公共安全委员会。"他这时在来回踱步,整个人陷入了一种狂乱的兴奋和欣喜之中,"我们就是在里昂听说拿破仑的侄子[①]被捕的,他被涂得像个妓女。"

尤里向姨妈点了点头,脱下了夹克,显然他并不觉得冷。他坐到箱子上,开始替他父亲继续完成刷靴子的任务。

是的。他看起来确实很像阿纽塔。但那是已经走到生命尽头的阿纽塔。低垂的眼睑显得疲惫又阴郁,丰满的嘴唇时常勾着以示怀疑。在尤里身上更接近蔑视。那个曾经索求危险和正义的荣耀,时不时就会突然狂热谩骂现实的金发女孩如今已无处可寻。尤里对那个人其实也毫无印象,他只会记得那个病恹恹的女人,她骨瘦如柴,忍受着哮喘和癌症,声称自己巴不得死去。

也许贾拉德一开始是爱她的,在他所能去爱一个人的有限范围内。他注意到了她对他的爱。在他给她父亲所写的那封信里,他天真地,或者说纯属吹嘘地解释道,他决定要娶她,因为她是那样依恋着自己,抛弃这样一个女人似乎很不公平。他从未放弃过别的女人,即便是在阿纽塔刚开始和他私会,因为认识他而欣喜若狂的那段日子。他们婚姻期间当然也是。索菲娅猜想如今的他也许对女人来说也是有魅力的,即便胡子凌乱灰白,而且有时会因为过于激动,话说得结结巴巴。一个因斗争而筋疲力尽的英雄,一个牺牲了青春的英雄,他可能会这么呈现自己,而这份努力并不会毫无效果。这是真的,在某种程度上。他行动勇敢,也

[①] 原文为法语,指拿破仑一世的侄子拿破仑三世。

有理想，是农民出身，还知道应该要鄙视些什么。

而刚刚，她也一直在鄙视他。

房间很破旧，但仔细观察，就会发现它已经被尽可能地打扫干净了。墙壁的钉子上挂着几个锅。冰冷的炉子被擦得锃亮，那些锅的底部也一样。她突然想到，即使是现在，他的生活里可能也有一个女人。

他说起克列孟梭，说他们关系很好。放到以前，他肯定会指控克列孟梭拿了英国外交部的钱办事（她觉得这是假的），而如今，他却会趁机吹嘘自己和这个男人的友谊。

她夸赞公寓很整洁，以此转移他的注意力。

他环顾四周，对突然改变的话题感到惊讶，然后慢慢地笑了，脸上带着一种新的报复的神情。

"我和一个人结了婚，她负责照顾我。我很高兴告诉你，她是一位法国女士，不像俄罗斯人话那么多、那么懒。她受过教育，曾是一名家庭教师，但因为政治上的同情心而被解雇了。恐怕我不能把你介绍给她。她很穷，但是个体面人，她很在意自己的声誉。"

"哦。"索菲娅站起来说，"我想告诉你，我也要再婚了。和一位俄罗斯绅士。"

"我听说了你和马克西姆·马克西莫维奇在一起。但我可没听说任何关于结婚的事。"

索菲娅在寒意中坐了太久，她浑身哆嗦。她尽可能欢快地对尤里说话。

"你愿意陪你的老姨妈一起走去车站吗?我还没来得及跟你说话。"

"我希望没有冒犯到你。"贾拉德说,语气里满是恶毒,"我一直坚信应该实话实说。"

"完全没有。"

尤里穿上了夹克,她现在才注意到那件衣服对他来说太大了。可能是在旧货市场买的。他长高了,但并不比索菲娅高。也许是因为他没能在成长的关键时期吃到合适的食物。他的母亲很高,贾拉德也是。

虽然他似乎并不是很期待陪她,但他们还没走下楼梯,尤里就开始说话了。而且他还在她开口之前就帮忙接过了她的包。

"他太吝啬了,连火都不给你生。箱子里就有柴火,她今天早上带了一些过来。她丑得像下水道里的老鼠,所以他才不想让你见到她。"

"你不应该这么谈论女人。"

"为什么不呢?不是要平等吗?"

"我想我应该说'谈论人'。但我不想聊她或你父亲。我想聊聊你。你的学习怎么样?"

"我讨厌学习。"

"你总不能讨厌所有学科吧。"

"为什么不能?讨厌所有学科一点都不难。"

"你能跟我讲讲俄语吗?"

"那是一种野蛮的语言。你为什么不能更好地说法语呢?他说你的口音很野蛮。他说我母亲的口音也很野蛮。俄罗斯人都很野蛮。"

"这也是他说的？"

"我有自己的想法。"

他们沉默地走了一会儿。

"每年的这个时候巴黎都有点沉闷。"索菲娅说，"你还记得那年夏天我们在塞弗尔度过的美好时光吗？我们聊过各种各样的事情。福芙还记得你，还会提起你。她记得你多么想来和我们一起生活。"

"那太幼稚了。我当时想问题的方式不够实际。"

"你现在变实际了？你想过自己这辈子要做什么事了吗？"

"是的。"

他的声音中带着一种嘲讽的满足，所以她没有问那件事是什么。但他还是告诉了她。

"我要当公交车报站员。我圣诞节离家出走时找到了一份这样的工作，但他把我抓回家了。等我再长大一岁，他就没办法阻止我了。"

"也许你不会一直满足于报站。"

"为什么不会？这份工作非常有用。而且总是必需的。成为数学家可不必需，我是这么看的。"

她没有说话。

"如果我是数学教授的话。"他说，"我可没办法尊重自己。"

他们走上站台。

"就因为那些没人理解、没人关心而且对任何人都没用的东西拿奖，获得一大笔钱。"

"谢谢你帮我拿包。"

她递给他一些钱，尽管没有她一开始打算给的那么多。他不满地咧嘴笑了一下，好像在说，你觉得我太骄傲了，是吗？然后他急忙向她道谢，好像拿钱这件事违背了他的意愿。

她一边目送他离开，一边想，她很可能再也不会见到他了。阿纽塔的孩子。到头来，他是多么像阿纽塔啊。用高傲的长篇大论扰乱帕利比诺几乎每一顿家庭聚餐的阿纽塔。在花园里踱着步子，对当下生活充满鄙夷，对自己命定之事充满信心，坚信命运会将她带进一个全新、公正、冷酷的世界的阿纽塔。

尤里也许会改变想法，现在还不好说。他甚至可能会对他的索菲娅姨妈产生一些好感，虽然那多半需要等他到她现在这般年纪，而那时她早已离世。

三

索菲娅比火车发车时间早到了半个小时。她想喝点茶，再吃点止咳糖，但她不想排队等待，也不想说法语。无论你身体健康时能应付得多好，只要精神稍有不振或者身体略感不适，你就只想回到母语的庇护所。她在长椅上坐下，任凭头垂着。她可以睡一小会儿。

不止一小会儿。车站时钟显示已经过去了十五分钟。现在聚集了一大群人,她周围熙攘着,行李推车来来往往。

当她匆忙走向火车时,她看到一个男人,戴着马克西姆常戴的那种毛皮帽。那是一个穿着深色大衣,体形庞大的男人。她看不见他的脸。他越走越远。但他宽大的肩膀,彬彬有礼但又坚决地在人群中拨开一条路的举动,让她不禁想起了马克西姆。

一辆堆满货物的推车从他们中间穿过,那人不见了。

当然不可能是马克西姆。他来巴黎做什么?他有什么火车要赶,有什么约要赴?当她登上火车,找到她靠窗的座位时,她的心开始不安地跳动。马克西姆的生活中应该有其他女人,这是很合理的。比如,当他拒绝邀请索菲娅到博略时,那个他无法介绍给她认识的女人。但她相信他不是一个会喜欢庸俗麻烦的人。更加不会容忍忌妒心发作,容忍女性的眼泪和责骂。他曾表明,她没有权力限制他,他并不属于她。

这肯定意味着,他现在觉得她有一定所有权了,并且觉得欺骗她会有损体面。

当她以为自己看见他时,她刚刚从一种反常的、不舒服的睡眠中醒来。她沉浸在幻觉中。

伴随着如常的嘟哝和哐当响声,火车缓缓驶出车站屋顶的遮盖。

她曾多么热爱巴黎。不是那个她还处在阿纽塔那些或兴奋,或令人费解的命令支配下时的公社巴黎,而是她在完全独立之后游历过的那个巴黎,那个让她结识了不少数学家和政治思想家的巴黎。她曾经断言,巴黎没有那一类东西,没有无聊、势利和欺骗。

之后,他们给了她博丁奖,在无比优雅、灯光无比豪华的房间里亲吻她的手,为她致辞,给她送上鲜花。但等她需要一份工作时,他们统统关上了门。他们觉得雇佣她就跟雇佣一只有学问的黑猩猩差不多。伟大科学家们的妻子都不愿意见她,或邀请她进入他们的家。

妻子们是路障前的哨兵,一支隐形的、无法战胜的军队。对于她们所提出的禁令,丈夫们会耸耸肩以表遗憾,但依然会服从。这些忙着击破旧有观念的男人们依然受制于那群女人,她们的脑子里塞满了那些必要的紧身束胸、名片以及一些固定对话,让你整个喉咙都充满带着特定香水味的迷雾。

她不能再这样喋喋不休地怨憎下去了。斯德哥尔摩的那些妻子就曾邀请过她到她们家里,参加最重要的聚会和私人晚宴。她们称赞她,炫耀她,还热情地接待她的孩子。她在那里可能是个怪异的存在,但是个得到她们认可的怪异存在。像一只会说多种语言的鹦鹉,或是某种神童,可以毫不犹豫、不假思索地告诉你十四世纪的某一天是个星期二。

不,这么说并不公正。她们尊重她所做的一切,她们之中的很多人都认为,应该要有更多的女性参与到这类事情中来,并且有一天这一定会实现。那么,为什么渴望待到深夜、夸夸其谈的她,还会对她们产生些许厌倦呢?她们要么穿得像牧师的妻子,要么像吉卜赛人,为什么这会让她觉得厌烦?

她仍然处于震惊的情绪之中,因为贾拉德、尤里,还有那个不能介绍给她认识的可敬女人。而且她喉咙很痛,还有些发冷,她肯定马上就要得重感冒了。

无论如何,她自己很快也会成为一个妻子,还是一个富有、聪明、卓有成就的男人的妻子。

茶点推车来了。茶能让她的喉咙舒服一点,尽管她觉得如果是俄罗斯茶会更好。火车离开巴黎后不久就开始下雨,现在雨变成了雪。就像其他所有俄罗斯人一样,比起雨,她更喜欢雪,喜欢白色的田野,而非阴暗潮湿的土地。而且,在下雪的地方,人们会意识到冬日的真实,不会对房子的供暖问题敷衍了事。她想到魏尔斯特拉斯家的房子,那是她今晚的住处。教授和他的妹妹们绝不接受让她去住旅馆。

他们的房子总是很舒适,有深色的地毯、厚重的流苏窗帘和深深的扶手椅。那里的生活很规律,一切事务都围绕着研究,尤其是数学研究。腼腆、衣着通常都很寒酸的男学生一个接一个地从客厅走到书房。教授两个未婚的妹妹会在他们经过时致以亲切的问候,但不太期待能得到回应。她们总是忙着织毛衣、缝补衣服、钩地毯。她们知道自己的哥哥脑子聪明,是个伟大的人,但她们也知道,他每天都得吃一定数量的梅干,因为他的职业总让他久坐不动;她们知道他不能贴身穿哪怕最为精细的羊毛衫,否则会长疹子;她们还知道,一位同事没在发表的文章中感谢他的付出时,他十分受伤。(尽管他在谈话和写作中都假装丝毫没注意到此事,还极其得体地赞扬那个轻待他的人。)

当索菲娅第一次穿过她们的起居室前往书房时,两个妹妹——克拉拉和艾莉莎——都吓了一跳。让她进来的仆人并没有学习过如何筛选客人,部分是因为房子里住着的人都离群索居,也因为来这里的学生经常都是一副寒酸、不讲究礼数的样子,所以体面之家所奉行的待客标准并不适用。尽管如此,女佣让这个瘦小女人进屋时,声音依然稍显迟疑——后者的脸几乎被一顶黑色帽子全部挡住,举止很是惊慌,宛如一个害羞的乞丐。两姐妹无法推测出她的真实年龄,但在她被带进书房之后,她俩得出结论,她也许是某个学生的母亲,前来为学费的事争论或请求。

"我的天哪。"克拉拉说,她的猜想更为生动,"我们当时以为,天哪,来的是什么人?夏洛蒂·科黛①吗?"

后来,当索菲娅和她们成为朋友之后,这些话都被转述给她。艾莉莎不带感情地补充道:"幸好我们的哥哥没有在沐浴。不然的话,我们被那堆无穷无尽的围巾困住,都没办法起来保护他。"

她们一直在为前线的士兵织厚围巾。那时是一八七〇年,索菲娅和弗拉基米尔还没有按照计划开始他们的巴黎求学之旅。他们沉迷于过去几个世纪的维度,很少去注意自己身处的世界,几乎没有听说过当代战争。

魏尔斯特拉斯并不比他的两个妹妹更了解索菲娅的年龄和来意。事后他告诉索菲娅,他以为她是一个受了误导的家庭教师,

---

① Charlotte Corday(1768—1793),法国大革命时期刺杀马拉的刺客。下文的"沐浴"即为对"马拉之死"这一著名场景的戏谑性比喻。

想利用他的名号，在自己的资格证书里添一门数学。他当时觉得必须去责骂一下女佣，还有他的妹妹，因为她们任由她闯进来打扰。但他很有礼貌，为人友善，所以没有立刻就把她打发走，而是解释说自己只收已经获得公认学位的优等生，而且目前他所收的学生数量已经够他忙活了。她依旧站在他面前，浑身颤抖，脸被那顶丑陋的帽子挡住，双手紧紧拽着自己的大围巾。他随即想起自己以前用过一两次的方法，或者说是招数，来劝阻不合格的学生。

"我唯一能为你做的，"他说，"就是给你一系列题目，请你解答这些问题，并在一周后将答案带回给我。如果你的解答能让我满意，我们就可以再谈谈。"

一周之后，他已经把她忘得一干二净。当然，他原以为再也不会见到她了。当她走进他的书房时，他没有认出她来，可能是因为她没有穿那件斗篷，露出了苗条的身材。她一定是更勇敢了一些，或者只是因为天气变了。他对那顶帽子没有印象——他的妹妹们记得——但他本来就不太留意女性的配饰。然而，当她从包里拿出文件放在他的桌子上时，他记起了她，叹了口气，随后戴上了眼镜。

他无比惊讶——他后来也告诉了她这一点——她解答出了每一个问题，有时甚至是以一种全新的方式。但他仍然很怀疑她，觉得她现在所展示的一定是别人的成果，或许是她的兄弟，又或许是某个出于政治原因必须藏起来的情人。

"坐下。"他说，"现在，请向我说明这些解答，一步一步来。"

她开始说话，身体前倾着，软塌塌的帽子挡住了她的视线，于是她一把将帽子摘下，任它掉在地上。她的鬈发露了出来，她明亮的眼睛，她的青春，还有她战栗的兴奋。

"没错。"他说，"没错。没错。没错。"他一边说，一边陷入沉思，尽可能地掩饰自己的惊讶，尤其是对那些与他自己的方法截然不同的解答思路。

她在许多方面都令他震惊。她是那么瘦小，那么年轻，那么热切。他觉得自己必须安抚她，小心翼翼地对待她，让她学会如何掌控自己大脑中的焰火。

他这一生——他承认，自己很难开口说这种话，因为他一直警惕自己流露过分的热情——他这一生都在等待这么一个学生走进这个房间。一个完全能挑战他的学生，一个不仅能继承他的种种努力，也许还有可能飞越它们的学生。他必须小心谨慎，不去说出他的真实想法：一个一流数学家的头脑中一定有某种类似直觉的东西，有某种闪电般的灵光一现，来揭示始终存在的事物。严谨缜密、一丝不苟，那人必须如此，就像伟大的诗人也必须如此。

当他最终鼓起勇气把这些话告诉索菲娅时，他补充说，有些人会对"诗人"这个词感到不快，觉得它不配和数学科学联系在一起。他还说，而另一些人，他们会过于急切地接受这个理念，来为自己混沌又错漏百出的思维辩护。

正如她所想，随着列车向东行驶，车窗外面的雪越来越厚。

这是一列二等火车，与她从戛纳乘坐的火车比起来相当简朴。没有餐车，但茶点推车上有冷的面包，有一些夹着各种辣味香肠。她买了一个夹着芝士的面包，有半个靴子那么大，她以为自己永远吃不完，但最终也吃完了。然后，她拿出一册小开本的海涅作品，来帮自己的脑子一把，让德语浮在上层。

每当她抬起眼睛看向窗外，雪似乎都下得更厚了。有时，火车会减速行驶，几乎停了下来。以这种速度，能在午夜前到达柏林都算幸运。她后悔放任自己被说服不去旅馆，而是去波茨坦街的房子入住。

"你能来和可怜的卡尔在同一个屋檐下住一晚，会对他有很大好处。在他眼里，你仍然是当初那个出现在我们家门口的小女孩，不过，他对你的成就给予了高度赞扬，并为你的巨大成功感到自豪。"

她确实是在午夜过后才按响了门铃。仆人已经被打发去睡觉了，所以只有裹着长外套的克拉拉前来应门。她用类似耳语的音量说，她哥哥被出租车的噪音吵醒，艾莉莎去安抚他，跟他保证明天早上就能见到索菲娅。

"安抚"这个词在索菲娅听来有些不妙。两姐妹在信里只提到哥哥最近很疲惫。而魏尔斯特拉斯自己的信中却没有任何私人的内容，只有庞加莱的事和他——魏尔斯特拉斯——的责任：为了数学，必须让瑞典国王明白事情的原委。

老妇人在提起自己哥哥时，声音出于虔诚或者恐惧而变得格外低沉，而这所房子过往亲切且安心的气味，在今晚却变得有些陈旧和沉闷，此时此刻，索菲娅聆听、嗅闻着这些变化，她觉得自己多半不能再像往常那样惯于开玩笑，她之前没能意识到，自己所带来的不仅是寒冷、新鲜的空气，还有成功的喧嚣，一抹过于尖锐的活力，而对此地来说，它们可能会有些让人发怵、扰人安宁。过去，迎接她的都是拥抱和强烈的喜悦。（两姐妹身上一个让人惊喜的地方恰恰在于，她们虽然那么传统，却又那么可以兴高采烈。）现在，她们仍然会拥抱她，但已然暗淡的眼睛里藏着泪水，年迈的胳膊颤抖不已。

不过，她的房间里备好了一壶温水，床头柜上还有面包和黄油。

当她开始脱衣服时，听到楼上门厅里有人在低声耳语，语气略带焦虑。可能关于哥哥的状态，可能关于她，也有可能关于忘记给面包和黄油盖上盖子——也许之前都没人注意到，直到克拉拉领着索菲娅走进房间。

和魏尔斯特拉斯一起工作时，索菲娅住在一间又小又暗的公寓里，大部分时候都和她的朋友朱莉娅住在一起，朱莉娅当时在学化学。她们没有去听过音乐会，也没有看过戏剧，因为资金有限，只能全力扑在工作上。朱莉娅后来去了一家私人实验室工作，并且得到了女性难以获得的特殊待遇。索菲娅则日复一日地坐在写字台前，有时要到必须得点灯的时候才从椅子上站起来。然后，她会伸个懒腰，快步从公寓的一端走到另一端，那段距离很短；有时她会突然跑起来，大声说话，陷入一阵胡言乱语，任何没有朱莉娅那么了解她的人，都会怀疑她是不是疯了。

魏尔斯特拉斯的研究方向——如今也是她的研究方向——主要在于椭圆函数、阿贝尔函数，还有基于无穷级数表示的解析函数定理。该定理以他的名字命名，主张有界无限实数数列必有一个收敛子列。在这一问题上，她先是跟着他学习，后来开始挑战他的思路，有一段时间甚至超越了他，于是，他们的关系逐渐从老师和学生发展成为数学家伙伴，她常常能促使他的研究取得进展。但这种关系需要时间来培养，每逢星期日的晚餐聚会——她极易受邀，因为整个星期日下午他都会和她在一起——她就像是一个年轻的亲戚，一个热切的女门生。

朱莉娅来了之后，她也会受到邀请，两个女孩会吃到烤肉、奶油土豆和清淡可口的布丁，这些佳肴颠覆了她们对德国烹饪的看法。饭后，他们会坐在火炉旁，听艾莉莎大声读书。她会以饱满的精神和丰富的表情朗读瑞士作家康拉德·费迪南德·迈耶笔下的故事。在做了那么多编织和修补工作之后，文学是一周一次的享受。

圣诞节时，魏尔斯特拉斯一家为索菲娅和朱莉娅装饰了一棵圣诞树，尽管此前很多年他们都懒得为自己弄一棵放在家里。还有各种用闪闪发光的纸包着的糖果、水果蛋糕和烤苹果。他们的原话是，为了孩子们。

但不久之后，发生了一件让人意外和烦恼的事。

意外就是，索菲娅这么一个看起来很腼腆、缺乏社会经验的年轻女孩，竟然有丈夫。在朱莉娅来之前，索菲娅刚开始上课的那几周里，一到星期日晚上，他就来他们家门口接索菲娅，这个年轻人从来没被介绍给魏尔斯特拉斯一家，他们还以为他是仆人。他身材高大，长相难看，留着细细的红色胡须，鼻子很大，衣着并不整洁。事实上，如果魏尔斯特拉斯一家更世故一些，他们就会意识到，任何一个注重颜面的贵族家庭——他们知道索菲娅的出身——都不会有这么邋遢的仆人，因此他一定是她的朋友。

然后朱莉娅出现了，那个年轻人消失了。

过了一段时间，索菲娅才透露他的名字叫弗拉基米尔·科瓦列夫斯基，而且他们已经结了婚。他在维也纳和巴黎上学，尽管已经获得了法律学位，并一直试图在俄罗斯成为教科书出版商。他比索菲娅大几岁。

几乎和这个消息本身一样令人惊讶的是，索菲娅把它告诉了魏尔斯特拉斯，而不是两姐妹。在这个家里，她们才是有着些许世俗生活的人，虽然这份世俗生活只包含和家里的仆人打交道，以及读一些相对现代的小说。但索菲娅一直都不是自己母亲或家庭女教师偏爱的孩子。她并不总能说服自己当将军的父亲，但她尊重他，并认为他或许也尊重她。因此，她总是倾向于把重要的隐私告诉家里的男性。

她意识到魏尔斯特拉斯一定觉得有些尴尬，不是在她和他说起这些事的时候，而是当他不得已转达给妹妹们的时候。因为索菲娅不仅仅只是结了婚。她嫁得很好，婚姻也合法，但这是一场白色婚姻。他从未听说过这种事，两个妹妹也没有。丈夫和妻子不仅不住在同一个地方，而且根本就没有住在一起过。他们结婚并不是出于人们普遍认可的原因，而是为了共同守护他们的秘密誓言：决不以那种方式生活，决不——

"圆房吗？"这话可能是克拉拉说的。语气轻快，甚至有些不耐烦，为的是赶紧结束这个话题。

是的。而且，年轻人——年轻女性——如果想出国学习，就不得不进行这种欺骗，因为如果没有父母的同意，任何未婚的俄罗斯女性都不能出境。朱莉娅的父母很开明，同意让她出国，但索菲娅的父母不是。

多么残忍的法律。

是的。俄罗斯法律。但一些年轻女性能够找到解决办法，那些富有理想主义和同情心的年轻男性会帮助她们。也许他们也算得上无政府主义者。谁知道呢？

是索菲娅的姐姐找到了一个这样的年轻人，她和朋友安排了一次与他的会面。多半是出于政治理念，而不是为了追求知识。天知道她们为什么要带上索菲娅一起去：她对政治毫无热情，也不觉得自己已经准备好投身任何相关的事业。年轻人的目光看向两个年长的女孩——那个叫阿纽塔的姐姐，做派再怎么公事公办，也无法掩饰她的美丽——然后他说不。不行，你们两位都是可敬的年轻女性，我并不想和你们完成这种协定，不过，如果是和你们的妹妹,我愿意。

"他可能是觉得那两个年长的会很麻烦。"这话可能是艾莉莎说的,她读过不少小说,"美人尤其麻烦。他爱上了我们的小索菲娅。"

克拉拉可能会提醒她,爱情压根就不该被考虑进来。

索菲娅接受了提议。弗拉基米尔拜访将军,请求他将小女儿嫁给自己。将军表现得很有礼貌,他知道这个年轻人出身于一个很好的家庭,即便他到目前为止还没有在这世上闯出多少名堂。但索菲娅太年轻了,他说。她知道你有这份心思吗?

索菲娅说,知道,而且她爱上了他。

将军说,他们不能仅凭一时的感情冲动行事,必须花一些时间,花足够多的时间在帕利比诺好好了解彼此。(谈话的时候他们还在彼得堡。)

事情陷入僵局。弗拉基米尔永远不懂得给人留下好印象。就好像故意似的,他从不努力掩饰自己的激进观点,衣着也不加修饰。将军相信,索菲娅越是了解这位求婚者,就越不会想嫁给他。

然而,索菲娅却在制订自己的计划。

有一天,她的父母举行了一个重要的晚宴。他们从炮兵学校邀请了一位外交官、几位教授和将军的战友。在一片喧闹中,索菲娅趁机溜走了。

她独自一人走到彼得堡的街道上,那是她第一次在没有仆人和姐姐的陪伴下走过那些街道。她去了弗拉基米尔的住所,那一片市区是穷学生住的地方。门立刻开了,她一进屋就坐下来给父亲写了一封信。

"我亲爱的父亲，我已经到了弗拉基米尔这里，并会一直留在这儿。我恳求你不要再反对我们的婚姻。"

等到所有人都已经入座，大家才发现索菲娅不见了。一个仆人发现她的房间空着。有人问阿纽塔关于她妹妹的事，她脸红着回答说自己什么都不知道。为了用手遮住脸，她弄掉了餐巾。

有人递给将军一张纸条。他告辞，暂时离开了房间。索菲娅和弗拉基米尔很快就听到门外传来他愤怒的脚步声。他告诉自己声誉受损的女儿，还有那个她愿意为之牺牲名誉的男人，立即跟他一起走。他们三人一言不发地骑马回了家。在餐桌上，他说："请允许我向你们介绍我未来的女婿，弗拉基米尔·科瓦列夫斯基。"

就这样决定了。索菲娅欣喜若狂，并不是因为能嫁给弗拉基米尔，而是因为能让阿纽塔高兴，因为她为解放俄罗斯妇女做出胜利一击。他们在帕利比诺举行了一场传统而盛大的婚礼，新娘和新郎去了彼得堡，开始在同一个屋檐下生活。

等到他们扫清障碍，两人立即动身出国，并且不再住在一起。先是海德堡，然后索菲娅去了柏林，弗拉基米尔则去了慕尼黑。他一有机会就会去海德堡，但后来阿纽塔和她的朋友詹娜来了，之后朱莉娅也来了——理论上，这四个女人都归他保护——那里就没有他的居住空间了。

魏尔斯特拉斯没有向家里的女人透露他曾与将军夫人通信。当索菲娅从瑞士（实际上是从巴黎）回来时，他给将军夫人写了一封信，当时索菲娅看起来非常疲惫和虚弱，他很担心她的健康状况。索菲娅的母亲回了信，告诉他，在当时那种极其危险的年代，她女儿的状况要归咎于巴黎所发生的事。但她似乎并不太担心女儿所经历过的政治动荡，而是更困扰于自己所发现的关于两个女儿的事：大女儿未婚，却公然和一个男人同居；小女儿体面地结了婚，却从未真的和丈夫住在一起过。于是，甚至在成为女儿的密友之前，他就迫于无奈成了母亲的心腹。而且，确实直到索菲娅的母亲去世后，他才告诉她这些事。

但当他终于告诉她时，他还告诉她，当时克拉拉和艾莉莎立刻问他应该做什么。

这似乎就是女人的方式，他这么说，总觉得应该做些什么。

他回答了她们的问题，语气很严肃："什么都不做。"

第二天早上，索菲娅从包里拿出一件干净但皱巴巴的连衣裙——她从未学会如何将行李打包得整整齐齐——梳理了一下自己的鬓发，尽可能地将少许白发藏到里面，然后下了楼，加入已经开始忙活的嘈杂。餐厅里唯一还摆放着餐具的位置是留给她的。艾莉莎端来咖啡和早餐，这是索菲娅在这所房子里吃的第一顿德式早餐。冷肉片、奶酪和厚厚涂着一层黄油的面包。她说克拉拉正在楼上为哥哥做准备，好和索菲娅见面。

"我们最开始还会把理发师请到家里来。"她说，"但后来克拉拉学会了理发，还挺不错。原来她才是那个能够掌握护理技能的人，幸好我们之中还有人能掌握。"

甚至在她说这番话之前，索菲娅就已经意识到他们缺钱了。家具上的锦缎和窗幔看起来很脏，她用的银制刀叉有段时间没被抛光过。通往起居室的门开着，索菲娅看到他们如今的仆人——一个外表粗野的年轻女孩——正在那儿清理壁炉，一团又一团的灰尘四处飞扬。艾莉莎看向女孩，似乎想让她把门关上，随后又起身自己去关了门。她满脸通红、沮丧地回到桌前，虽然听起来可能不太礼貌，但索菲娅还是赶忙问，魏尔斯特拉斯先生得了什么病？

"一方面，他的心脏原本就很虚弱，然后他在秋天得了肺炎，似乎一直没法痊愈。此外，他的生殖器官有增生。"艾莉莎低声说，语气很坦率，一如所有德国女性。

克拉拉出现在门口。

"他在等你。"

索菲娅爬上楼梯时想的并不是教授，而是这两个以他为生活中心的女人。不停编织厚围巾，修补亚麻布，做仆人永远无法胜任的布丁和蜜饯。像她们的哥哥一样信奉罗马天主教，一个在索菲娅看来冷酷而无趣的宗教。站在旁观者的角度看，她们一直遵从着这一切，从未有过任何一丝不满。

她想，换成我，我会发疯的。

她继续想，即使是当教授，我也会发疯的。一般来说，学生们的头脑都很平庸。你只能教会他们最浅显、最普通的知识模型。

如果不是因为认识了马克西姆，她不会敢于承认这一点。

想到自己的幸运，即将到来的自由，不久之后的丈夫，她微笑着走进了卧室。

"啊,你终于来了。"魏尔斯特拉斯说道。他说话时有点虚弱和费劲,"淘气的孩子,还以为她已经把我们抛弃了。你又准备去巴黎了?又是去玩吗?"

"我刚从巴黎回来。"索菲娅回答道,"我准备回斯德哥尔摩了。巴黎一点也不好玩,很沉闷。"她将双手伸向他,一只接一只地让他亲吻。

"是因为你的阿纽塔病了吗?"

"她已经死了,我亲爱的[①]教授。"

"她在监狱里死的?"

"不是,不是。已经是很久以前的事了。她当时不在监狱里。她的丈夫在。她死于肺炎,但她已经痛苦了很长一段时间,方方面面。"

"哦,肺炎,我也得过。不过,那对你而言仍然很难受。"

"我的心永远都不会痊愈。但我有件好事要告诉你,一件快乐的事。明年春天我就要结婚了。"

"你要和那个地质学家离婚吗?我并不意外,你早就该这么做了。不过,离婚总是令人不快的。"

"他也死了。而且他是一位古生物学家。这是一项新的研究,非常有趣。他们研究化石。"

"对。我现在想起来了。我听说过这种研究。他死的时候很年

[①] 原文为德语。

轻。我不希望他妨碍你,但我也真的不希望他死。他病了很久吗?"

"可以这么说。你肯定记得我当时是怎么离开他的,还有你把我推荐给米塔-列夫勒的事吧?"

"在斯德哥尔摩。是吗?你离开了他。也是。你必须那么做。"

"是的。但现在一切都结束了,我要嫁给一个和他同姓但不是近亲的男人,一个完全不同的男人。"

"那他也是俄罗斯人?他也研究化石吗?"

"完全不同。他是法学教授。他是个精力充沛、非常幽默的人,除了他忧郁的时候。我会带他来见你,你会明白的。"

"我们会很高兴招待他。"魏尔斯特拉斯悲伤地说,"这会给你的研究画上句号。"

"完全不会,完全不会。他不希望那样。但我不会再教书了,我会获得自由。我会去气候宜人的法国南部生活,在那儿我会活得很健康,做更多的研究。"

"我们拭目以待吧。"

"我的爱。[①]"她说,"我命令你,命令你为我高兴。"

"我在你眼中肯定老了。"他说,"我一直过着平静的生活。我的天性不像你的那么丰富多面。我很惊讶,你会写小说。"

"你不喜欢这个主意。"

"你错了。我喜欢你写的回忆录。读起来很愉快。"

"那本书算不上小说。你肯定不会喜欢我正在写的这本。有

---

① 原文为德语。

时连我自己都不喜欢。它是关于一个女孩的,比起爱情,她对政治更有兴趣。没关系,你不必读。俄罗斯审查员不会让它出版,外面的世界也不会想要它,因为它太俄罗斯了。"

"我本来就不太喜欢读小说。"

"因为它们是写给女人看的?"

"真的,我有时会忘记你是个女人。你在我眼里更像是——像是——"

"像是什么?"

"像是一个属于我的礼物,只属于我的礼物。"

索菲娅俯下身,吻了吻他苍白的额头。直到和他的姐妹们告别,离开了他们家,她才流下眼泪。

我再也不会见到他了,她想。

她想到他的脸,就像那刚上过浆的枕头一样苍白,枕头一定是克拉拉那天早上才垫到他脑袋底下的。也许现在她已经把枕头拿走了,任由他倒在底下那些更柔软、更破旧的枕头里。也许他在自己走后立刻就睡着了,他们的对话累坏了他。他也会觉得这是他们最后一次见面,并且知道她也有相同的感受,但他不会知道——这让她惭愧,是她的秘密——她现在感到多么轻松,多么自由,尽管她哭了,但走出那所房子后,每走远一步,她都觉得更加自由。

她想,比起他的妹妹们,他的生活就真那么更让人乐于接受吗?

他的名字会留存一阵子,在教科书上。在数学家之间。但不会特别久。假如他更热衷于建立自己的声誉，在自己选择和努力维系的圈子里保持一种引人关注的地位，可能会更长一些。他更关注工作本身，而不是自己的名气，而他的许多同事对这两者都同等在意。

她不应该提到自己的写作。对他来说都是轻浮的东西。那本回忆录是她用充满爱的笔触写下的，有关自己在帕利比诺的回忆，为了纪念失去的一切，那些曾让她绝望，也让她珍重的人和事。她在离家很远的地方，在那个家和她的姐姐都已经消失之后写完了那本书。《虚无主义者女孩》则是诞生自对祖国的痛心，来源于一阵突发的爱国热情，也许还有一种因为忙着研究数学，应对生活中的动荡而疏于注意的感情。

对祖国的痛心，没错。但在某种意义上，她写这个故事是为了向阿纽塔致敬。这是一个年轻女子的故事，为了嫁给流放到西伯利亚的政治犯，她放弃了任何可能拥有的正常生活。通过和他结婚，她确保他的生活、对他的惩罚在一定程度上会好受一些，他会被发配到西伯利亚南部，而不是北部——规定是这样，有妻子陪伴的男人就会去南部。那些被放逐的俄罗斯人也许能设法读完手稿，并赞扬这个故事。索菲娅早就明白，只有俄罗斯拒绝出版的书，才能被政治流亡者们如此大加赞扬。她更喜欢《拉耶夫斯基姐妹》，那本回忆录。尽管审查员同意让它出版，而一些评论家批评它仅仅是怀旧之作。

四

她曾经一度让魏尔斯特拉斯失望。当她早期取得成功之后,她让他失望了。这是真的,尽管他从未提起过。她抛弃了他,也完全抛弃了数学;她甚至没有回复他的信。一八七四年夏天,她在获得学位之后回到了帕利比诺的家中,将学位证书放在一个天鹅绒盒子里,然后收进了箱子里,忘在那里好几个月——好几年——没有再碰过它。

干草地和松林的气味,金色的炙热夏日,还有俄罗斯北部漫长而明亮的夜晚,这一切都令她陶醉。野餐、业余爱好的戏剧、舞会、生日聚会、给老朋友举办的欢迎活动,阿纽塔也在,她和自己一岁的儿子在一起的快乐模样。弗拉基米尔也在,伴随着惬意的夏日氛围、暖意、美酒、长时间的怡人晚餐、舞蹈与歌唱,她很自然地接受了他的感情,在这么长时间之后,他终于不再只是她的丈夫,还成了她的恋人。

她这么做并不是因为爱上了他。她一直很感激他,再加上她说服了自己:所谓的爱在现实生活中并不存在。她觉得,满足了他的需求,他们两都会更快乐,一段时间内也确实是这样。

秋天,他们去了彼得堡,生活里依然是各种重要的娱乐活动。晚宴、戏剧、招待会,还有那些必须要读的报纸和期刊,它们既无聊又严肃。魏尔斯特拉斯在信里恳求索菲娅不要抛弃数学的世界。他费心确保她的论文能在《格列尔数学家杂志》上成功发表。她几乎没看过。他请她花一周时间——就一周——来润色她对土星环的研究,这样其成果或许便也能发表。她毫不上心。她太忙了,无法从无尽的大小庆祝中抽身而出。忙于庆祝各种纪念日、法庭胜诉、新的歌剧和芭蕾演出,实际上,庆祝的似乎正是生活本身。

她很晚才学到那件周围许多人似乎从小就理解的事——即便没有重大成就,生活亦能让人心满意足。你完全可以用种种不会让人筋疲力尽的事务填满它。先积累一些东西,过上一份被舒适所装点的生活,然后再开启一份娱乐主导的公共社交生活,这能让你全然远离无聊或无所事事,并最终让你觉得自己刚好让所有人都很满意。没有任何值得痛苦之处。

除了如何赚钱这一件事。

弗拉基米尔重新投身出版行业。他们从能借的地方四处借钱。索菲娅的父母不久之后就去世了,她将继承来的遗产用来投资,建了很多公共浴池,每间浴池都附带一间温室、一个面包房和一个蒸汽洗衣房。他们的计划很宏伟。但恰巧彼得堡的天气变得比往年更冷,连蒸汽浴都吸引不了人们。他们被建筑商和其他一些人欺骗,市场变得很不稳定,而他们不但没有为自己的生活打下可靠的基础,反而越来越深地陷于债务之中。

像其他已婚夫妇那样,生活带来了寻常的昂贵代价。索菲娅生了一个女儿。婴儿的名字和她母亲的一样,但他们叫她福芙。福芙有一个保姆和一个奶妈,还有自己专门的房间。家里还雇了一个厨师和一个女佣。弗拉基米尔给索菲娅买了不少时髦的新衣服,给女儿买了精美的礼物。他在耶拿大学获得了学位，还设法在彼得堡当上了副教授，但这并不够。出版业差不多已经没落。

然后沙皇被暗杀，政治气氛变得令人不安。弗拉基米尔经历了一段极度忧郁的日子，那段时期他无法工作，也不能思考。

魏尔斯特拉斯听说了索菲娅父母去世的消息，他说，为了缓解她的悲痛，他给她寄去了一些信息，都和他新研究得出的卓越方程式体系有关。但她没有因此重回数学领域，而是开始撰写戏剧评论和各种杂志上的科普文章。对她来说，做这些事所用到的是一种更具市场价值的才华，不像数学研究那样，会让其他人感到不安，让她自己筋疲力尽。

科瓦列夫斯基一家搬到了莫斯科，希望能借此转运。

弗拉基米尔康复了，但他觉得自己无法再回去教书了。他找了个新的投机生意，在一家利用石油泉萃取石脑油的公司找了一份工作。公司的所有人是拉戈津兄弟，伏尔加河上一家炼油厂和一座现代化城堡都在他们名下。弗拉基米尔得投资一笔钱才能拿到这份工作，他设法借到了钱。

但这一次，索菲娅提前察觉到了麻烦。拉戈津兄弟不喜欢她，她也不喜欢他们。弗拉基米尔越来越受他们影响。他说，这些男人才是新贵，他们为人做事从不愚蠢。他变得冷漠，态度粗暴而高傲。他说，你给我举个例子，哪个女人是真正重要的？哪个女人真正改变过世界，除开勾引和谋杀男人的那些？女人先天就不如男人，还以自我为中心，即便真的有了某种想法，任何值得投身其中的、有价值的想法，她们也会变得歇斯底里，用她们的自大毁掉目标。

索菲娅说，这些话是拉戈津兄弟说的吧。

那时她又重新开始和魏尔斯特拉斯通信。她把福芙交给老朋友朱莉娅照顾，自己动身去了德国。她写信给弗拉基米尔的哥哥亚历山大，说弗拉基米尔完全上了拉戈津家的钩，就像他巴不得命运再给他一记重击。无论如何，她还是写信给丈夫，提出要回来。他的回应并不积极。

他们在巴黎又见过一次。她在那里过得很拮据，魏尔斯特拉斯那时试着给她找到一份工作。她再次沉浸到数学难题之中，所有她认识的人都是如此。弗拉基米尔对拉戈津兄弟产生了怀疑，但他已经陷得太深，无法抽身。不过他提到自己将会去美国。他后来确实去了，但又回来了。

一八八二年秋天，他写信给他的哥哥，说他现在意识到自己是一个毫无价值的人。十一月，他将拉戈津兄弟的破产上报。他担心他们可能会试图将他牵连进某些犯罪行为中。圣诞节时，他见到了福芙，她当时和他哥哥一家人生活在敖德萨。他很高兴她还记得自己，而且又健康又聪明。之后，他给朱莉娅、他的哥哥和其他一些朋友写了告别信，但没有给索菲娅写。还有一封给法院的信，信里解释了他在拉戈津兄弟事件中的一些行为。

他又拖了一段时间。直到四月份，他将一个袋子套到头上，吸入氯仿。

索菲娅当时在巴黎,她拒绝进食,也不愿走出房间。她竭尽所有思绪在绝食这一件事上,这样她就没有余力去面对自己的感受。

最后,大家强行喂她吃了东西,她终于睡着了。醒来之后,她对这场表演深感羞愧。她要了一支铅笔和一张纸,也许她会继续研究。

没有任何钱剩下。魏尔斯特拉斯写信来,请她以妹妹的名义搬去和他一起住。但他一直在尽自己所能去为她牵线,最终,他过去的学生——也是朋友——米塔-列夫勒从瑞典传来了好消息。新成立的斯德哥尔摩大学同意成为欧洲第一所聘用女性数学教授的大学。

索菲娅去敖德萨和女儿会合,带着她暂时与朱莉娅生活在一起。她愤怒于拉戈津兄弟的所作所为。她写信给弗拉基米尔的哥哥,称他们是"狡猾、有毒的恶棍"。她说服了审理此案的法官,法庭宣布,所有证据都表明,弗拉基米尔只是轻信他人,他是清白的。

然后,她又一次从莫斯科乘火车到彼得堡,开始她在瑞典的新工作。这份工作不仅被媒体广泛报道,也无疑遭到很多谴责。她从彼得堡乘船前往瑞典。船缓缓驶入一片势不可挡的日落。她当时想,不能再犯傻了。我现在要的是真正的人生。

她那时还不认识马克西姆,也还没得博丁奖。

五

她和魏尔斯特拉斯的道别悲伤,但让人如释重负,当天下午,她很早就离开了柏林。火车既老旧又缓慢,但很干净,暖气开得也足,和你预期中的德国火车一模一样。

行程大约过半时,她对面的男人摊开自己的报纸,问她有没有想看的版面。

她谢绝了他。

他朝着窗户点了点头,看着窗外纷飞的细雪。

"啊,好吧。"他说,"还能指望什么呢?"

"确实。"索菲娅回应道。

"你是在罗斯托克之后的地方下车吗?"

他可能注意到她说话时没有德国口音。她并不介意他跟自己搭话,也不介意他就此得出结论。他比她年轻很多,穿着得体,态度显得有些恭敬。她觉得自己曾经遇见或看到过他。但旅行途中确实会有这种事发生。

"在哥本哈根。"她说,"然后去斯德哥尔摩。对我来说,路上的积雪只会越来越厚。"

"我会在罗斯托克和你分开。"他说道,也许是为了让她放心,两人的对话并不会长久持续下去,"你对斯德哥尔摩满意吗?"

"我厌恶每年这个时候的斯德哥尔摩。我恨它。"

她对自己的话感到惊讶。但他高兴地笑了笑,开始用俄语讲话。

"抱歉。"他说,"我猜对了。现在轮到我用外国口音对你说话了。但我曾在俄罗斯学习过。在彼得堡。"

"你发现我的俄罗斯口音了?"

"并不完全确定。直到你开始描述你对斯德哥尔摩的看法。"

"所有俄罗斯人都讨厌斯德哥尔摩吗?"

"不,不。但他们会说自己恨一些东西。他们恨。他们爱。"

"我不该那么说的。瑞典人对我很好。他们能教会你很多东西——"

这时他笑着摇了摇头。

"是真的。"她说,"他们教我滑冰——"

"肯定。你在俄罗斯时没有学过滑冰吗?"

"俄罗斯人不会那么——那么坚决地要教你东西,不像瑞典人。"

"博恩霍尔姆的人也不会。"他说,"我现在住在博恩霍尔姆。丹麦人也没有那么……坚决,是这个词。不过,我们这些住在博恩霍尔姆的人甚至都算不上丹麦人。我们说自己不是。"

他在博恩霍尔姆岛上当医生。她考虑过让他看看自己的喉咙,因为它很疼,但她不知道这会不会太越界了。她最终觉得这种请求是越界的。

他说,越过丹麦边境后,他还得坐很长时间的轮渡,肯定会很难熬。

他还说,博恩霍尔姆岛上的人不觉得自己是丹麦人,因为他们觉得自己是十六世纪被汉萨同盟接管的维京人。他们有着激荡的历史,还活捉过俘虏。她听说过邪恶的博思韦尔伯爵吗?有人

337

说他死在博恩霍尔姆,但西兰岛的人称他死在他们的土地。

"他杀了苏格兰女王的丈夫,然后自己娶了她。但他死在监狱里。死之前已经疯了。"

"苏格兰的玛丽女王。"她说,"我听说过。"她确实听说过,因为苏格兰女王是阿纽塔早期故事里的女主角之一。

"哦,原谅我,我在喋喋不休。"

"原谅你?"索菲娅问,"你有什么要我原谅的?"

他脸红了。他说:"我知道你是谁。"

他说,他一开始并不知道。但当她开始说俄语之后,他变得确信。

"你是那位女教授。我在一本杂志上面读到过你的事。上面还有一张照片,但你本人比照片上看起来年轻得多。很抱歉打扰你,但我实在忍不住。"

"我照相时看起来都很严肃,因为我觉得,如果微笑的话,人们就不会信任我。"索菲娅说,"对医生来说不也是这样吗?"

"可能是吧。我不习惯被拍照。"

现在他们之间多了一些拘束感;让他放松成了她的任务。其实气氛原本有所好转,直到他告诉她,他知道她是谁。她又回到了博恩霍尔姆这一话题上。他说,那座岛很险峻,崎岖,不像丹麦那样温柔而连绵。人们去那里都是为了欣赏风景、呼吸新鲜空气。如果她愿意去的话,他会很荣幸能带她四处转转。

"那里有最为罕见的蓝色岩石。"他说,"叫作蓝色大理石。打碎之后再抛光,就变成了女士们戴在脖子上的饰品。如果你也想要一条的话——"

他说得很笨拙,她能看出来,这是因为他有一些话想说,但却开不了口。

他们离罗斯托克越来越近。他变得越来越焦虑不安。她有点担心他是不是想让她给他签名,在一张纸或他随身携带的某一本书上。很少有人会这么要求,但不知为何,这总让她觉得很悲伤。

"请听我说。"他开口,"有件事我必须告诉你。是一件不应该被透露的事。拜托。我知道你要去瑞典,但不要从哥本哈根过去。请不要害怕,我完全没有任何不正常之处。"

"我不害怕。"她回应道。虽然她确实有点怕。

"你必须走另一条路,从丹麦群岛过去。在车站换一下票。"

"我可以问为什么吗?哥本哈根被诅咒了?"

她突然确信,他即将告诉她的是一个阴谋,一颗炸弹。

所以,他是无政府主义者?

"哥本哈根出现了天花。这是一种流行病。许多人已经逃离了那座城市,但当局正试图把这事压下去。他们担心会引起恐慌,或者有人会烧毁政府大楼。原因在于芬兰人。人们说是芬兰人把病带进来的。政府不想让人们起来反对芬兰难民。或者反对政府让芬兰难民进城。"

火车停了,索菲娅站起来检查她的行李。

"答应我,不要不答应我就告别。"

"好吧。"索菲娅说,"我答应你。"

"你将乘渡轮去盖瑟。我会和你一起去换票,但我还得去拉特根。"

"我答应你。"

他让她回想起的,是弗拉基米尔吗?早期的弗拉基米尔。不是他的容貌,而是他对她那种恳切的关怀。他那始终谦逊的、固执的、恳切的关怀。

他伸出手,她也伸出自己的和他握手,但他还有别的意图。他在她的手掌心放了一颗药片,说:"如果你觉得旅途太过难熬,这能帮助你缓解一下疲惫。"

我必须和某个可靠的人谈谈这场天花疫情,她决定。

但她没能那么做。负责给她改车票的人很恼火,因为他不得不做这么复杂的事情,要是她又改变主意,他只会更生气。起初,他似乎只用丹麦语回应,她身边的乘客都说丹麦语,但当他处理完她的手续之后,他用德语说,现在她的旅途会多花很多时间,她明白吗?然后她意识到他们还在德国境内,他可能对哥本哈根一无所知。她之前在想什么?

他阴沉地补充说,岛上正在下雪。

开往盖瑟的德国小渡轮上暖气开得很足,虽然只能坐在木制板条座椅上。她想,这可能就是为什么他说旅途会很难熬,于是她准备吞下他给的药片。然后她又决定还是留着药,以防晕船。

她乘坐的本地火车有常规的二等座位,但有些破旧不堪。虽然每节车厢都有冒着烟的炉子,但几乎没用,车上依然很冷。

列车员比之前的票务员友好多了,也没有那么匆忙。她确定他们已经进入丹麦境内,于是用瑞典语问他,哥本哈根是不是真的有流行病。她觉得瑞典语比德语更接近丹麦语。他回答说不,她乘坐的这趟车并不开往哥本哈根。

他似乎只知道怎么用瑞典语说"火车"和"哥本哈根"。

这列火车当然没有包厢,只有两节有着木头长椅的车厢。一些乘客自己带了垫子、毯子和保暖用的斗篷,来把自己裹起来。他们没有看索菲娅,更不用说试图和她搭话了。即便他们真的那么做了,又有什么好处呢?她根本无法理解,也无法回应。

也没有茶点推车。乘客们纷纷拿出用油纸包裹的食物,取出冰冷的三明治。厚厚的面包片,气味刺鼻的奶酪,几片冷的熟培根,某个地方传来鲱鱼的味道。一位女士从满是褶皱的衣服口袋里拿出一把叉子,直接从罐子里捞腌制的卷心菜吃。那画面让索菲娅想起了家乡,想起了俄罗斯。

但这些人并不是俄罗斯农民。他们中没人喝醉,没人絮絮叨叨,也没人大笑。他们死板而生硬。甚至一部分人骨头外面包着的脂肪都是硬的,有强烈的自尊心,路德教会式的。她对他们一无所知。

不过真要说的话,她对俄罗斯农民,帕利比诺的农民,又真正了解多少呢?他们总是作秀给自己的地主看。

也许只有一次例外,那是一个星期日,所有农奴和他们的主人都必须去教堂听人宣读废除农奴制的公告。之后,索菲娅的母亲完全崩溃了,她不停哀叹和哭喊:"现在我们要怎么办?我可怜的孩子要怎么办？"将军把她带进书房安慰。阿纽塔坐下来读她的一本书，他们的小弟弟费奥多尔在玩他的积木。索菲娅四处晃荡，不知不觉向厨房走去，她发现家奴以及许多农奴正在那儿吃煎饼、庆祝，而且相当庄重，仿佛那天是某种圣徒节。一位只负责打扫院子的老人笑着叫她小太太。"小太太来祝福我们了。"然后有一些人为她欢呼。她想，他们真是太好了，尽管她明白那种欢呼是一种调侃。

随后，脸上乌云密布的家庭教师出现，把她带走了。

后来，生活继续，一如往常。

贾拉德对阿纽塔说，她永远不会成为一个真正的革命者，她只会从她的罪犯父母那里拿钱。至于索菲娅和弗拉基米尔（那个把他从警察手里救出来的弗拉基米尔），他们是自我满足的寄生虫，沉浸在毫无价值的研究中。

卷心菜和鲱鱼的味道让她有点恶心。

列车在行驶了一段距离之后停了下来，他们都被告知要下车。至少她是这么推测的，基于列车员的吼声，还有乘客们极不情愿但又顺从起身的模样。他们来到及膝的雪地，放眼望去看不见任何城镇或站台，周围全是被雪覆盖的光洁山峰，在此刻纷飞的小雪里若隐若现。火车前方的人正在努力铲去铁路路堑上的积雪。索菲娅脚上的靴子很轻薄，在城市的街道上还能保暖，此时此刻却不够。她只能四处走动，以免脚被冻僵。其他乘客一动不动，对事态没有评论。

半小时后，或者仅仅过了十五分钟，轨道畅通了，乘客们再次爬上火车。和索菲娅一样，他们肯定也觉得奇怪，为什么要让他们下车，而不是在座位上等待，当然，并没有人抱怨。他们继续穿行，穿过黑暗，除了雪之外，还有什么别的东西不停往窗户上撞。不怀好意的刮擦声。雨夹雪。

接着是一个灯光昏暗的村庄，一些乘客站了起来，有条不紊地裹紧衣服，拿好行李和包裹，爬下火车，消失得无影无踪。火车重新启程，但很快大家又被命令下车。这次不是因为积雪。他们被赶上了船，又是一艘小渡轮，它会带领他们穿过黑色的水面。此时，索菲娅的喉咙变得更痛了，即便有说话的需要，她确信自己也已经无法开口发声。

她不知道航程用了多长时间。靠岸之后，所有人都必须在一个只有三面被围起的棚屋等待，那里几乎没有遮蔽，也没有长椅。不知道在等了多久之后，一列火车进站。索菲娅对此无比感激，即便火车上并不比棚屋暖和，而且只有前一辆火车上的那种木质长椅。一个人有多感激微薄的抚慰，似乎取决于它是之前经历了多少折磨才换来的。她很想问别人，不觉得这种说教很俗套吗？

过了一会儿，他们在一个大些的镇上停了下来，那里的车站有自助餐厅。索菲娅太累了，没法像有些乘客那样下车，去那儿买热气腾腾的咖啡端回来喝。让人意外的是，那个吃卷心菜的女人端来两杯咖啡，其中一杯是给索菲娅的。索菲娅微笑着，尽力表达感激之情。女人只是点了点头，似乎觉得没必要大惊小怪，甚至有失体面。但她一直站在那里，直到索菲娅拿出她从换票员那里收到的丹麦硬币。于是，这个女人咕哝着，用她潮湿的、戴手套的手指挑了两个。那很可能就是咖啡的价格。但这份心意，以及送过来给她，都是不收费的。一切都是那么自然。女人一句话也没说，径直回到了她的座位。

车上又来了一些新的乘客。一个妇女带着一个孩子。孩子差不多四岁，一侧脸上包着绷带，一只手臂吊在脖子上。一场事故，去了一趟乡村医院。透过绷带上的一个洞，可以看到一只悲伤的深色眼眸。孩子把自己没受伤的那一侧脸颊靠在母亲腿上，母亲用自己的披肩盖住了孩子。她的动作并不是特别温柔，也没有格外关切，而是稍显机械。有些不好的事情发生了，她身上的担子变得更重了，仅此而已。其他孩子在家里等着，也许还有一个在她肚子里。

索菲娅想，这一切是多么可怕。女人的命运是多么可怕。如果索菲娅告诉这个妇女，女人所面临的种种新斗争，比如通过抗议争取投票权和上大学的机会，她会作何反应？她可能会说，这些都不是上帝的旨意。要是索菲娅敦促她摈弃这个上帝，看清事情的真相，她会不会执意用怜悯的眼光，满脸倦容地看着索菲娅说，如果没有上帝，我们要如何度过这一生？

他们再次穿过黑水，这次通过了一座长桥。过桥之后，列车在另一个村庄停了下来，那位女士和孩子下了车。索菲娅已经失去了兴趣，没有去看是否有人在等他们。她试图去看车站外被火车车灯照亮的时钟。她估摸着快到午夜了，但其实才刚过十点。

她在想马克西姆。马克西姆一生中坐过这样的火车吗？她想象自己将头舒服地靠到他宽阔肩膀上的样子，虽然他不喜欢她在公共场合那么做。她想到他那件用昂贵布料做成的大衣，散发着金钱和舒适的气息。他相信自己有权利期许好的事物，并且有责任维护它们，即使他是一个不受祖国待见的自由主义者。他身上有一种不可思议的权威感，她父亲身上也有，当你像个小女孩一样依偎在他们怀里时，你会想要一生沉浸其中。假设他们爱你，你当然会更快乐，但即使他们对你的感情只是出于一种古老而高尚的契约——为了保护你，他们签署了这种虽不充满激情却极其必要的契约——你也会感觉心安。

如果有人说他们温顺，他们会很不高兴，但在某种程度上，他们确实如此。他们全身心捍卫自己男子气概的行为，全然接受那些行为背后所有的风险和残忍，所有的复杂负担和蓄意欺骗。那其中的规则，作为一个女人，在某些情况下，你会从中受益，而另一些时候你不会。

此刻，他的形象出现在她的脑海。马克西姆，并未庇佑着她，只是大步穿过巴黎的车站，俨然是个有着隐秘生活的男人。

他那趾高气扬的帽子，他那有礼的自负。

事情并不是那样。那人不是马克西姆。肯定不是。

弗拉基米尔并不是懦夫——看看他救出贾拉德的壮举——但他没有那种自我笃定的男子气概。这就是为什么他能让她觉得平等，而其他人不能；同时，这也是为什么他永远不能给予她那种被人庇护的温暖和安全感。在临近结局时,他受到拉戈津兄弟的影响,全然改变了自己的行为方式。他肯定很绝望,以为能通过模仿别人来救赎自己。他对她的态度并不令人信服,甚至荒谬般趾高气昂。他当时的行为让她找到理由鄙夷他,不过也许她一直都瞧不起他。无论他崇拜还是侮辱她,她都不可能爱他。

像阿纽塔爱贾拉德那样。贾拉德自私、残忍、不忠,但即便当她恨着他的时候,她还是在爱他。

要是不加以控制,丑陋而惹人厌恶的想法就会浮现。

当她闭上眼睛,她以为自己看到了他——弗拉基米尔——坐在她对面的长椅上,但那不是弗拉基米尔,不过是博恩霍尔姆的医生,她记忆中那个博恩霍尔姆的医生。他是那样坚决又忧心忡忡,以一种奇怪而谦卑的方式闯入她的生命。

最终,肯定是在将近午夜时,他们永远地下了火车。因为他们已经抵达丹麦边境,赫尔辛格。至少是陆地边境——她觉得真正的边境应该是在卡特加特海峡的某个地方。

还有最后一艘渡轮在等着他们,它看起来又大又舒适,灯光明亮且繁多。一个搬运工把她的包搬上船,对她给的丹麦硬币道谢,快步离开。然后她把车票给船上的职员看,他和她说话时用的是瑞典语。他向她保证,他们将在对岸直接换乘通往斯德哥尔摩的列车。她不用再在候车室里过夜了。

"我觉得自己好像回到了文明世界。"她对他说道。他略带担忧地看着她。虽然之前的咖啡让她的喉咙舒服了些，但她的声音依然很嘶哑。她想，他会担忧只是因为他是瑞典人。瑞典人不需要微笑或发表见解。没有那些，也能维持文明。

路途有点颠簸，但她并不觉得晕船。她想起那个药片，但她不需要它。船上一定有供暖，因为有些人脱下了最外面的冬装。但她仍在打寒战。也许这是有必要的，因为在穿过丹麦的旅程中，她的体内积聚了太多寒气。它们被储存在她体内，现在她可以排出去了。

正如船员所承诺的那样，一到繁忙的赫尔辛堡港，开往斯德哥尔摩的火车就已经在那儿等着了。这里比它在对岸的、名字相近的表亲有生机得多，也大得多。瑞典人可能不会对你微笑，但他们提供的信息是可靠的。一个搬运工伸手接过她的包，拿着它站在原地，等她从钱包里找硬币。她很大方地拿出一些钱，放到他手里。她以为那是丹麦钱，而她用不到了。

的确是丹麦钱。他把它们还给了她，用瑞典语说："这些不行。"

"我只有这些了。"她喊道，意识到了两件事：她的喉咙感觉好些了；她真的没有瑞典钱。

他放下她的包，走开了。

法国钱，德国钱，丹麦钱。她完全忘记要准备瑞典钱。

火车正在准备出发，乘客们都上车了，而她仍然站在那里，左右为难。她拎不动她的包。但如果她做不到，它们就只能被抛下。

347

她抓住背带，跑了起来。她踉踉跄跄地跑着，气喘吁吁，胸口和胳膊下方都很疼，包不停撞到她的腿。还有台阶要爬。如果她停下来喘气，就来不及了。她爬上台阶，眼里满是自怨自艾的泪水，心里不停恳求火车别动。

火车确实没动。一直到列车员在探出身子把车门闩上时，一把抓住她的胳膊，然后不知怎的接住了她的包，把所有的东西都拉上了车。

一获救她就开始咳嗽。她很想把卡在胸口的东西给咳出来。她胸口的疼痛。她喉咙的疼痛和紧绷。但她不得不跟着售票员走到她的车厢。在咳嗽的间隙，她发出胜利后的笑声。售票员往一个车厢里看了看，发现里面已经坐了人，然后把她带到一个空车厢。

"你做得对。要是把我放在不合适的地方。只会让人讨厌。"她笑容满面地说，"我没有钱。瑞典钱。其他什么钱都有，就是没有瑞典钱。我只能跑。我从没想过我能……"

他叫她坐下歇口气。他离开了一会儿，很快带着一杯水回来了。她喝水时想到了那片药，于是用最后一口水将它吞了下去。咳嗽止住了。

"你不能再那样做了。"他说，"你一直在喘。上气不接下气。"

瑞典人都很坦率，也很保守和守时。

"等等。"她说。

必须再确认一些别的事，好像不这样做，火车就无法把她送到正确的地方。

"等一下。你有听说吗?你听说了天花的事吗?在哥本哈根?"

"我并没有听说过。"他答道,然后严肃而礼貌地点了点头,离开了。

"谢谢,谢谢。"她在他身后喊。

索菲娅这一生从未喝醉过。她服用任何可能会使大脑混乱的药物,都会在此类干扰发生之前睡着。因此,她没有什么经验可以与当下的奇特感受做对比:她的感知出现变化,而且这种变化逐渐占据了她的整个身心。起初,只是一种解脱感,一种宏大但愚蠢、以为自己被偏爱的感觉,因为她竟然提着包跑上台阶,赶上了火车。随后,她挨过了咳嗽和心脏被挤压的感觉,还不知怎么做到了无视自己的喉咙。

后来,新的感受出现,好像她的心脏可以一直扩张下去,先恢复正常状态,然后继续变得更轻巧、更鲜活,几乎能幽默地把事物都吹到一边。甚至连哥本哈根的流行病都变得像歌谣中的瘟疫,变成古老故事的一部分。正如她自己的生活一样,坎坷和悲伤都成了幻象。事件和想法变幻出新的形状,透过一层又一层清晰的领悟,透过一面变形玻璃就能看见。

这让她想起了一次经历。她当时十二岁,第一次接触三角学。她在帕利比诺的邻居蒂尔托夫教授把他新写的一本书送到她家。他觉得她的将军父亲可能会感兴趣，毕竟将军很了解炮兵知识。她在书房里偶然发现了那本书，并随手翻到了光学那一章节。她开始阅读并学习里面的各种图表，她确定自己不一会儿就能全部理解。她从未听说过正弦或余弦，却能用圆弧的弦代替正弦，而在小角度上，这些弦几乎都能幸运地重合，于是她找到了突破口，懂得了这种崭新而愉悦的语言。

她当时并不很惊讶，尽管非常高兴。

这样的发现时有发生。数学是一种天赋，就像极光。它自成一体，无法与世界上其他任何东西混淆，与论文、奖项、同事和学位混为一谈。

列车到达斯德哥尔摩前不久，售票员叫醒了她。她问："今天是星期几？"

"今天是星期五。"

"很好，很好，我可以去讲课。"

"保重身体，女士。"

两点钟时，她就站到了讲台后面，她的课讲得非常成功，一气呵成。没有任何疼痛或咳嗽。她体内不停流淌着的、宛如被电流穿过时发出的微弱嗡鸣并没有影响她的声音。她的喉咙似乎已经自行痊愈。讲完课后，她先回家换了裙子，然后坐出租车去出席在古尔登家举行的招待会。她精神很好，愉快地谈到了她对意大利和法国南部的印象，但没有谈到她回瑞典的旅程。然后她没跟任何人打招呼就离开房间，走到了外面。她满脑子都是光彩夺目的奇思妙想，没法再和别人说话。

天已经黑了，正在下雪，没有风，路灯庞大，像圣诞彩球。她四处寻找出租车，但一辆也没看到。一辆公交车经过，她挥手示意它停下。司机告诉她，这里不是车站。

"但你已经停下来了。"她毫不在意地说。

她对斯德哥尔摩的街道一点也不熟悉，所以过了一段时间她才意识到，自己已经来到一处错误的区域。向司机解释这件事时，她笑了。司机让她下车，于是她只能穿着派对礼服、轻薄的斗篷和拖鞋独自冒雪走回家。人行道异常寂静、洁白。她不得不走了大约一英里，但她高兴地发现自己终究是认得路的。她的脚湿透了，但她并不冷。她以为是没有风的缘故，以及她以前从未意识到的，但从现在起她肯定可以仰赖的心灵和身体的力量。这样说可能有点老套，但这确实就像童话里才有的城市。

第二天，她没有起床，给她的同事米塔－列夫勒发了一封信，请他让他的医生来看一下，因为她没有自己的医生。米塔－列夫勒本人也来了，他待了很久，她非常兴奋地与他说起她计划中一项新的数学工作。这比她到目前为止所经历的任何事情都更充满野心，更为重要，更加美丽。

医生认为问题出在她的肾脏，给她开了一些药。

"我忘了问他。"索菲娅在他走后说。

"问他什么？"米塔－列夫勒说。

"有瘟疫吗，在哥本哈根？"

"你在说梦话吧。"米塔-列夫勒温和地说,"谁告诉你的?"

"一个盲人。"她说。然后她又补充道:"不是,我的意思是善良。一个善良的人。"她挥舞着双手,好像想比画出一些比文字更恰当的形状。"我的瑞典语。"她说。

"等你好些了再说话吧。"

她先是笑了,接着看起来很伤心。她强调:"我的丈夫。"

"你的未婚夫?对啊,他还不是你的丈夫。我是逗你的。你想让他来吗?"

但她摇了摇头。她说:"不是他。博思韦尔。"

"不,不,不。"她急忙说,"是另一个。"

"你得休息了。"

特蕾莎·古尔登和她的女儿艾尔莎也来了,还有艾伦·基。他们轮流照顾她。米塔-列夫勒走后,她睡了一会儿。当她醒来时,她又开始说话了,但没有提到任何关于丈夫的事。她谈到她的小说,还谈到那本讲述她在帕利比诺的青年时代的回忆录。她说她现在可以写一本更好的作品,并开始描述她对新故事的想法。说着说着她又变得困惑,然后大笑起来,因为自己的描述不够清楚。她说,生命中有一种来回往复的运动,一种脉动。她希望通过这个故事弄清楚究竟发生了些什么。一些潜在的东西。被发明出的东西,但又不是。

她说了半天讲明白了什么?她笑了。

她说,她的脑子里满是各种想法,有着全新的广度和重要性，但又如此自然、不言而喻，以至于她忍不住笑了。

星期日时她的情况变得更糟。她几乎说不出话来，但坚持要看福芙穿上她要去参加儿童聚会的衣服、礼服。

那是一件吉卜赛风格的衣服，福芙穿着它绕着母亲的床跳舞。

星期一，索菲娅请特蕾莎·古尔登照顾福芙。

那天傍晚，她感觉好多了，一位护士进来换班，好让特蕾莎和艾伦休息一下。

清晨，索菲娅醒了。特蕾莎和艾伦从睡梦中被叫醒，他们叫醒了福芙，好让孩子能在母亲活着的时候再见她一次。索菲娅能说一点点话。

特蕾莎觉得自己听到她说："幸福过了头。"

她在四点钟左右去世。尸检将显示，她的肺部已经完全被肺炎摧毁，心脏出现了几年前就有的老问题。正如大家所料，她的大脑容量很大。

那位博恩霍尔姆的医生在报纸上看到她的死讯，他并不惊讶。他偶尔会有预感，虽然并不完全准确，但对做他这一行的人来说会很困扰。他曾认为，只要避开哥本哈根，她就能活下来。他想知道她是否服用了他给的药，那药是否给她带去了安慰。正如在他需要的时候，它曾让他好过一些。

索菲娅·科瓦列夫斯卡娅被葬在斯德哥尔摩当时被称为新公墓的地方。那天依然很冷，下午三点，前来默哀的人和旁观者呼出的气息在结霜的空气中聚集成云。

魏尔斯特拉斯送来了一个月桂花环。他曾对妹妹们说，他知道自己再也见不到她了。

他在那之后又活了六年。

在她死前，马克西姆接到米塔－列夫勒的电报，从博略赶了过来。他及时赶上了葬礼致辞，发言时用的是法语，他口中的索菲娅更像是他认识的一位教授。他还代表俄罗斯民族感谢瑞典给了她一个机会，让她以数学家的身份谋生。（他的原话是，以有价值的方式使用她的知识。）

马克西姆没有结婚。一段时间后，他被允许返回祖国，在彼得堡讲课。他成立了俄罗斯民主改革党，主张君主立宪制。沙皇派认为他过于自由派。然而，列宁谴责他是一个反动派。

福芙在苏联行医，于二十世纪五十年代中期在那里去世。她说自己对数学没有兴趣。

人们以索菲娅的名字命名了月球上的一座环形山。

致谢

一天,我在《大英百科全书》中查资料时,偶然发现了《幸福过了头》里索菲娅·科瓦列夫斯卡娅的故事。她小说家和数学家的双重身份立刻吸引了我。

于是我开始阅读我能找到的关于她的一切。其中,有一本书格外令我沉迷,因此,我必须在此表达我从中取得的收获和满腔感激。

那本书是《小麻雀:索菲娅·科瓦列夫斯卡娅之画像》(俄亥俄州立大学出版社,雅典,俄亥俄州,一九八三年版),我感激作者,唐·肯尼迪先生,以及他的妻子妮娜。她是索菲娅·科瓦列夫斯卡娅的一位旁系后裔,给我提供了大量从俄语直译过来的文本资料,包含索菲娅的部分日记、信件,还有很多其他作品。

我的故事只写到索菲娅去世前夕,闪回叙述了她的早年生活。但我竭力推荐对她感兴趣的人都去读肯尼迪的书,那本书呈现了无比丰富的史实和数学内容。

二〇〇九年六月

艾丽丝·门罗

安大略省克林顿市

加拿大

图书在版编目（CIP）数据

幸福过了头／（加）艾丽丝·门罗著；郑诗画译
．－－北京：北京十月文艺出版社，2024.7
ISBN 978-7-5302-2399-4

Ⅰ.①幸… Ⅱ.①艾… ②郑… Ⅲ.①短篇小说－小说集－加拿大－现代 Ⅳ.①I711.45

中国国家版本馆CIP数据核字（2024）第100756号

幸福过了头
XINGFU GUOLETOU
[加拿大] 艾丽丝·门罗 著
郑诗画 译

出　　版	北京出版集团	
	北京十月文艺出版社	
地　　址	北京北三环中路6号	
邮　　编	100120	
网　　址	www.bph.com.cn	
发　　行	新经典发行有限公司	
	电话 010-68423599	
经　　销	新华书店	
印　　刷	河北鹏润印刷有限公司	
版　　次	2024年7月第1版	
印　　次	2024年7月第1次印刷	
开　　本	850毫米×1168毫米 1/32	
印　　张	11.5	
字　　数	230千字	
书　　号	ISBN 978-7-5302-2399-4	
定　　价	68.00元	

如有印装质量问题，由本社负责调换。
质量监督电话 010-58572393

版权所有，未经书面许可，不得转载、复制、翻印，违者必究。

著作权合同登记号　图字：01—2024—1973

Too Much Happiness by Alice Munro
Copyright © 2009 by Alice Munro
This edition arranged with William Morris Endeavor Entertainment, LLC.
through Andrew Nurnberg Associates International Limited
Simplified Chinese edition © 2024, Thinkingdom Media Group Limited.
All rights reserved.